JN306577

A

海を見る人

小林泰三

早 川 書 房

5629

ONE WHO LOOKS AT THE SEA

by

Yasumi Kobayashi

2002

Cover Direction & Design 岩郷重力＋WONDER WORKZ。

Cover Illustration 鶴田謙二

目次

海を見る人

わたしね、歴史ってあまり好きじゃない。

だって、昔の人がしたことを知っても仕方ないもの。

でもね。

本当はもっと面白くても、いいんじゃないかと思うの。

歴史の中には不思議な物語がいっぱいつまってるんじゃないかって。

歴史を完全に正しく理解することは人間には不可能なんだ。

こうしている間にも世界のあちらこちらで、てんでんばらばらにいろんなことが起きている。

しかも、全部が有機的に結びついて相互作用しているときている。

それらを何一つ余すことなく、論（あげつら）うことなんてできるはずがない。

この一瞬でさえそうなのに、過去の膨大な時間の中で起こったことならなおさらだ。

それでも、歴史を学ぶことはできる。
人間に与えられた限られた知性の範囲で、歴史を理解するには二つの方法がある。
一つは面白おかしい物語として理解する方法。
もう一つは自らを導くための科学として理解する方法。
今の君には科学が相応(ふさわ)しい。
歴史を学び未来になすことを考えるんだ。

　　もちろん、わたしは科学の大切さを知っている。
　　でも、今は物語を聞きたいの。
　　不思議でせつない物語を。

やれやれ。
君にはかなわない。
では、少しだけ話してあげよう。
君の大好きな物語を。
奇妙な世界に暮らす人々の話を。
放浪する囚われ人たちの物語を。

時計の中のレンズ

「気をつけろ！　風が強くなってきた」少年は叫んだ。

　全員の間に緊張が走る。

　一行の回りには直径が一センチメートルほどの小石が互いに十センチメートルほどの間隔で浮かんでいる。もちろん、静止しているのではなく、ゆっくりと空気の中を沈降しているはずだが、吹きつけるそよ風が小石を優しく攪乱（かくらん）しているため、重力の影響はさほど目立たなかった。

　様々な色のローブを纏（まと）った百人ほどの人間と羊からなる一行の先頭はまだあどけなさが残る十三歳の少年が務めていた。彼には進路の風の状態——つまり、小石の群れの動きを監視する役割が課せられている。

最初は目の錯覚かとも思うぐらい微妙なものだったが、遥か一キロメートルほど前方の小石の動きに異常が見られた。煙のようにしか見えない小石の群れが左右に動きだしている。そして、数秒後にはそれが錯覚でないことがはっきりした。

目の前に聳え立つ須彌山の緑の断崖を背景に青黒い竜巻が現れた。風速は毎秒十メートル程度と見てとれた。平原であれば、その程度の風はなんでもない。せいぜい、巻き上がる砂ぼこりが目に入るぐらいのものだ。しかし、崑崙の頂上近くでの風は命に関わる。風に乗った小石は風と同じ速さで動いている。一つや二つの小石なら、ほとんどダメージはないが、飛び回る何千個もの小石は致命的だ。

「みんな集まれ！　羊と子供たちを囲むんだ。盾で石礫を防げ！」少年は叫びながら自らも盾をかざしながら走りだした。

竜巻はパーティーの構成員たちが互いに走り寄り、密集隊形をとるよりも早く到達した。何かが爆発するような音が響き渡る。男たちの盾に一秒毎に何百個もの小石がぶつかっているのだ。一瞬遅れて、人間の絶叫と羊の鳴き声が聞こえてきた。

少年は盾を体の上に乗せて伏せろと叫ぼうとしたが、その叫びは爆音にかき消されて、自分の耳にも届かなかった。

幸い、人間には犠牲者は出なかったが、千頭の羊のうち半分が死んでしまった。生き残ったものも、百頭は動くことができなくなっていたし、さらに百五十頭はなんとか歩くことはできたが、けがの状態からみておそらく低重力地域の外には出られないだろうと思われた。つまり、部族の資産は一挙に四分の一になってしまったのだ。

人間と羊の生死を分けたのは、風を背に走れば、石の衝撃をやわらげることができる、という単純な知識の有無だった。人間たちは最初、羊を守ろうとしたのだが、風が強くなるにつれ、石礫に耐えきれなくなり、走りだしてしまったのだ。うまく走れない子供たちは大人が担いだ。羊だって担ごうと思えば担げたはずだったが、とっさに羊を運んだものは数えるほどしかいなかった。もっとも、いくら低重力だといっても、一度に二頭以上の羊を抱えるのは不可能に近い。たとえ全員がそのことに思い至ったとしても焼け石に水だったろう。

「族長、どうするつもりだ？」黒いローブに身を包んだ背の高い男は白いローブをまとった少年を怒鳴りつけた。「これは明らかにおまえの判断ミスだ。崑崙の風を甘く見すぎていたんじゃないのか？」

一族全員を収容する巨大なテントの中央のむきだしの地面の上に男と少年はいた。胸をはって立っている男とは対照的に少年は膝を抱えて俯いたままだった。二人の周囲には大勢の男女が円を描くように集まっていた。テントの壁は木や皮で強固に補強されていたが、なぜか支柱は一本も見当たらない。

「われわれは凧船を作るべきだったんだ。何艘かの凧船に羊を分散して乗せていたら、俺たちは羊を失わずにすんだはずだ」背の高い男は少年よりもむしろ聴衆に語りかけているようだった。

「科学主任、凧船の帆を広げるには何分もかかる。とても、とっさに対応はできなかっただろう」族長と呼ばれた少年はようやく顔を少し上げ、小さな声で喋りだした。「だからといって、あらかじめ帆を広げたまま移動させるのは空気の抵抗が大きすぎて不可能だし、無理に動かそうとしても、浮遊している小石が帆に穴を開けてしまう。どっちにしても、災害は避け得なかったんだ。……もちろん、崑崙における気象の変化についてもっと知識があれば、あの竜巻は避けられたはずだということは認めるよ。でも、そのことを盾に僕を族長の地位から追い払って、あんたがとって代わるためには、自分のほうが僕よりもうまく対処できていたはずだということを示さなければならない。つまり、あんた自身がこの竜巻のことを前もって予測していたことを証明しなけりゃならないんだ。証明できるの？」

おそらく証明はできないはずだ。もし、証明できたとしても、今度は事前に族長にそのことを知らせなかったことの言い訳が必要になる。

少年はちらりと聴衆の様子を見た。二人を取り囲む人々の背後から、絶え間なく別の人々の顔が覗く。二人の姿を見るために飛び上がっているのだろう。ここ崑崙の頂上付近では爪先の動きだけで、何メートルも飛び上がることだって簡単だ。飛び上がった人々はローブをはためかせながら、ゆっくりと降下している。各々の顔には怒りや絶望はなかった。今、人々の顔にあるのは好奇心だった。二人の討論の結果が全員の興味の中心だった。はたして、年若い族長がその地位を守りきるのか？　それとも、野心家の老獪な科学主任がその地位を奪うのか？

「ふむ。うまく逃げたな」科学主任は憎々しげに言った。「確かに今回のことをすべておまえの責任にしてしまうのは理不尽すぎるかもしれん。大目にみてやってもいい。しかし、問題はこれからだ。この状況をどう打開するか、お手並み拝見といこう」科学主任はくるりと背中を向け、そのまま爪先で地を蹴って、ぽんと聴衆の輪の外に飛びだした。

人々はがやがやと互いに意見をいっていたが、少年にはその言葉は聞きとれなかった。

「待ってくれ、科学主任！」

族長の言葉に人々は静まりかえった。

「何か？」科学主任は薄ら笑いを浮かべた。「やっぱり荷が重すぎることに気がついたのか？」

「そうではないよ。ただ、ちょっと訊いておこうと思ったんだ。あんたには何かこの状況から抜けだす策があるのかってことを。もしあるのなら、聞かせて欲しいな」

聴衆の輪に切れ目ができた。そこには胴を捩じって、顔を半分こちらに向けている長身の男がいた。

「もちろんだ。いいだろう」科学主任は答えた。「族員は族長に意見を明らかにしておく義務がある。俺ならすぐに平原に引き返す。動けない羊は全部ばらして、他の遊牧民の生きている羊と物々交換する。かなり目減りするだろうが、それは仕方がない。二、三年も我慢すれば、また羊の数も増えるだろう」

「科学主任、あんたの意見はわかった。ありがとう」白いローブにくるまれた十三歳の族長はふたたび、顔を膝の間に埋めた。

科学主任はふたたび薄ら笑いを浮かべゆっくりとテントから出ていった。他の人々も拍子抜けしたように三々五々に散っていった。

後に残ったのは少年と真紅のローブに身を包んだ女の二人だけだった。

「これでよかったの？」女は空中を漂うように族長に近づいた。

「何が言いたいんだ、外交主任？」族長は勢いよく立ち上がった。

勢いでそのまま、体が地から離れていく。慌てた族長はそのまま体勢を崩し、頭から落下して地面にぶつかってしまった。

「うう。どうも、この低重力というやつには慣れないや」族長は恥ずかしそうに、ぶつかったあたりの頭を擦った。

「あら、ここ一年ほどはずっと低重力地域を旅してたのにまだ慣れていなかったの？」

「この何日かは特に酷い。半年ほど前までは石ころがそよ風に吹かれて飛んだりはしなかった。それに動植物も基本的には平原のものと同じ種類だったし……」

「ここ崑崙の〈ぬれもの細工〉も平原のものと一緒よ」

「足の代わりに蝙蝠の翼を持つ狼が？　それに根にも枝と区別なく葉が生えていて空中を漂いながら動物を絡めとって養分にする……」

「それは環境に適応するために起きた変異であって、本質的には崑崙の生物は平原の生物から枝分かれしたものだと思うわ」若い女は空中に胡座をかいた。

「だったら、人間だってここの環境に適応できそうなもんじゃないか」少年は、炎のような真紅のローブを揺らしながら漂い落ちる女に思わず見とれてしまった。

「もちろん、人間だって適応するわ。でも、必ずしも遺伝子レベルまで遡った適応は必要ないけどね」たっぷり、四秒かかって落下した後、紅い女はぽんと弾んだ。

「どういうこと？」

「わからないの？　あの科学主任なら、瞬時にして理解できるはずよ」

「あいつのことは言わないでよ」族長はふくれっつらをした。

「いいえ。言わせてもらうわ。さっきも、言おうと思ってたんだけど、族長の地位に固執することが最上の策だとは思えないわ」

「族長の地位をあいつに譲れっていうの？」少年はふてくされて、そのまま頭を地面にくっつけたまま逆立ちをし続けた。崑崙の低重力地域ではこんな不自然な体勢でも苦にならない。

「それを選択肢に入れておいてもいいんじゃないかってことよ」

「ごめんだね。あんなやつの下で働くのなんかまっぴらだ」

「だって、今は一族始まって以来の大事件のど真ん中にいるのよ。こんな状況で失敗せずにいるほうが不思議なぐらいよ。あなたや科学主任が族長の地位に固執するのはまったく理解できないわ。……いい。今、族長の地位を科学主任に譲ってしまえば、やっかいなことは全部、おっかぶせることができるのよ。崑崙は無事通れたとしても、カオスの谷や須彌山で必ず何か起きるわ。その時に責任をとるのはあいつになるわけよ。参政権を剝奪されて、一生第三レベルの仕事しかさせてもらえなくなる」

「あいつが失脚するのはけっこうなことさ。でも、その後、誰が新しい族長になる？」

「状況によっていろいろでしょうけど、まあよっぽどのことがないかぎり、保安主任が妥当なところね」

「さもなければ、君だ」族長は手で地面をつかみ、ゆっくりと足を下ろして、ブリッジの体勢をとった。逆立ちをしたまま、真紅の女と話を続けるのはさすがに不謹慎な気がしたので、起き上がろうと思ったのだ。

「その可能性もないことはないけど、どうせわたしは辞退するわ」

「どうして、君には野心はないの？」

「野心なら、人並みにあるわ。でも、ちがうの。族長になることなんかじゃなくて、わたしには何かもっと素敵な別の運命があるような気がするの」

「ふうん。意外とロマンティストなんだな。でも、君にその気がないなら、僕はなおさら族長をやめるわけにはいかないよ」少年は起き上がるのに失敗して回転を始めてしまった。

「なぜ？　大きな失敗で失脚すれば、参政権を失って二度と族長にはなれなくなるのよ。今、族長の地位を譲っておけば、そのうち返り咲けるチャンスがあるかもしれないじゃない」

「あるかもしれない。でも、永久に来ないかもしれない。今、あいつに族長の地位をわたすぐらいなら、このまま失脚したほうがましだ。第一、さっきの言い種だと、あいつはカオスの谷を越える気はないみたいだ。つまり、このまま〈歪んだ円筒世界〉にとどまるつもりだ。そうなったら、あいつにはもはや失脚する理由はない」

「まさか、そんなことが許されるわけないじゃない。カオスの谷を越えて、〈楕円体世界〉に渡ることは一族が生まれた時からの厳格な掟だわ」

「そう。この掟はとても重要なことだ。少なくとも、僕にとっては。理由はわからないけど、〈かたもの細工〉と〈やわもの細工〉から、人間を含む〈ぬれもの細工〉が解放されるために必要なことだとされている。けっこうなことだ。人類全体が救われるのなら、わずかな人間が危険を冒すことなんかなんでもない。ただし、そのわずかな人間の中に自分がいなかったらの話だけどね」

「どういうこと？　まさか、一族のみんなが……」

「きっと、そうなるよ」少年の回転はようやくおさまったが、またもや天地が逆だ。「あいつが主張すれば、みんなが従う」

「いくらなんでも、人類全体を裏切るはずはないわ。ここまで、何十世代もかけてやっと辿り着いたのに」

「もちろん、あいつは計画を中止しようなんて言いはしないよ。ただ、こう言うだけさ。『確かにカオスの谷を越えることは重要なことかもしれない。だが、それが少々遅れたからといってどうだというんだ？　一世代や二世代遅れても、それは誤差の範囲じゃないだろうか？』ってね」

「みんなはそんな言葉に惑わされはしないわ」

「もちろん、今みたいな言い方はしないさ。もっと巧妙に、最適な時間と最適な場所を選んで、段階的に言うんだ。みんなはあいつの考えを吹き込まれたのに気づきもしないで、自分の頭の中から出てきた考えだと錯覚するんだ」

「考えすぎだわ」外交主任は溜め息をついた。

「そうだったらいいんだけど」族長は口をつぐんだ。

「わかったわ」紅い女は諦めたように言った。「あなたを止めるのはこれで最後にするわ。本意じゃないけどね。いずれにしても、移動の再開はあと半年待ってちょうだい。保安主任から連絡があったの。西に向かった斥候（せっこう）が別の部族を見つけたということよ。遊牧民ではないらしいそうよ。どういうことかわかる？」

「〈歪んだ円筒世界〉のどこにでも、人間はいるってことだ。たとえ、崑崙の頂上でも」

「もちろん、そうよ。だけど、わたしが言いたいのはそんなことではないの。もし、彼らがここに定住しているとしたら、この低重力に順応しているということになるわ」

　少年の顔に光がさした。

「そう」外交主任は頷いた。「これから、南下していけば、重力はますます小さくなって、浮遊石はどんどん大きくなるわ。言い伝えが正しければ、カオスの谷では直径十メートル以上の岩が飛び交っている。今までのやり方では間違いなく全滅するわ」

「だが、彼らはこの環境に適応しているんだね」

「彼らを調査すれば、カオスの谷を越える手段がわかるかもしれない。だから、半年待ってちょうだい」

「わかった。三ヶ月待とう。でも、それ以上は無理だ。科学主任はなんくせをつけて、僕を失脚させようとするだろう。なにかみんなを納得させる根拠を示さなければ、長く持ち堪えることはできそうにない」

「頑張ってみるわ」彼女は直径が三十メートルもある半球状のテントの頂上近くにある窓を目指して漂いだした。慣れれば、地上の出入り口よりも窓からの出入りのほうが楽なのだ。

少年は、紅いローブをなびかせて空中を泳ぐ女の姿に見とれている自分に気づいて、頬を赤らめた。

少年は生まれた時からすでに旅をしていた。少年の一族は全員がそうだった。彼らは遊牧の民だ。といっても言い伝えの中に微かに伝えられる〈ぬれもの細工〉の故郷の惑星でのように一定の地域内を遊牧するだけではない。彼らの旅の目的は〈歪んだ円筒世界〉の半分を縦断し、崑崙に至り、そこからカオスの谷を越えて、須彌山にわたり、〈楕円体世界〉の北極を目指すことだった。

少年の最も遠い記憶の中で、彼は祖父の背中から空を眺めている。頭の真上には〈光柱〉がまっすぐ南北に通っている。〈光柱〉が明るく輝く時が昼で、薄暗く輝く時が夜だ。〈光柱〉以外に見える天体といえば、彼ら自身がその上を歩いている〈歪んだ円筒世界〉と〈楕円体世界〉だけだった。

〈歪んだ円筒世界〉は〈光柱〉を取り囲むように広がっており、〈ぬれもの細工〉たちはその内側に住んでいる。だから、空を見上げた時はどっちを向いてもたいてい〈歪んだ円筒世界〉の一部が見える。昼間は青い空を通して白い霞のような地形がうっすらと見えるが、少年の目には青い空のスクリーンに木の枝か魚の骨のような白い影が写しだされているようにしか見えなかった。しかし、夜ともなれば、空には紺と暗緑色の一大パノラマが張り巡らされた。

そこには海があり、大陸があり、大河があり、山脈があり、砂漠があった。それぞれの地形には人の姿に見えるものも、動物の姿に見えるものも、器具の姿に見えるものもあった。人々はその形状から天の地形に〈大熊大陸〉〈蠍海〉〈海蛇河〉〈ガッヅィラ山地〉〈イタカ雪原〉などと神話に基づいた事物や人物の名前をつけており、それぞれの地域の気象状態から、占いなども行っていた。少年は物心がつくまで、それら天の地形は天蓋に描かれた絵だと思っていた。それらが本物の地形だと聞かされた時、酷く驚いた覚えがある。

どちらの方角にも地平線はなかった。

東と西の方角の地面は遠くなるにつれ、少しずつせりあがっていき、最後には空と交じりあってしまう。

真北の方角の地面はほぼ水平に走っているが、これも遠くは陽炎のようにぼやけてしまい、はっきりしない。そして、その上には大きく真っ黒な円形の物体が不気味な様相で北の空に張りついている。その下端はちょうど目の高さにある。祖父はあれが「果て」だと教えてくれた。もっとも、そこに「果て」が「ある」のではなく、「ない」のだとつけ加えたために少年の頭は混乱してしまった。

遙か南方に見える崑崙は高さ五千キロメートルにもおよぶ山脈だと祖父は教えてくれた。厚い大気を通して見る麓よりも頂上部のほうがはっきり見えるのは、そこからの光はほとんど真空の領域を通ってくるからだという。頂上は真南の方角では目の高さよりも六度ほど上に見え、それ以外の方角ではより高くなっていた。崑崙の稜線は真南から左右に向かうにつれ、最初は緩やかにカーブを描いているが、徐々にその上昇は急になり、真南から約十五度離れたところで、ほぼ垂直になる。崑崙の稜線はさらに続き、そこから先はひっくり返って、左右の稜線はふたたび上昇しながら真南に向かい、出発点よりも十五度ほど高い地点でふたたび出会う。つまり、崑崙の稜線は南の空に浮かぶ横三十度、縦十五度に及ぶ巨大な楕円を形成していた。ただし、上半分の頂上は〈楕円体世界〉に遮られて見ることはできなかった。

〈楕円体世界〉は文字通り崑崙の作る楕円にすっぽりと嵌まっている楕円体だった。もっとも、厳密には楕円体ではないということだったが、人々は〈楕円体世界〉と呼び慣わしていたし、少年の目にもそう見えた。〈楕円体世界〉の崑崙と接する部分は須彌山と呼ばれていたが、なぜそれが山なのか、幼い少年には理解しにくかった。崑崙にも〈楕円体世界〉にも、〈歪んだ円筒世界〉の平原部と同じく、様々な地形が見てとれた。不思議なことに崑崙の中腹にまで、海は侵入しており、その海面は山の斜面と同じ傾きを持っているように見えた。祖父に尋ねると、世界を支配する力は一つだけではないのだと笑って教えてくれた。

「よくお聞き。〈歪んだ円筒世界〉は歪んだ円筒の内側に広がる世界だが、〈楕円体世界〉は楕円体の表面に広がる世界なのだよ。〈楕円体世界〉では〈ぬれもの細工〉たちは外側にくっついて暮らしている」

「でも、変だよ。外側にいたりしたら、振り飛ばされてしまうはずだよ」

「中心から離れると、外への力が大きくなり、中心に近づくと内への力が大きくなる。〈歪んだ円筒世界〉は外への力が支配しており、〈楕円体世界〉は内への力が支配しているのさ」

「じゃあ、崑崙と須彌山では？」

「崑崙と須彌山はそれぞれ〈歪んだ円筒世界〉と〈楕円体世界〉の絶頂なんだよ。両方とも登るにつれて、本来その世界を支配している力が弱くなり、相手方の世界の力の影響を強く受けるようになる。そして、その二つの世界の接点であるカオスの谷では二つの力が相殺（そうさい）され、天地が逆転する。想像できるかい？」

「ううん」

「ははは。無理もない。わしにも想像できないことだ」族長である少年の祖父は優しく笑った。「言ってごらん。〈光柱〉はどこから出て、どこに消えているか?」

「〈楕円体世界〉の少し上のところから生えている。もうかたっぽは『果て』の中だよ」

「〈光柱〉は〈楕円体世界〉の北極から現れているんだ」

「北極?　〈歪んだ円筒世界〉にはない場所だね」

「そうだ。そして、カオスの谷があるのは赤道だ」

「じゃあ、赤道は二つの世界に共通なんだね」

「その通り。おまえは頭のよい子だ。われわれの科学者たちは〈光柱〉は物質ではないと考えている。あれは二つの世界全域にエネルギーを供給し続け、一日周期の点滅以外にも一年周期のエネルギー供給量の変化まで再現している。また、世界が力学的に崩壊してしまうことまでもくいとめている。そのようなことが通常の物質でできるはずはない。たとえ、〈やわもの細工〉の科学力でもだ」

「『物質ではない』ってどういうこと?」

「わからない。おそらくは何かの力場なのだろうが、見当もつかない。だが、それももうすぐわかる時が来る。あとほんの何十年かそこらでな」

「なぜそんなことがわかるの?」

「わかるとも。なぜって、この部族はそのために――〈光柱〉の秘密を知るために、旅を続けているんだから」

「まずいことになった」緑のローブの産業主任は暗い顔で報告した。「ぼやぼやしていると、今年はまともな子羊は一頭も生まれなくなってしまう」

テントの片隅で幼い頃の思い出に浸っていた少年は一瞬で現実に引き戻された。

「どういうこと？」若すぎる族長は色を失った。「低重力は羊の発生に大きな影響を与えないと言ってたじゃないか」

科学主任とやりあったのはほんの三日前だ。現時点でのトラブルは致命傷になる可能性もある。

「低重力ではない。問題は野生種との交配だ。すでに多くの羊が見張りの目を盗んで、交尾を行っている」

「なんだ。そんなことか」少年は何日か前に外交主任がやったように空中で胡座をかいてみた。「全然、問題ないよ。野生種との交配はかえって望ましいぐらいだ。遺伝子のバリエーションの幅が広がって、環境適応能力が高くなるんだよ」

「ところが、今回はそうもいかないようだ。交配の相手の野生種というのは蝙蝠羊なんだよ」

族長は落下途中で慌てて立ち上がろうとしたため、自分の体をあさっての方向に射出してしまった。

低重力環境での歩行は困難だ。まして、平原部でのように走ろうとすると、たちまち空中に飛びだしてしまう。そして、下手をすると何十秒間も姿勢制御ができない状態で漂い、何百メートルもはなれた場所に落下することになる。人間なら低重力下で走るこつを比較的早く飲み込むが、羊はいつまでもじたばたともがくばかりだ。だから、族員の仕事の大半は散らばった羊たちの回収作業である。したがって、低重力地域での部族の移動量は平原での十分の一程度になっていた。

そんな環境ではほとんどの哺乳動物が翼を持つように進化するのは当然といえた。中には鋭い爪で地面にしっかり摑まるように進化した生物群もあるが、それは例外中の例外だった。

蝙蝠羊というのは崑崙の頂上付近の低重力に適応した羊の一種である。後ろ足が退化し、前足が蝙蝠の翼のように発達し、胴体との間に張った皮膜で、空中を飛行する。

「通常の羊との交配は可能なのかい？」族長は焦った。

またもや、予想もしなかった問題が起こった。やはり、外交主任の言う通り、いったん誰かに族長の地位を譲るのが得策かもしれないな。

「科学主任によると、おそらく可能だろうということだ」

まずい。本当にまずい。生まれてくる子羊は両親の特性を受け継ぐはずだ。蝙蝠羊の特徴を受け継いだ羊が通常の重力環境に適応できるとは思えない。

少年は皮膜をぼろぼろにして引き摺りながら、岩だらけの草原を匍匐前進する血まみれの羊の群れを想像してぞっとなった。

しかも、とくにまずいことには科学主任が平原に引き返すことを全員の前で主張していたことだ。羊を〈楕円体世界〉に連れていけなくなったら、遠征計画は失敗といっても過言ではない。科学主任は、自分の意見通りにすぐ引き返していたら、こんなことにはならなかった、と主張することも可能だ。その主張が認められたら、少年は族長を解任され、科学主任が新しい族長に就任することになってしまう。

「とにかく、羊を一箇所に集めるんだ」族長は言った。

「集めたって、またすぐに散ってしまうぜ」

「じゃあ、テントにいれるんだ」

「えっ？　ここに？　草はどうするんだ？」

「みんなで手分けして、刈り集めるんだよ。浮遊草なら、さほど手間はかからないはずだろ」

「そりゃ、口で言うのは簡単だが、みんな納得するかな？」

「納得させなきゃならないよ。雄や、怪我をしてどうせ低重力地域から連れだせない雌は放っておいていいんだから、実際にテントに入れる数はそれほど多くならないはずだよ。とにかく、羊の発情期が終わるまでの辛抱だ」

今から二年半前、少年はまだ族長ではなかった。それどころか大人になる準備すらできていなかった。ただただ、空を見つめて驚嘆しているだけの子供に過ぎなかった。

その頃、〈楕円体世界〉は南に進むにつれ、どんどん巨大になっていった。それにひきかえ、崑崙の高さにはほとんど変化はなかった。少年は壮大な崑崙の姿を見ることができるとばかり思い込んでいたため、ある日の夕暮れに疑問と落胆を祖父にぶつけてみた。

「近づけば近づくほど、見かけの大きさが大きくなるというおまえの推測は正しい。現に〈楕円体世界〉を見てごらん、ずいぶん高くまで張りだしているだろう。天頂まであと二十度ほどだ」

「でも、崑崙の高さは目の高さから八度ぐらいしかないよ」

「ははは。それでいいんだ。それがどんなに高い山であっても、登りだせば低くなる。いいか。みんなはもう崑崙に登りかけているんだ」

「でもおかしいよ。道は全然登り坂になっていないよ」少年は疑念を述べた。

一行は草原や砂漠や海を越え、時には別の遊牧民や定住民——驚くべきことに都市居住民族さえいた——たちとも交流を持った。しかし、その行程はおおむね穏やかで、急な登り道を通った記憶はなかった。現に今も途方もなく巨大な大河のわきを下流に向けて進んでいる。

「おまえは北のほうに山ができていることに気がついているかい？」祖父は突然話題を変えた。

「うん。崑崙よりも高い山だろ」

「あれは本当の山ではない。みんながやってきた平原なんだ」祖父は少年の自己中心的な世界観をたしなめた。

　平原とか山とかは見る位置がちがえば容易に入れ替わってしまう。世界のそれぞれの場所は独自の水平基準を持っている。平坦な平原も水平基準を傾ければ、斜面に変わってしまうし、その逆もあり得る。平原の民から見れば、われわれは約十二度の傾きを持つ崑崙の斜面を登っていることになる。崑崙は何千キロもの高さを持つ山だが、麓から頂上まで、主観的には平らな道が続いているのだ。

　少年にはその時の祖父の言葉は理解できず、深い混迷の表情を見せた。

　祖父はそんな少年を見て目を細めた。

　その晩、祖父は死んだ。

　族長はとくに問題がない場合は世襲され、後継者がいない場合や後継者が不適格であると判断された場合のみ、血縁者以外から選ばれた。また、族長自らが非血縁者を後継者に選ぶことも許されていた。これは族長の地位を得るための無用な権力闘争を排除するための配慮から生まれた制度であり、当然のことながら族長の権限はかなり制限されていた。

少年の両親は彼が幼い頃に死んでしまっていたため、順当にいけば少年が次の族長になることになっていた。しかし、祖父の死はあまりにも早すぎた。少年は十一歳になったばかりだったのだ。

通常、後継者があまりにも幼い場合、族長はあらかじめ適任者を次の族長として指名しておく場合がほとんどであり、今回の場合は非常にまれなケースであった。

一族の有力者たちは緊急会議を開いた。

ある者は今回は特例として新たに適任者を選抜して族長とすべきであると主張した。また、ある者はこの際、族長制は廃止して、主任全員による合議制にすべきだと主張した。

第一の提案は、族長の孫を年齢を理由に不適格であると判断するのは公正ではなく、また特例措置は前例に化け、権力闘争の温床になることが容易に推定されるとして却下された。

第二の提案は、現在においても部族の意志決定は主任の合議において形成されており、族長の存在意義は緊急時の敏速な判断にあることを考慮すると事実上無意味であるとして却下された。

結局、代案がないという消極的な理由のまま、少年は族長の地位についた。

あれから二年、少年は初めて実質的に族長の役割と責任を担い始めようとしていた。

少年は夜中にテントから一人抜けだした。雌羊の大部分は妊娠していた。そして、生まれてくる子羊が平原羊なのか、蝙蝠羊なのか調べるすべはなかった。

少年は大きくため息をついて、〈歪んだ円筒世界〉の平原を見上げた。平原は今や目の高さより三十度も高い大山脈になっていた。そして、振り返らずとも同じ体勢で〈楕円体世界〉の一部を見ることもできた。〈楕円体世界〉はもはや大きくなりすぎたため、全体を見渡すことはできなくなり、その一部分の須彌山のみがこちらのほうに張りだしている断崖として認識できた。それは南の空から少年の頭を越えて北の空にまで達している。

せりだす断崖の表面にはミニチュアのように平野や海や砂漠や山地が広がっている。もちろん、〈歪んだ円筒世界〉の地形も空に見えているので、空にそれらのものがあってもおかしくはないはずだ。だが、二万キロメートルも離れ、ぼんやりと何か絵のような世界が天に貼りついているように見える〈歪んだ円筒世界〉の情景とはちがい、ほんの百数十キロメートルの近距離で別の世界が逆様(さかさま)に天にぶらさがっている情景は何か生々しく、落ちつかない。もちろん、人の姿など見えはしないが、雲の流れや水の動きから人間の生活がはっきりと感じとれた。

南のほうに目を転じると、少年の足元から続く崑崙の地面と須彌山の断崖の交わる部分はもやもやと煙のようなものに包まれている。これから、部族が立ち向かおうとしているカオスの谷だ。水平に伸びているはずだが、両端は須彌山に遮られて見ることはできない。須彌山——つまり、〈楕円体世界〉の片鱗は〈歪んだ円筒世界〉をバックに浮き上がっている。その輪郭線はぼうっと青い光を放っている。〈歪んだ円筒世界〉にはない地平線というものらしい。

「何か考えごと？」その声は少年の脳内に快感物質を放出させた。

彼女が異部族のもとから戻ってきたんだ！

振り向く族長の目に、麗しき真紅のローブの娘とともに、異様な風体の手足の長い男が映った。その男の肌の色は少年の赤に対して青だったし、衣服は胴体だけに着け、顔と手足はむきだしだった。その代わり、金属の鎖でできたアクセサリーを無数に巻きつけている。

一瞬、どんな反応をとるべきか思いつかなかったが、楽しげな外交主任の様子を見て、少年は異人に笑顔を見せた。

おそらく、人類同士なら、笑顔は友好信号として機能するはずだ。その人物が人類に属すると仮定しての話だが。

族長の反応はおおむね正しかったらしく、相手も笑顔を返してきた。これで問題は次の段階に移る。いったい、いつまで笑顔を続けなければならないのか？

「紹介いたしますわ」若い外交主任はにこやかに言った。「この方は〈旅人を無事送り届ける民〉の〈楽しげに旅人を迎える男〉です」

族長が面食らっている間、外交主任は異言語を使って、〈楽しげに旅人を迎える男〉と何か喋っていた。

「〈楽しげに旅人を迎える男〉はわれわれの部族の代表者があまりに若いのでとても驚かれているようですわ」

「聞きたいことはいっぱいあるんだけど」少年は〈楽しげに旅人を迎える男〉に遠慮して、小声で尋ねた。「まず、どうして僕に敬語を使うの？」せっかく再会したというのに、よそよそしい口の利き方をされて、なんだか前よりも彼女の存在が遠くなってしまったような気がしたのだ。

「彼は〈旅人を無事送り届ける民〉の正式な使節ですからね。あなたにはわが部族の代表として威厳を持ってもらわないといけません」外交主任は悪戯（いたずら）っぽく片目をつぶってみせた。

「それで、その〈旅人を無事送り届ける民〉というのは、きっと部族名だと思うけど、〈楽しげに旅人を迎える男〉というのは何？　外交主任に相当する役職名？　それとも、称号？　ひょっとすると、その人の個人名？」

「〈楽しげに旅人を迎える男〉というのはこの人の唯一の名前です。役職名とか、個人名とかいう区別は〈旅人を無事送り届ける民〉にはないんです」

その後、彼女は少年の質問に次々と答えてくれた。

〈旅人を無事送り届ける民〉の人口は崑崙側に住む者と須彌山側に住む者を合わせて一万人以上に達する。様々な使命の達成――〈歪んだ円筒世界〉から〈楕円体世界〉に渡る、その逆、同じ世界の北側から南側に移る等――のため、カオスの谷を通る部族は多く、〈旅人を無事送り届ける民〉はそれら諸部族の手助けをすることを使命としている。そのような背景があるため、〈旅人を無事送り届ける民〉は多くの諸部族の言語に精通していた。少年の部族は二、三の異言語しか習得していないが、そのうちの一つが彼らのレパートリーのいくつかと比較的、文法・語彙が近い関係にあったため、なんとかコミュニケーションをとることができるようになった。須彌山への安全な移送手段はわれわれが彼らに提供する新しい文化と遺伝子の見返りという形で貰うことができる。怪我をした羊については彼らの羊と取り換えてもらうことで話がついた。動けない羊については食用にするしかないが、低重力地域でのみ動ける羊については崑崙と須彌山に分かれて定住している彼らにはまったく問題がない。新しい遺伝子の導入にもなるので、かえって望ましいことでもある。交換レートはこちらの一頭に対して、五頭にしたい。

「ちょっと、待って。向こうの羊って蝙蝠羊のことじゃないだろうね」

「蝙蝠羊というのは前足が翼になっていて、後ろ足が退化している種類のこと？　じゃあ、ちがいます。〈旅人を無事送り届ける民〉が飼育しているのは平原羊とほぼ同じ形態で、ただ前足と後ろ足の間に皮膜があるだけのモモンガ羊ですもの。皮膜は低重力地域で滑空するためのものだけど、高重力地域でも邪魔にならないし、切除してしまうことも可能です。平原羊との交配もできます。もちろん、高重力地域への移動は適応させるため、ゆっくり行う必要はありますが。……ところで、なぜ蝙蝠羊のことを気にしているの？」

少年は、部族が所有している雌羊の多くが野生の蝙蝠羊と交尾してしまったこと、生まれてくる子羊の何割かは蝙蝠羊の特徴を持っていて、高重力地域へ連れていくことはできないだろうし、見た目が平原羊であっても次の代以降、蝙蝠羊の特徴を発現してしまう可能性があることを話した。

外交主任は綺麗な眉間に縦皺を入れた。だが、二言三言、異人と話をすると、もとのにこやかな笑顔に戻った。

「〈楽しげに旅人を迎える男〉は、しばらく崑崙にとどまる気があるなら、子羊が生まれてから、蝙蝠羊の特徴の有無にかかわらず、全部モモンガ羊と取り換えても構わないとおっしゃってるわ。何代かかけて蝙蝠羊の形質を持つ羊を排除して交配していけば、遺伝子をもとの純粋な平原羊の状態に戻せるそうです」

「それは助かる。でも、一つ気になるんだけど、モモンガ羊にも蝙蝠羊の遺伝子が混入している可能性はないの？」

また、外交主任と〈楽しげに旅人を迎える男〉との間に会話が続いた。互いに目を見つめあい、笑いかける二人を見ていると、族長は苛立たしさを覚えた。

「両方の間で交雑があることは知られていないそうです」

「ほんとに？　蝙蝠羊の雄は見境がなかったようだけど。崑崙の〈ぬれもの細工〉はみんなそうなのかな」少年の言葉は少しきつくなった。

「あら、雄はたいていそうよ」外交主任はいつもの調子で答えた。「でも、雌が逃げてしまうの。雌は一度に一頭の雄の子供しか持てないから、別の亜種との混血を作るようなギャンブルは避けるわけね。でも、雄はできるだけ自分の精子をばらまくほうが戦略的に有利になるから。時には交雑の結果、思いがけず優秀な子孫が得られる可能性もあるわけよ……です」外交主任は思い出したように敬語に戻した。

「じゃあ、節操がなかったのは僕らの雌羊だったんだろうか？」

「雌羊を責めるのは酷ですわ。彼女たちは蝙蝠羊の雄から必死で逃げようとしても、空中で足をばたばたすることしかできなかったんですから」

若い族長は腕組みをした。

この異部族の申し出を受けて、取り引きをすべきか？　あまりにこちらに有利な内容であるということが逆に少し気になる。しかし、彼らはこちらの百倍以上の規模を持っている。この程度の寄付はたいしたことではないのかもしれない。また、遊牧民に対するサービスが彼らの使命であるのなら、これらの取り引き内容のアンバランスは当然のことでもある。われわれだって、使命のためになんのメリットもない旅を続けているのだ。

もし万が一、彼らの言葉が嘘――モモンガ羊が高重力に適応できないとか、蝙蝠羊の遺伝子に汚染されているとか――だったとしても、状況はこれ以上、悪化はしない。彼らの申し出を断って、平原に引き返す場合、羊の大半を失い、かつ、今後かなり長い年月の間、蝙蝠羊の血を引く子羊が生まれるリスクを負わねばならない。もちろん、そんな羊は交易にも使えない。一族は人口を維持することすらできなくなり、族長である自分は当然、失脚することになる。おそらく、二度と返り咲くことはないだろうし、〈楕円体世界〉の北極に行くという部族の使命すら放棄されてしまうかもしれない。

ならば、道は一つしかないだろう。

「わかった。彼らの……〈旅人を無事送り届ける民〉の申し出を受けることにするよ。今日中に部族会議でこのことを伝える。君と〈楽しげに旅人を迎える男〉には計画の詳細の説明をお願いするよ」族長は思慮深く見えるように、気をつけて言った。

だが、彼の努力は外交主任には伝わらなかったようだ。彼女は族長の決定を聞くや否や、異人と互いにじっと目を見つめあい、満面の笑顔をたたえたまま、彼には理解不能の言語で長い会話を始めた。

きっと、長話は彼らの習慣なんだ。さもなければ、外交辞令だ。

取り残された子供は心の中でそう呟いた。

亀の甲羅にも見えなくはない岩石の塊は、ふらふらと地面すれすれの高さを滑空していた。

「まさか、蒸気機関で物体が飛行できるとはな」科学主任は驚嘆の声をあげた。

「そよ風だって、石を飛ばせるんだ」族長は落ちついた声で答えた。「僕たちの発想が堅かったんだよ。自力で飛行する機械なんて作れっこないと思い込んでいたんだ」

〈旅人を無事送り届ける民〉が〈飛び岩〉と呼んでいる人工飛行体は、直径は三メートルほどの半球状をしており、外殻は数十センチメートル程度の大きさの岩を膠で張り合わせて作られていた。族長と科学主任と〈旅人を無事送り届ける民〉の技師――〈岩を操る女〉の三人はその一機に乗っていたが、巨大でしかも高温の蒸気機関が内部空間の大半をしめているため、身動きもままならない状態だった。さらに、〈岩を操る女〉が科学主任を凌ぐ長身であることもいっそう閉塞感を高めた。もっとも、彼女の部族は全員異様に長身であった。

「ただ、搭載量が小さすぎるのが問題だな」族長は苦々しげに言った。「もっと大型のものを作ればいいのに、百人乗りぐらいのやつを」

「それは無理です」〈岩を操る女〉が口を挟んだ。「これ以上大きくすると、構造材が必要になって、重くなりすぎるんです。かといって、重さがほとんどないカオスの谷の中で

〈飛び岩〉を建造しようとすると、今度は岩の衝突が邪魔になります」

「〈旅人を無事送り届ける民〉は、三十機ある〈飛び岩〉のうち二十機を使っていいと言ってくれているんだ」科学主任は族長を諭すように言った。「一機に一頭ずつ、一日一往復としてもふた月でかたがつくだろ」

科学主任の高圧的な態度は鼻持ちならないが、正しいことを言っているかぎりは反論できない。族長は唇を噛みしめた。

「交換分の羊は須彌山側にいるものを使うと聞いております。あなたがたは元気な羊だけを運べばいいのですから、半月ぐらいで作業は終了すると思います」〈岩を操る女〉が教えてくれた。

〈岩を操る女〉は覗き窓の装甲板を一瞬だけ開き、すぐに閉じた。常に開けておくと、石礫が飛び込んでくる可能性があるからだ。

「しばらくしたら、微小重力域に入ります。その後はハッチを開けて外を見てもかまいませんよ」

崑崙と須彌山の頂きに挟まれ、空気の通り道が極端に細くなるため、カオスの谷では一年に何度か凄まじい突風が吹くことがある。そのため、小さな石や砂は吹き散らされてしまって、大気中にほとんど残っていないのだ。その代わり、一メートルから数十メートルの巨岩がふらふらと無数に漂っている。もちろん、岩だって突風で吹き飛ばされはするが、カオスの谷から出るとすぐに崑崙か須彌山の斜面に軟着陸してしまう。そして、逆方向の突風とともにカオスの谷に舞い戻ってくる。岩と岩の間隔は十メートルから数百メートル。風が吹くと全部がほぼ同時にふらふらと漂い始める。

　崑崙と須彌山は対向しているが、それぞれの頂上は六百メートルほどの空間で隔てられている。それがカオスの谷であり、二つの世界の共通の赤道に沿って広がっている。谷のすぐ外側は小石や砂による嵐が頻繁に起こるため、常に煙に覆われているように見えるが、カオスの谷の内部に入ってしまえば静かなものである。

「科学主任、一つ聞きたいんだけどねぇ」族長は言った。

「なんだ？　言ってみろ」科学主任は面倒臭そうに言った。

「どうして、ここが谷ということになるのかな？」

「そりゃ、おまえ、山と山の間に挟まれているのは谷と決まってるじゃないか」科学主任は鼻をならした。

「でも、納得できないな。山の裾野同士が迫っている部分なら谷かもしれないけど、ここは頂上同士が迫っている。それも片方は足元にあって、もう一方は頭の上でひっくり返っている」族長は反論した。

　上とか下とか言ったのはまずかったかな？　微小重力下では上下の概念は通用しないと突っ込まれそうだ。もっとも、今は蒸気機関が作りだす慣性力が疑似的な重力になってはいるが。

だが、科学主任は何も言わなかった。さすがに、この状況に興奮して我を忘れているのだろうか？

「どうぞ。ハッチを開けて見てください。これがカオスの谷です」〈岩を操る女〉が推力を切断したとたん、果てしなく落下するような不快感が二人を襲った。これが微小重力というものだろうか。

族長と科学主任は先を争って、ハッチから身を乗りだした。一人の通り抜け用に設計されたハッチなので、二人同時では少々圧迫されて苦しいが、カオスの谷の景色のすばらしさはその苦痛を補ってあまりあった。

上下左右あらゆる方角に無数の岩が浮かんでいた。すべての岩はほぼ同期して動いているため、ほとんど相対的な速度はなかった。ほんの時たま風の強さや向きが変化する時だけ、岩の動きに乱れが生じる。それはカオスの谷の一点で起こり、波紋のように全体に波及していく。しかし、まもなくゆらぎは平均化され、岩たちはきちんとした秩序を取り戻す。

崑崙や須彌山の頂上は浮遊している岩と同程度の大きさの岩で覆われていた。

「カオスの谷の領域は非常に曖昧なんです」〈岩を操る女〉が言った。「今はある程度の風があるために、岩たちは浮遊していますが、無風状態になれば、ほとんどの岩はどちらかの頂上に落下してしまいます。つまり、山が少し高くなるわけで、カオスの谷は縮んでしまいます。逆に風が強くなれば、今頂上にある岩は吹き飛ばされ、カオスの谷はもっと広くなります」

族長が眺めている間にも、何個かの岩がふらふらとカオスの谷の外側に流れていき、どちらかの山肌に吸いよせられていくのが観察された。ひらひらと鳥の羽のように舞い降りる岩は浮遊している時よりもさらに奇異な情景だった。

「カオスの谷に物体を固定することは非常な危険をともないます。秒速数メートル、時には数十メートルの岩石の直撃を受けて、損傷しないような人工物はわれわれの現状のテクノロジーでは、まず実現不可能です。岩石の激突を防ぐには自らも浮遊するしか方法がないのです。〈飛び岩〉はそのコンセプトから開発された移動装置なのです。ただ、天然の岩に比べて密度が低いため、風速・風向の変化に敏感すぎ、風に急激な変化が出た時に岩と接触する可能性はありますし、速度を上げすぎた場合も危険な状態になることがあります。もちろん、充分な注意を払っておけば、特に問題はありません」

この〈岩を操る女〉の言葉を裏づけるように、周囲の岩たちの中に奇妙な動きをするものがあった。今日のデモンストレーション飛行には総勢十機の〈飛び岩〉が出動していたのだ。それらは他の岩よりもほんの少し早くまた大きくゆらぎに捕らわれる。それぞれの〈飛び岩〉には部族の主任たちが搭乗しており、今次々と石の蓋がこじあけられ、色とりどりのローブが顔を覗かせ始めているところだった。ハッチの向きがばらばらであるため、人々の頭の向きもばらばらだった。

〈飛び岩〉の操縦士たちの名前は全員、女は〈岩を操る女〉で、男は〈岩を操る男〉なんだろうか？　という疑問を口にしようとした時、族長は視野の端に紅いものを捕らえてしまった。

距離は百メートルほどだろうか。紅いローブにくるまれた麗しい人もこちらを見つけたらしく、大きく手を振っている。そして、その肩には〈楽しげに旅人を迎える男〉のごつごつとした長い腕が回されていた。

彼女はまもなく、外交主任をやめる。遺伝子と文化の交流のため、〈旅人を無事送り届ける民〉の中にとどまるのだ。

さて、彼女は本心から〈楽しげに旅人を迎える男〉に恋をしてここに残る決心をしたのだろうか？　それとも、外交主任として交渉を成功させねばならないという義務感からこの結婚を申し出たのだろうか？

結婚は自分の気に入った人物と行うのにこしたことはない。だが、族長は、彼女の決断は感情を排除した犠牲的精神の結果であって欲しかった。

彼女の立場に立ってみれば、はなはだ自分勝手で理不尽な願いであることは重々承知していた。しかし、心は正直なものだ。自分に嘘はつけない。それに彼女も言っていたではないか。雌羊たちにはどの羊の子を産むかという選択の自由はなかったのだと。

しかし、少年のはかない望みは一瞬で打ち砕かれてしまった。なんたることか、彼女のほうから、異人の顔を引き寄せ、接吻をしたのだ。誰がどう見たって、幸せそうなカップルではないか。いやいや。彼女は演技をしている可能性もある。

でも、誰を騙すために？

うーむ。きっと、僕たちや〈楽しげに旅人を迎える男〉だ。

なんのために？

さあ、なんのためだろう？

その時、族長は隣にいる黒いローブの科学主任が自分と同じ目で外交主任と〈楽しげに旅人を迎える男〉のカップルを睨んでいることに気がついた。

なるほど、そういうことだったのか！

嫌なやつだとばかり思っていたが、こうして共通点が見つかると、突然親近感も湧いてくる。

科学主任は十三歳の餓鬼に本心を見透かされたことに気づいて頬を赤らめた。

「見てみろ。ここは世界を南北に分断する境界だ」科学主任は照れ隠しのつもりか突然世界について語りだした。

しかし、あらためてそう言われてみると、確かにここは世界の境に違いない。北の空にも南の空にも「果て」が見える。外側には崑崙があり、内側には須彌山がある。どちらの山脈も南北の稜線は約百二十度の角度で交わっている。

崑崙の斜面はやがて緩やかになり、〈歪んだ円筒世界〉の平原へと繋がっている。そして、〈歪んだ円筒世界〉は南北へと伸び、やがて「果て」へと至る。

須彌山の両端に角を持つ楕円のように見える輪郭線は地平線だ。〈楕円体世界〉は正の曲率を持つ世界なので、地平線がある。だから、〈楕円体世界〉の大部分は須彌山に隠れていて見ることはできない。

〈歪んだ円筒世界〉は崑崙の頂上をのぞき、すべて負の曲率を持つ世界なので、地平線はない。崑崙の稜線が唯一の例外と言えるだろう。

もちろん、ここも他の場所と同じく、世界の一部しか見ることができない。しかし、重力の枷から解き放たれたおかげで、〈歪んだ円筒世界〉にも、〈楕円体世界〉にも、崑崙にも、須彌山にも足場を置く必要がなくなり、二つの世界の真の姿が見えてくるような気がした。

二つの世界……砂時計とその括れに詰まった凸レンズ。

〈楕円体世界〉と呼ばれてはいるが、厳密には楕円体ではない。縁が微分不可能な稜線になっているのだから、むしろ凸レンズに近い。凸レンズはその縁を砂時計の内面に接している。凸レンズの直径はその厚さの一・五倍。砂時計の括れの内側の直径ももちろんそれに等しい。砂時計の内面は凸レンズから離れるにつれ、円筒に漸近していく。その円筒の直径は括れ部分の一・七倍になる。凸レンズの外面と砂時計の内面は一組のポテンシャル面を形成している。視覚的な高低差にかかわらず、ポテンシャル的には二つの世界のどの場所もほぼ同じ高さなのだ。

ダイソン天体の準安定な変形。

「〈やわもの細工〉と〈かたもの細工〉はなぜこの形状を選んだんだろう？」

「それは誰にもわからない。おそらく、われわれを閉じた世界に閉じ込めたかったのだろう。そして、これがもっとも半径の小さな解なのだ」

「本当に閉じ込められているのかな？」

「どういうことだ？」

「僕たちは保護されているんじゃないだろうか？」

「希少物として？」

「彼らの宇宙は僕らには荒々しすぎるから」

「じゃあ、脱出プログラムの意義はどうなる？」

「脱出プログラムはちゃんと機能しているのかな？」

「各ユニットがその目的を果たそうとしているなら。現にわれわれも〈旅人を無事送り届ける民〉も使命を守っている」

「閃光が見える？」

「ああ、世界のあちらこちらに」

「あれは核爆発だろうか？」

「わからない」

「プログラムは今でもまだ正常に機能しているんだろうか？」

「わからない」

　そうなのだ。プログラム全体が予定通り進行しているのかどうかはただの遊牧民の族長や科学主任には知る術さえない。だが、使命を放棄するわけにはいかない。自分たちが使命を放棄すれば、そのぶんだけ確実にプログラムが失敗する可能性が高くなる。

　また、それ以前に宇宙にとって、本当に〈ぬれもの細工〉が必要なのかという問題がある。苦労して脱出することになんの意義があるのか？　この世界で安楽に暮らしていてはいけないのだろうか？　一族の旅をここでやめていけない理由があるのだろうか？

　少年は考えることをやめた。どうせ答えが出ないことはわかっていた。世界は広く永く、人は小さく夭い。だからといって、いや、だからこそ、自らの行動が全世界にそして全宇宙にとって、意味のあることだと考えていけないわけはない。彼らはまもなく、カオスの谷を越えて、〈楕円体世界〉に渡っていくことだろう。それは目的の達成ではない。それどころか旅の終点は見えすらしていない。しかし、確実に目的への一つの段階を乗り越えることになるのは確かだ。

　部族が最初に降り立つミヨイタミアラ大陸は北極圏までは広がっていない。北東の海を渡り、新大陸の海岸沿いに北上するか。それとも、北西の海を越え、日本列島を辿るべきか。

　いや。進路を決めるのにはまだ早い。推測の材料がない。なにしろ〈楕円体世界〉はまったくの未知の世界だ。とるべき道を決定する前にまず知らなければならない。

　風が強くなってきた。〈飛び岩〉たちはぐるぐると回転を始め、竜巻の中に舞った。遊牧民たちは一様に怯えたが、〈旅人を無事送り届ける民〉の族員たちは落ちついていた。こんなことは日常茶飯事なのだろう。紅いローブの女とその恋人なぞは互いを見つめるのに忙しくて、風のことなどには気がついてもいないようだ。少年は目を逸らした。

　僕は英雄だ。きっと、部族の歴史に残る族長の一人になれるだろう。十三歳で一族を〈楕円体世界〉に導いた男。それでいいではないか。これ以上、何を望むというのか？

　少年は堪えようとした。

　彼女には手が届かなくなった。

物語は終わった。
さあ、科学を学ぶ時間だ。
人はどんな時に何をするか。
そして、何をしないか。
分析し、解析するんだ。

ううん。
物語は終わっていない。
英雄はまだ何もしていない。
彼の物語はまだまだ続くはず。

歴史という物語には始まりも終わりもない。

それはただただ継続するんだ。
それを勝手に切りとって、物語だと言い張っているだけなのさ。
断片に過ぎないものを完全だと言いくるめているだけなのさ。
　でも、彼はなすべきことをなしてはいない。
始めたことをやり遂げていない。
歴史が続くものならば、終わりは始まりであるはずよ。
彼の話が終わるなら、代わりの話をしてちょうだい。

やれやれ。
しようのないお嬢さんだ。
そんなに物語が聞きたいというのなら、もう一つ話をしてあげよう。
自らの行為を悔やむ話を。
そして、望みのことをやり遂げる話を。

独裁者の掟

「こんな時間に何の用だ？」総統は突然執務室に飛び込んで来た男に詰問した。

「個人的にはあなたには何の恨みもありません。しかし、あなたに生きていられては、この国の民衆が不幸になります」男は懐から銃を取り出した。「こんなことになって残念です」

「わたしもだ」肘掛にかけられた総統の指先が僅かに動いた。

部屋のあちこちに仕掛けられた自動装置が一斉に稼動する。男は無数のビームに打ち抜かれた。生きていたときの面影はまったくない。ただの肉塊になり、ぴくぴくと動いていたが、それもすぐにおさまった。

「誰かをすぐここに来させろ」総統は眉毛一つ動かさずに言った。「部屋の掃除が必要だ」

「勝手に外に行ってはいけないよ。わかったかい？」大使は小さな少女の肩に手を置き、優しく言った。「外に行きたい時はちゃんとそう言うんだよ」

「うん。わかったわ」少女は利口そうな円らな瞳を輝かせて答えた。「じゃあ、今からお外に行ってもいい？」

「それは駄目だよ。お父さんはこれからこの国の偉い人と大事なお話がある。三人の兵隊さんのうち、二人はお父さんについてこなくてはいけないし、残りの一人はこのブロックから出るわけにはいかない」

「もっと兵隊さんに来てもらったらよかったのに」少女は唇を尖らせる。

「この国の人たちとの約束で、三人だけしか連れてこられないんだ」

「どうして、そんな約束をしたの？」

「この国の人たちは第一帝国のことをとても怖がっているんだ。だから、大勢の兵隊さんたちが来ると、戦争を始めるつもりだと思ってしまう」

「でも、わたしたちは戦争を始めるつもりなんてないんでしょ？」

「そうだよ、カリヤ」大使はカリヤの頭を撫ぜる。「だが、中には戦争が好きな人もいる。この国の人たちは第一帝国の中のそんな人たちのことを心配しているんだ」

「戦争が好きな人って、総統のこと？」

大使の手の動きが止まった。顔が真っ青になる。そして、深呼吸をした後、静かに言った。「そんなことを言ってはいけないよ。絶対に駄目だ」

「わかったわ。でも、どうして？」

「理由も訊いちゃ駄目だ」大使は少し厳しい顔になる。

「総統が怒るの？」

「子供は総統のことを考えなくてもいいんだ。それは大人の仕事だ」

「お父さんも総統が怖いの」

大使は周囲を見回す。「怖くはない。ここに来ることもお父さんと総統が話し合って決めたことだ。何も心配することはないよ」

「じゃあ、総統は怖くないのね」

「そうだ。カリヤはいい子だ。ジェニーと一緒に待っててておくれ」大使はもう一度カリヤの頭を撫ぜ、部屋から出ていった。

大使が出ていって十分後、カリヤはそっとドアを開け、外を覗く。

廊下には兵士が立っていた。

「どうかしたのかな、カリヤちゃん？」兵隊はしゃがみ込み、優しく問い掛けてきた。

「おじさんはわたしと一緒にこのブロックから出てはいけないの？」

「今はね。残りの二人の兵隊さんが帰ってきたら、一緒に外に行ってあげよう」

「お父さんはいつ帰ってくるの？」

「さあ、どうかな？」兵隊は困ったような顔をした。「お父さんはこの国の偉い人と大事なお話があるんだよ。だから、急がずにゆっくりお話をしなくてはいけないから……」

「戦争のこと？」

兵士の顔が強張（こわば）る。「カリヤちゃんのお父さんは立派な人だ。お父さんが頑張っているんだから、戦争になんかなりっこない。何も心配なんかすることはないんだよ」

「ふうん」カリヤは納得いかないまま、相槌を打つ。「わたしね、お腹（なか）が空いたの」

「ご飯はさっき食べただろ」

「お菓子が食べたいの。お父さんはいつもご飯が終わってしばらくしてからお菓子をくれるわ」

「我慢できないのかい？」

少女は悲しそうに首を振る。

兵士は諦め顔でポケットを探る。

「ごめんよ。外に出れば売っているかもしれないけど……」

「台所にならあるかもしれないわ」少女は目を輝かす。「前に見たことがあるもの」

兵士は少し考え込んだ。「じゃあ、少しここで待っていて。二、三分で引き返してくるから」

兵士は廊下の向こうに姿を消した。

「お父さんは『勝手に外に行ってはいけない』って言ったのよ」カリヤは言った。「だから、誰かに言ってからなら、構わないはずなのよ。ジェニー、わたし外に行くからね。これで大丈夫だわ」

カリヤは胸に抱いた人形にそう言うと、そっと椅子の上に置き、ブロックの外へと出ていった。


「総統、お怪我はありませんでしたか？」青ざめた顔の秘書官は部屋に入るなり尋ねた。

「見ての通りだ」総統は椅子に座ったまま、冷たい目で秘書官を睨む。「わたしを襲ったのは何者だ？」

「現在、調査中であります」

「第一帝国内の反体制勢力か、民主連邦のスパイかで、話は変わってくる」総統は考え込む。「どちらにしても、今騒ぎを起こされるのは拙い。早くつきとめろ。二時間以内にだ」

「もし二時間たっても、判明しなかった場合はいかがいたしましょう？」秘書官は袖で額の汗を拭った。

「必ずつきとめろ。もしわからなかったら、両勢力に対し、報復しなければならない。……

…そして、もちろん、あなたにも相応の責任をとってもらう」

カリヤは見るものすべてが珍しく、きょろきょろと周囲を見回しながら、廊下を進んだ。あまりきょろきょろしていたものだから、同じく余所見をしていた男の足にぶつかってしまった。

「おや？」男はカリヤを見て興味を覚えたらしい。「おまえ変わった服を着ているな。親はどこだ？」

「どうかしたか、ゴウマ？」近くにいた別の男が声を掛けてきた。

「この子供の服を見ろよ」

「何だ、こりゃ？」

「知らねえのか？」

「ああ。何かのまじないか？」

「こりゃ、第一帝国の服だ」

「本当に？　でも、第一帝国人は今までにも見たことあるけど、こんな服は着てなかったぜ」

「おまえが見たってのは、どうせ軍人か政治家だろ。間違いない。これは第一帝国の子供服だ」男はカリヤの腕を乱暴に掴む。「上等な生地だ。それに」男はカリヤの顎を指で押し上げる。「なかなか可愛い顔をしてるじゃねえか」

　カリヤは恐怖で声を出すこともできなかった。

　その時、突然男は苦痛の声を上げ、蹲（うずくま）った。声をかけようとしたもう一人の男の頭に小さな金属の玉がぶつかり、同じように蹲る。曲がり角の陰から少年が飛び出してきた。年はカリヤより、二つ三つ上だろうか。

　少年は呆然と立ち尽くすカリヤの腕を掴んだ。「何をぐずぐずしてるんだ!?　早く逃げろ！」

　カリヤは訳もわからず、少年と走り出した。


「報告いたします」目の下に隈を作った秘書官はしゃがれた声を出した。「総統を狙った組織が判明いたしました。『新しき星』です」

「ご苦労」総統は爪を磨きながら言った。「ところで、事件が起こってからどれだけになる？」

「半日です」

「わたしは何時間以内につきとめろと言った？」

「二時間です」秘書官の声は今にも消えそうだった。「しかし、わたしは……」

「言い訳は聞きたくない」総統は椅子を回転させ、背を向けた。

「総統、これからわたしは……」

総統はインターコムのスイッチを入れた。「リヒェルト、執務室にすぐ来い。あなたが新しい秘書官だ」

「総統……お助けください……」元秘書官は震えていた。

「さようなら」


人通りの多いブロックの広場のベンチに二人は倒れ込んだ。広場といっても、大勢の人間でごった返しているうえに、天井が低いので開放感はまったくない。

「あいつら、ごろつきだ。それに変態なんだぞ」少年はまだ息を切らしていた。

「変態って？」カリヤは天井の不思議な模様を見ながら尋ねる。

「えっ？」少年は目を丸くした。「知らないのか？」

「うん」

「つまり、悪い大人だ」

「大統領みたいなもの？」

「大統領？　大統領って、民主連邦のか？」

「そうよ」

少年はカリヤの口を押さえた。「そういうことは第一帝国で言いな。この国でそんなことを言ってたら、長生きできない」

少女は何度も首を縦に振る。少年は恐る恐る手を離した。

「どうして長生きできないの？」

「おまえ本当に第一帝国から来たのか？」

「うん」

「第一帝国で総統の悪口を言うやつはいるか？」

「知らない」

「誰かが総統の悪口を言ったのを聞いたことあるか？」

「ないと思う」

「おまえが総統の悪口を言ったとしたらどうなる？」

「お父さんが『駄目』って言うよ。『子供は総統のことを考えなくっていい』って」

「ここでも、そうなんだよ。子供は大統領のことなんか考えなくってもいい」

「ふうん」

「代わりに総統のことを言うのは自由さ。総統の糞ったれ‼」

周りを歩く大人たちは一瞬少年を見て、眉をひそめたが、特に咎（とが）めるでもなく、そのまま通り過ぎていく。

「なっ」

「総統って、糞ったれなの？」

「知らないよ、総統のことなんか」

「知らない人を悪く言ってはいけないわ」

少年はしばらくきょとんとカリヤを見ていたが、やがて大きな声を出して笑い出した。

「俺、チチルってんだ。よろしく」少年はカリヤの手を握った。


「『新しき星』のアジトを急襲し、全員射殺いたしました」新秘書官は誇らしげに言った。

「皆殺しにしろと誰が言った？」総統は不機嫌そうに言った。

「いえ……。総統がそうお望みかと……」

「わたしは、そのようなことは望んでいない。彼らの考えを知る機会は永遠に失われてしまった」

「わ、わたしは、そ、総統のためを思って……」

「畏れなくてもいい」総統は面倒そうに言った。「それぐらいのミスで、あなたをどうこうするつもりはない。とにかく、わたしを敵視する組織に対する牽制にはなったはずだ」

新秘書官は安堵の溜め息をついた。

「出発は明日の何時だ？」

「はい。午前十時でございます」

「大使からの報告は？」

「まだです」

「遅いな」

「ひょっとすると、何かトラブルがあったのかもしれません」

「トラブル？」

「民主連邦が何かを企んだのやもしれません」

総統は高笑いする。「このタイミングではあり得ない。やるなら、もっと後だ。やつらも馬鹿ではあるまい。みすみす自分の命を短くするようなまねはしないだろう」

「まともな輩ならそうでしょう」

「やつらはまともでないと？」

「もちろんです」新秘書官は自信たっぷりに頷く。「まともなやつらなら、そもそも閣下に逆らおうとなぞするわけはございません」

総統は再び笑い出した。笑いながら、涙を流し、腹を押さえながら、なおも笑う。

新秘書官は心配そうに総統を見つめる。

三分ほどたち、ようやく総統の笑いの発作も収まった。「あなたは本気でそう思っているのか？」

「もちろんです」

「おめでとう。あなたは秘書官を続けていられる。なぜなら、わたしは嘘吐き(うそつ)が好きだからだ」

「第一帝国の人と民主連邦の人はどうして、仲が悪いの？」カリヤは無邪気に尋ねる。

「おまえ、本当に知らねえのか？」

カリヤは頷く。

「要は燃料の取り合いさ」

「燃料？」

「そう。宇宙船の燃料さ」

「宇宙船って？」

「宇宙を旅する乗り物だ」

「宇宙って？」

「俺たちがいるところだよ」チチルは腕組みをした。「ええと。空っぽがあるんだ。それはとんでもなく大きくて、中にはたくさんの世界がすっぽり入るぐらいなんだ」

「大きな空っぽがあるのね」

「空っぽの中を物凄い速さで飛び回る乗り物が宇宙船だ。宇宙船にはぴんからきりまであって、一人乗りの狭苦しいのから、世界を丸ごと抱え込んでいるようなとびっきりでかいのもある。わかるか？」

　カリヤは頷いた。

「本当か？　まあ、いいや。それで民主連邦と第一帝国はそんなとびっきりの宇宙船の中にあるんだ」

「同じ宇宙船の中？」

「別々の宇宙船だよ。おまえ、第一帝国から民主連邦に来る途中、宇宙空間を通らなかったか？」

　カリヤは首を振る。「ううん。ずっと夜が続いていただけで宇宙空間はなかったわ」

「その夜が宇宙空間なんだ。外から見たこの世界はどうだった？　旅の終わりには何か大きな物に近づいたはずだ。綺麗だったか？」

「こんな丸い形で……」カリヤは手で円筒の形を表現した。「ごちゃごちゃしていて、あんまり綺麗じゃなかった」

「そうか。綺麗じゃなかったか。そうじゃないかと思ってたんだ。なにしろ、ブロックが寄せ集まってできてるんだからな。もちろん、ブラックホールだけはブロックでできてないけどな。その他は量子ラムジェットエンジン機構も含めて全部同じ形のブロックの組み合わせだけでできている。昔のやつらは奇妙な仕組みを考えたもんだ。第一帝国もブロックが集まってできてるんだろ？」

「うん。おうちのブロックでここに来たの」

チチルは口笛を吹いた。「ブロックまるまる一つを家にしてるのか？　おまえんち、めちゃくちゃ金持ちだろ」

「わからないわ」

「俺の住んでいるブロックには五十家族も住んでいる。それにエンジンが壊れていて、自力移動もできない」

「じゃあ旅行の時はどうするの？」

「足を使うんだ」

「ふうん。そうなの」

チチルはしばし考え込む。「考えてみれば不思議だよな。第一帝国から来たブロックが何の問題もなく、すんなり民主連邦のブロックとドッキングできるんだから」

「どうして不思議なの？」

「二つの宇宙船は同じ技術で作られてるってことさ。初めから仲が悪かったとしたら、わざわざそんなことをするはずがない」

「じゃあ、昔は戦争なんかしてなかったのね」

「さあ。今となってはわからない。わかっているのはここ何百年間も二つの宇宙船が戦い続けていたってことだ」

「燃料の取り合いで？」

「そう。燃料の取り合いだ。二つの宇宙船のエネルギー源はどちらも同じで、量子ブラックホールだ。知ってるか？」

カリヤは首を振る。

「だろうと思ったよ。ブラックホールってのは、言うなれば時空に開いた穴だ。普通は、とっても重くて、なんでもかんでも吸いこんで、何も吐き出さない。ところが、小さなブラックホールに限っては、エネルギーや物質を吐き出すんだ。それも小さく軽いブラックホールほど吐き出すエネルギーは大きい。つまり、小さなブラックホールを放っておくと、エネルギーを放出して、どんどん小さくなってしまうんだ。すると、さらに吐き出すエネルギーが大きくなる。こうやって最後には爆発してしまうわけだ。もちろん、簡単に爆発していては宇宙船のエネルギー源にはならない。爆発させないためには、いつもブラックホールに餌をやらなきゃならないんだ」

「餌？」

「餌といっても、何も食べ物をやるわけじゃない。質量さえあれば何でも餌――つまり燃料になるわけだ。街にごみ一つないのは、不用になったものはみんな燃料にされるからだ。ごみだけじゃない。ブロックでも人間でも同じことだ」

「人間？」

「死体や犯罪者のことさ。おまえんとこでもそうだろうけど、死体や犯罪者はたいていブラックホールに突き落とされる。最近はそれでもおっつかなくなってきて、年寄りも燃料にしちまおうってやつらまで出始めてるんだ」

「お爺さんやお婆さんを燃料にしちゃうの？」

「背に腹は代えられない。知ってるか？　昔は便利な道具がいっぱいあったんだぞ。テレビとか、電話とか、ビデオとか、電子レンジとか、洗濯機とか」

「今でもあるわ。見たことあるもの」

「おまえのうちみたいな金持ちにとってはまだ珍しくないんだろうな。俺たちはただ話に聞いているだけだ。便利なものでも、生きるのに必要がないものは全部切り捨てたんだ」

「全部燃料にしたの？」

「何もかもだ。そして、これからもそれは続く。最初はそれほど大事でないもの、それからとても大事なもの、最後はなくてはならないものまで、ブラックホールにくべちまうんだ」

カリヤは泣きそうな顔になった。「じゃあ、どうすればいいの？」

「死にたくなければ、どこかから燃料を調達してこなくちゃならない。しかし、周りは何もない宇宙空間で、しかも俺たちは準光速で飛んでいる。燃料を手に入れられる場所は二つ。ここともそこだ」

「民主連邦の人は第一帝国の人から大事なもの、なくてはならないものを取り上げようとしているの？」

「お互い様だ。昔は相手の国から出るごみをこっそり持ちかえるぐらいだったが、最近ではとても荒っぽいことをしている。中に人間が住んでいるブロックをぶっ壊してそのまま破片や死体をタンクに詰めて持って帰ったり……」

「このまま二つの国が取り合いを続けたらどうなるの？」

「そのうち飛べるブロックもなくなって、戦争もできなくなる。最後にはそうだな。爆発に捲き込まれて死ぬか、自分も燃料になるかだろうな」

「ご命令通り、民主連邦の周囲に戦闘用軍事ブロックを隈なく配置しました。蟻の這い出る隙間もありません」宇宙軍司令官は意気揚々と報告した。

「砲門はどちらを向いている？」

「はっ？」

「戦闘用ブロックはなんのために配置されているのだ？」

「それは、もちろん民主連邦内の反第一帝国勢力を牽制するためです」

「ならば、砲門はどちらに向けるべきだろう？」

「しかし、砲門を民主連邦に向けたりしたら、戦闘行動ととられはしませんか？」

「とられても構わない。まさに戦闘行動なのだから」

「そのようなことをすれば、親第一帝国派さえ寝返りかねません」

「今さら、誰がどちらにつこうと情勢は変わらない。大事なのはこちらの意図を相手に理解させることだ。『われわれにはあなたがたの言葉に耳を傾ける準備はない』不穏な動きがあれば、芽のうちに摘み取ってしまわねばならない。おかしな動きがあればすぐに発砲しろ。確認は事後で構わない」

「しかし……」司令官はなおも食い下がろうとした。

「まだ、何か？」総統は囁くように言った。

司令官は総統の目が鋭くなるのを見逃さなかった。何かの行動を起こす徴候だろうか？　そう。これ以上、司令官が命令に従わなかった場合、総統はほんの小さな動きをするはずだ。手を振るか、指を鳴らすか、あるいは軽く欠伸をするのかもしれない。そして、次の瞬間、司令官はいなくなる。総統は確実にやるだろう。命令に従わない軍司令官ほど危険なものはないということを総統はいやというほど知っている。なにしろ、総統がクーデターを起こせたのも軍を掌握したからだ。

「いえ。何も」司令官は口を噤む。

総統の顔が和らぐ。

司令官は敬礼し、部屋を出ていこうとする。

「ちょっと待て」総統が司令官の背中に向かって、呼び止める。

司令官の腋の下に冷や汗が流れる。

「はい？」

「砲門を民主連邦に向けろと命令した時、すべてのブロックは命令に従うだろうか？」

「わかりません。彼らは軍人として命令をきくように訓練はされていますが、それ以前に心を持った人間なのです」

「命令に従わないブロックは砲撃しろ。そいつらは危険だ」

総統の眼光が司令官の心臓を貫く。

駄目だ。とても逆らえない。

「ご命令のままに」司令官は屈服した。


「もう戦争をやめなくちゃいけないわ」

「そう思っているやつは多いさ。けど、肝心なやつらがそう思っていない」

「肝心なやつらって？」

「俺たちの大統領とおまえたちの総統さ」

「誰かがその人たちに教えなきゃいけないわ」

「教えに行ったやつらは何人もいるさ。でも帰ってきたやつはいない」

「どうなったの？」

「それは訊かないでくれ」

「教えるのがだめなら、戦争をやめようと思っている誰かが、総統や大統領になればいいのよ」

「戦争が嫌いなやつは絶対大統領にも総統にもなれないんだよ」

「どうして？」

「大統領や総統になりたい大勢のやつと戦って、勝ち抜いたやつが大統領や総統になるんだ。だから、結局戦争好きが国を動かすことになる」チチルは訳知り顔で言った。「それに、戦争をやめたって、どうなるものでなし。ただ、死ぬのが早いか、遅いかの違いしかないわけだし……。おい、泣いてるのか？」

カリヤは泣いた。不幸な世界のために。そして、そのことを今まで知らなかった自分に。無力な自分に。

ああ。可哀相なチチル。可哀相なお父さん。可哀相なわたし。可哀相な総統。もうすぐ何もかも終わっちゃうんだわ。

「ごめんよ、怖がらせて。そんなつもりはなかったんだ……」

通りすがりの人々が二人を見ていく。何人かが立ち止まり始めた。二人を怪しんでいるようだ。

「そうだ。これをあげるよ。だから、泣き止んでくれよ」チチルは小さなきらきらとする赤いものをカリヤの掌に置いた。

「何、これ？」

「宝石だよ」

「宝石って？」

「きらきら光る石のことさ。昔の女の人たちはこれを身につけてたんだ。ほらここにピンがあるだろ」チチルはカリヤの胸に宝石のブローチを留めた。

「石」というのがなんのことか、わからなかったが、カリヤは質問しようとは思わなかった。宝石の美しさに心を奪われたのだ。カリヤにはそれが魔法使いの凍らせた炎のかけらのように見えた。

「今はどうしてつけなくなったのかしら？」

「ほとんど残ってないからだよ。宝石は綺麗なだけで生きていく役にはたたない。だから、とっくの昔に燃料にされちまったんだ」

これが役に立たないって？　とんでもない。こんなに心をうきうきさせてくれるのに！

「でも、どうしてこの石は燃料にされなかったの？」

「どうしても捨てられなかった人が隠してたんじゃないかな。俺はこれを姉ちゃんに貰ったた。姉ちゃんは母ちゃんに貰ったたって。その前は知らないけど、たぶん祖母ちゃんから貰つらさ」

チチルは首を振った。「俺は仲間たちと暮らしている。俺と同じように家族がいないや

つらさ」

「お母さんたちはどこにいるの？」

チチルは悲しげな目をした。「あの日、俺と姉ちゃんが家に帰ろうとしたら、廊下が途中でなくなっていたんだ。灰色の大きなシャッターで遮られてた。兵隊たちが大勢いて、何かを大声で叫びながら、作業をしていた。俺と姉ちゃんは兵隊たちにここを開けてくれって頼んだんだ」チチルは目を瞑った。「そしたら、シャッターの向こうは真空の宇宙空間だって言われた。俺たちは、そんなはずはない。だって、俺たちの家はシャッターの向こうにあるんだから、と言った。兵隊は俺たちから目を逸らして、手で向こうに行けと合図したんだ。俺はその時になってもまだ何が起こったかよくわかっていなかった」

「わたしの国の兵隊さんがやったの？」

チチルはカリヤの質問には答えずに話し続けた。「その日から、俺と姉ちゃんには家がなくなった。子供だけではどうやって食べていけばいいかもわからず、ブロックからブロックへと渡り歩くことしかできなかった。二人ともやせ細って飢え死に寸前だった。そんな時、姉ちゃんに仕事を世話してくれる人がいた。姉ちゃんは嫌々仕事をしていた。でも、

俺を食わすために我慢をしていた」

「どんなお仕事？」

「人は大事なもののためには、何だってできる。どんな汚いことも」

「お姉さんはどうなったの？」

「死んじまった」そう言ったきり、チチルは黙った。

「これ返すわ」カリヤはチチルに宝石を差し出した。

「気に入らないのか？」

「ううん。とっても素敵よ。でも、これにはお姉さんの思い出があるんでしょ」

「宝石がなくたって、目を瞑れば、姉ちゃんのことははっきり思い出せる。……がりがりに痩せてて、手には青い血管が浮きでてて、でも……とても綺麗だった」チチルは宝石をカリヤの手に戻す。「これはおまえが持っとけ。女につけてもらったほうが姉ちゃんも喜ぶさ」

「ねえ。チチル、あなたのおうちに連れていってくれない？」

「あんな危ない目に遭って、まだ懲りないのか？　自分の家に帰るんだ。俺がパチンコを撃たなきゃ今ごろどうなってたか……」

「いったん家に帰ったら、きっと二度と出してもらえないわ。わたし、この国のことをもっと見ておきたいの」

「じゃあ、勝手にしろ」チチルの声は心なしか弾んでいた。

「あなたは何が燃料不足の原因か知っているか？」

「はっ？　ブラックホールのことでしょうか？」

「もちろんそうだ。なぜやつらにこれほど燃料を食わさねばならんのか、わかるか？」

「燃料を補給しなければ、さらに暴走して手がつけられなくなるからです。最後には爆発してしまいます」

「なぜ暴走が始まったか、知ってるか？」

「申し訳ございません、閣下」

「知らぬのが当然だ。戦時においては子供たちに正しい歴史を教える余裕はない。そして、戦時は何百年も続いている。為政者ですら歴史を忘れ去り、正しい知識はほんの一握りの人々にだけ継承されてきた。わたしが偶然知ることになった暴走の理由はこういうことだ。

通常、エンジンの出力は燃料の投入量に比例する。ところが、量子ブラックホール・ラムジェットエンジンはそんな単純な動作はしない。もちろん、周辺の降着円盤から発生するエネルギーは燃料の投入量に比例しているのだが、ブラックホールの本体からのホーキング放射は燃料を投入しようがしまいが、常に発生し続ける。発生するエネルギーはブラックホールの質量に反比例する。つまり、エネルギーを放出すればするほどブラックホールはどんどん軽くなり、同時に熱く明るくなる。われわれの祖先は恒星船を設計する時、宇宙空間から取り入れる燃料と発生するエネルギーがぴったり同じになるように設計していた。燃料が過剰ならブラックホールは肥って冷えてしまい、エネルギー発生が過剰なら痩せて熱くなるからだ。最初のうち、このシステムはうまく機能していた。しかし、人類初の試みゆえ、予想だにしない事態が起こっても不思議ではなかった。二つの宇宙船は物質が極端に少ないヴォイドと呼ばれる領域を通過した。そして、その領域は地球の科学者たちが想定したのよりもほんの少しだけ、広かったのだ。燃料不足に陥ったブラックホールは徐々に痩せていき、再び豊富な物質がある領域に辿りついた時には、危険なほどに出力が上がっていた。宇宙空間から取り入れる燃料より発生するエネルギーが常に上回った。そして……あとはあなたがたも知っている通りだ。われわれはブラックホールのさらなる暴走を食い止めるために、自らの生存に必要な物質まで燃料にしてきた」

「そのような歴史は初めて伺いました」

「現在の状況はわれわれの本来の姿ではない。われわれが過剰なエネルギーと物質の欠乏という問題を解決するための手段はブラックホールに投入する燃料の量を少しでも多くして、ブラックホールの質量の減少を止めようとすることだった。だが、この方法は結局破滅を先送りにしているに過ぎなかったのだ。ブラックホールに投入できる物質の量は限られており、いつかは限界に達する。華やかな短い時間の後の一瞬の炎か、長い貧困の時間の後の一瞬の炎か、あなたなら、どちらを選ぶだろうか？」

「答えられません、閣下」

「我が国民は長らく貧困に耐えてきた。これに関してどう思う？」

「残念なことです。しかし、それは我が国民も同じことです」

「それは理由にならない」総統は欠伸を漏らした。「わたしはブラックホールを正常に戻すための正しい方法を長年主張してきた。長い時間をかけてちびちび質量を投入するのではなく、短時間に大量の質量を投入するのだ。そうすれば、エネルギーの発生量が減少し、もとの安定した平衡(へいこう)状態が取り戻せる」

「しかし、質量を投入した直後には膨大なエネルギーが発生することになる」

「それは問題ない」

「あなたがそう決めたから？」

総統は黙って立ち上がり、こつこつと足音を立てて、男の周囲を歩き始めた。「あなたはまだわたしのやり方に何か不満があるのか？」

「ないと言えば嘘になる」

「そう来なくては面白くない」総統はぽんと手を叩いた。「意見があるなら、言えばいい」

「あなたは強引にやりすぎた。今でも民主連邦はあなたの主張に反対している。そして、第一帝国内でも大部分の国民はあなたを支持していない。あなたは『緋の独裁者』と呼ばれ……」

「あなたの言葉遣いは悪くなってきた。自分の立場を弁えるべきだ。あなたはわたしに屈服したのだから」総統は不満げに言った。「だが、いいだろう。特別に許そう」

「失礼しました、総統閣下」

「『我が総統閣下』」

「失礼しました、我が総統閣下！」

「よろしい。ところであなたはわたしが信念を貫くためにはどうすればよかったと思うか？」

「辛抱強く説得すべきでした。もし、あなたの主張が本当に正しければ、いつかは人々に受け入れられたはずです」

「はっ！」総統は肩を竦めた。「わたしは自分の考えを実行するためにこの地位につかなければならなかった。そして、そのための最短コースを突っ走った。わたしは少しも辛抱強くなかった。それでも、これだけの時間がかかってしまったのだ。わたしにはあとどれだけの時間が残っているだろうか？」

「それは閣下のお考え次第でしょう。もし今の考えを改められたなら……」

「そうそう」総統は話を遮った。「あなたにも自分の運命を決める権利を与えなければ、不公平になる。どちらを選ぶ？　短く華やかな死か、長く辛い生か」総統は男の肩に手を置き、耳元で囁いた。「もちろん、辛抱強くわたしを説得することができたらの話だがね。元大統領閣下」

「チチルのおうちはどこなの？」カリヤは重ねられたぺらぺらのプラスティックの板や、ぼろぼろになった毛布が散在する広間の真ん中に立っていた。照明が暗くて、周りの様子はよくわからない。エネルギーはふんだんにあるはずだが、照明器具自体が不足しているのだろう。

「ここさ」チチルは答えた。「このブロックが俺の家なんだ」

「でも、チチルのお部屋はどこにあるの？」

「全部が俺の部屋だ」

カリヤは赤黒い光に照らされた広間を見渡す。「広すぎない？」

「一人で住んでたら、広すぎたかもな。でも、二百人じゃそうでもない」

「二百人！」

「たいてい半分は食料を探しに別のブロックに行ってるから、実際にここにいるのは百人ぐらいだけどな」

「えっ？　でも、ここには……」

その時になってカリヤは気がついた。毛布だと思ったのは古衣を纏った人間たちだったのだ。そして、重ねられたプラスティック板は彼らのベッドであり、物入れであり、テーブルだったのだ。

彼らはみんなカリヤが来たことに気がつきもしないようすで、身動き一つしない。

「みんな眠ってるの？」

チチルは首を振る。「いいや。ただ、絶望しているだけさ」

チチルは汚れたプラスティックがごちゃごちゃと集まった一角にカリヤを連れてきた。

「ここがチチルの場所？」

「ああ。俺の基地だ」チチルはつま先でプラスティックの破片をいくつかひっくり返した。

「何をしてるの？」

「俺がいない間に誰かが悪さしてないか調べてるんだ。……どうやら大丈夫のようだ」

「悪さって、どんな？」

「俺が気づかないと思って、少しずつガラクタを盗んでいくんだ」

「ガラクタを盗んでどうするの？」

「十分の一の量の食べ物と交換できる」チチルはべとべとの服の下を弄り、茶色でところどころ青緑になった五センチほどの歪な形の塊を取り出した。「腹減ってるなら、これ食っていいぜ」

カリヤは恐る恐る手に取る。湿っていて、ぬるぬるする。

「これ何？」

「パン」

臭いを嗅ぐとカリヤが知っているパンとはまったく違う臭いがした。しばらく躊躇した後、思い切って齧ってみようと口をあけた時、チチルがカリヤの手を摑んだ。

「ちょっと待て。……妙だ」

「どうしたの？　パンが変なの？」

「いや。これのことじゃない。どうもみんなの様子が……」

カリヤは周囲の様子を伺った。初めは何がおかしいのかわからなかったが、すぐにチチルの疑念の意味がわかった。

二人の周りの人口密度が俄かに高くなっているのだ。襤褸を被った何人かの住人が蹲ったままじわじわと二人の近くに移動してきている。

「気づかない振りをするんだ。それから、逃げる準備だ」

「逃げる準備なんてどうすればいいのか、わからないわ」

「頭の中で逃げ道を考えるんだ。どいつとどいつの間を通って、どのドアから通路に飛び出そうとかさ」

「どのドアから出ればいいの？」

「開いている中で一番近いやつさ」

「開いているドアなんか一つもないわ」

「くそ！　やつら最初からこうするつもりでドアを閉めやがったんだ」

「チチル、わたし怖いわ」

「大丈夫だ。必ず逃がしてやる」

二人を取り囲む者たちはまたじわりと輪を縮めた。

「タイミングを計ってるんだ。あと何秒かで来る。いいか、俺はすぐ右にいるやつに殴りかかる。おまえはその横を走り抜けて、そいつの後ろのドアから外に出ろ」

「鍵がかかってないかしら？」

「かかってたら、別のドアへ向かえ。もし捕まったら、力の限りめちゃくちゃに暴れるんだ。目玉を引っ掻いて、股を蹴り上げろ」

「そんなことをしたら、怪我をするかもしれないわ」

「あいつらは怪我をしてもいいんだよ」

いっせいに襤褸が舞い上がった。

その下からは、痩せて目をぎらぎらとさせた男たちが現れた。中の一人は先ほどカリヤの腕を摑んだ男だった。まだこめかみから血を流し、怒りに燃える目で二人を睨みつけている。

「いくぞ!!」チチルは走り出した。

血を流している男は真っ直ぐチチルに向かった。「チチル、殺してやる!!」

男はチチルの脇腹を全力で蹴った。小さなチチルの体は宙に舞った。

「ざまあ見ろ！」男は涎を垂らしながらさらにチチルに走り寄る。

チチルは転がって男の攻撃を避けようとしたが、男は飛びあがり、チチルの腹に片足で飛び降りた。

「あぐ！」チチルは血反吐を吐く。

男はチチルを踏みつけたまま、拳でチチルの目と鼻を叩き潰そうと、大声を上げながら、殴り続ける。

「やめて!!」カリヤは男の足に体当たりした。

なぜ、逃げないいんだ！　チチルはそう叫ぼうとしたが、喉の奥から出るのは血ばかりだった。

「うるせえ！　おまえも殺してやる!!」男はカリヤの胸倉を掴み持ち上げた。

やめてくれ!!　チチルは必死でもがいたが、大の大人の体重はどうしようもない。息ができない。目がよく見えない。

男はカリヤの目に親指と人差し指を当て、力を込めようとした。

「待て」別の背の高い男がその腕を握る。

「なぜだ、ボス？　こいつらは俺に血を流させたんだぜ！」

「黙れ、ゴウマ」ボスは強く男の腕を摑む。指が食い込み、血が流れる。「どうする？

血が流れたぞ。俺を殺すか？」

「うわあ!!」ゴウマはカリヤを床に叩きつける。

「見境のないやつだ。よく考えてみろ。その娘はおまえになんにもしちゃいない。やった
のは、チチル一人だ」

「チチル一人を殺すだけでは気が収まらねえ」

「駄目だ。この娘には使い道がある」

「女になるにはまだ何年もかかるぜ」

「おまえの口からそんな言葉が出るとはな、この変態が」ボスは軽蔑の眼差しでゴウマを
見た。

　ゴウマは目を剝き、ボスに拳を向けた。次の瞬間、二つの拳が別々の方向からゴウマの
頸(くび)に勢いよく食い込む。ボスの親衛隊の二人が忍び寄っていたのだ。ゴウマは顔面蒼白に
なり跪(ひざまず)く。

「こいつは第一帝国の大使の娘だ。うまく使えば、一生楽ができる」

「こいつをかたにするのか？」

「そうだ」

「第一帝国と戦争になるぞ」

「どうせ、すぐ戦争になる。それに戦争になったら、敵国の政治家の娘を人質にした俺たちは英雄だ。どっちにしても、殺してしまっては価値がない」

「殺さなきゃいいわけか」ゴウマは手の甲で涎を拭った。

「けっ。好きにしろ。ただし、今は犯行声明が先だ。その代わり、チチルは殺してもいい」

「へっ。そうこなくっちゃ」ゴウマは足の下にいるチチルを何度も踏みつけた。踏みつけるたびにチチルの体は跳ねあがったが、身じろぎ一つしない。

「なんだ、こりゃ？　こいつ動かねえぜ」

「そんな小さい子を踏みつけっぱなしにしてりゃあ、死ぬのはあたりまえだ」

「くそっ！　俺が見てねえ間に死にやがって!!」ゴウマはチチルの喉を何度も蹴り上げた。

「いつまでも屍に絡むな！」ボスは忌々しげに言った。「ここ一時間が勝負だ。ひとまず、アジトに戻るぞ！」

ボスは手下たちを従え、通路へと出ていった。ゴウマもチチルに唾を吐きかけると、後に続く。

数分後、一人の軍人が広間を訪れた。彼はこのブロックの出身で、チチルが見知らぬ少女と歩いていたという話を聞いて、様子を見に来たのだ。

「チチル、何があったんだ!?」彼は血の中に突っ伏すチチルを助け起こした。

「カリヤが連れていかれた。ゴウマたちに……。ああ」チチルは力なくうめいた。「宝石が落ちている。カリヤに渡さなきゃ……」

チチルは意識を失った。

「始めろ」総統は俯(うつむ)いたまま言った。

スクリーンには第一帝国の全貌が映し出されている。それは不恰好で複雑な形状を持つ巨大な宇宙船だった。前方と後方それぞれに噴射口が設置され、そこから強力なビームが放射され続けている。二本のビームのバランスを僅かに変えるだけで、人間に耐えられないほどに加速することも可能だ。宇宙船のバックは暗黒の宇宙空間。もっとも観測周波数を調節すれば見事な星虹(スターボウ)を見ることもできたのだが、今は絞られている。

総統の周りの夥(おびただ)しい人々はじっと無言でスクリーンを見つめている。やがて、きらきらとした霧のようなものが湧き出し始めた。霧は後から後から噴出し、広がりながら濃度を増し、画面全体に広がり、真っ白になる。人々は思わず、感嘆の声を上げた。

「拡大しろ」総統は人々の反応には関心がない様子で呟くように言った。

画面がゆっくりと拡大される。霧の粒子が次第にはっきりしてくる。形がわかるようになる。霧の微粒子に見えたものは第一帝国を形成するブロックの一つ一つだった。夥しい数のブロックが互いに距離をとり、複雑な軌道をとりながら、離れていく様子が、あたかも霧の拡散のように見えたのだ。各ブロックが移動するために消費するエネルギーは通常、量子ブラックホールから放出されるエネルギーをレーザにして送っていたのだが、今回は各ブロックに反物質貯蔵タンクを設置するというかなりきわどい綱渡りを行って実現していた。

「画面をもとに戻せ」総統はただ事実を確認したかっただけで、景観には関心がないようだった。

霧に包まれた母船は徐々に薄れていった。内部が透けて見え始める。ブロックが減り、すかすかになっているのだ。母船の内部には巨大な光の楕円体が収まっていた。量子ブラックホールの周辺空間に何層にもわたって形成された磁場とプラズマからなるシールドの最外層だ。通常これらの保護膜は宇宙船の内部を構成するブロックの働きによって維持されているため、今までこのように剝き出しにされたことはなかった。

「どうした？　震えているようだが？」総統はすぐ横にいる男に言った。

「すみません、閣下。あまりに恐ろしいもので」

「何が恐ろしいというのか？」

「もしあの膜が破れたらどうなるかと思うと……」

「まだ大部分のブロックがブラックホールから充分な距離をとっていない今、あれが崩壊すれば、解放されたエネルギーによって国民のほとんどは死亡することだろう。もちろん、最初に出発したわれわれにその心配はない。問題なのはむしろその後だ。家を失ったわれわれは民主連邦に頼るしかないわけだ。万が一受け入れてもらったとしても、弁護人なしの裁判にかけられるのが落ちだろう」

「ご冗談でしょう」

「わたしは冗談を好まない」総統は面白くなさそうに言った。「誰かこの意気地(いくじ)なしをこの部屋から摘み出せ。この場に臆病者が立ち会う必要はない」

「お許しください、閣下」男は床の上に跪く。

「閣下、その男は作戦司令部要員です」別の部下が口を挟む。「今ここを離れられては困ります」

「司令部の要員なら、なおのこと」総統は欠伸をした。「いざという時に怖気(おじけ)づかれては困る。我が国民にはこいつの代わりとなる優秀な人材はいくらでもいるはずだ。違うか？」

「御意(ぎょい)」

男は口を封じられ、静かに部屋から連れ出された。

スクリーンの上の霧はいつのまにか晴れ渡り、プラズマ・シールドのみが取り残されている。周囲には全部で二十一の光点が輝いている。

「完全なる制御が行われれば、そして、充分なエネルギーの供給と変換が行われれば、磁場の形成は二十一のブロックで可能だということは以前から知られていた。今までそれが実行されなかったのは、その必要がないと考えられていたからに過ぎない」

「その理論は机上のものでした、閣下」女性士官が言った。

「それはさっきまでの話だ。今は立派に実証されている」

彼女は胸のブローチに触れた。考える時の癖だ。

「あのブロックのうち一つでも制御不能に陥れば、保護膜は一マイクロ秒ももちません」

「なるほどいいことを聞いた」総統はその日最初の笑みを見せた。「では、ブラックホールから離れるのはやめて、もっと近づくことにしよう。万が一、シールドが破れても心配しなくていいように。百万分の一秒では心配する暇はないだろうから」

「誰だ？」ゴウマはドアに取り付けられた覗き窓から胡散臭げに外を見た。

「俺だ」軍人は苛立たしげに言った。「顔を見忘れたわけではないだろう」

「けっ。隊長さんかよ。随分、顔を見せなかったのに、どういう風の吹き回しだ？」

「面白い話を持ってきてやったんだよ。中に入れてくれ」

「そいつはどうかな？　今、取り込み中なんでな」

「なんだい？　何か隠してるのか？」

「とにかく、ちょっと待て。ボスに訊いてくる」

ゴウマが引っ込んでから数分後、ドアが開けられた。

「よう、隊長さん。どういう風の吹き回しだ？」ボスが両手を広げて言った。

「今さっき同じことをゴウマに言われたよ」

「誰だってそう言うだろうよ。みんな、おまえが身も心もすっかり軍人になっちまったんじゃねえかって、心配してたところだ」

「なぜ、俺が軍人になっちゃ拙いんだ？」

「なぜって、今の軍隊は腰抜けで、裏切り者の集団だからだ」

「聞き捨てならないな。どういうことだ？」

「今、第一帝国の大使が来てるんだろ」

隊長と呼ばれた軍人は頷く。「一応、極秘事項だが、もう知れわたってるか」

「なぜ、殺さない？」

「さあな。上のやることはよくわからん。おおかた、今帝国と事を構えたくないんだろ」

「ほら、腰抜けじゃねえか」ボスは笑った。

「なるほど。そう言やそうだ」隊長も一緒になって笑う。「で、裏切り者ってのは？」

「大使が来てることを隠してるってことだ。国民に知らせず、第一帝国と勝手に何かの密約を結んでる」

「だが、国民に大使のことを知らせたら、次は交渉内容についても知らせなくちゃならなくなる。そうなりゃ、第一帝国にも知られてしまう。駆け引きの時にこちらの手のうちを見られちゃまずいだろ」

「やっぱり、軍の肩を持つわけだ」ボスは鼻を鳴らした。「俺たちに言わせれば、あいつらとの妥協点なんか一つもない。馬鹿な総統にくっついている情けないやつらだ。四の五の言ってる暇があったら、やつらのブロックの一つも分捕ってくればいい。取り返しに来たら、返り討ちだ」

「双方、被害が出るぞ」

「帝国の被害なんざ知ったこっちゃねえ」ボスは残忍な笑いを見せた。「こっちに被害が出たら、倍にして取り返せばいい。俺の目の黒いうちは第一帝国のやつらに勝手はさせねえぜ」

「まったくあんたは頼もしい」隊長は拳骨（げんこつ）でボスの腹を小突いた。「だが、誤解しないでくれ。軍もあんたと同じ考えなんだ。できれば、すぐに帝国の息の根を止めちまいたい。だが、今のところ手が出せないのは、こちらに何の切り札もないからだ。何か大使の弱みさえ摑めれば、もっと積極的な交渉ができるんだが」

「例えば？」

「ブロックの割譲を要求するんだ。ブラックホールを手懐（てなず）けるのに充分な量の」

「相手が蹴ったら？」

「その時は宣戦布告だ！」

「そうこなくっちゃな」

二人の男は再び笑い合った。

「ところで、おまえ大使の娘のことを知ってるか？」ボスは真顔に戻って言った。

「大使の娘？」隊長はきょとんとした顔をした。「ああ。娘って言っても、まだ物心もつかねえような年頃だぜ」

「今日は見掛けたか？」

「いいや。着いた時の歓迎会以来、見ていない。やつらのブロックに閉じ籠ったまま、出てこないつもりらしい」

「なぜ出てこないんだ？」ボスが問う。

「大使の娘をそこらの餓鬼みたいにふらふら出歩かせるわけにはいかんだろ。下手なやつらに見つかったりしたら、どんな目に遭わされるかわかったもんじゃない」

「もし大使の娘が誘拐されたら、おまえら軍はどうする？」

「形式的には娘の身柄を保護し、帝国側に返そうとするだろうな」

「形式的？」

「あたりまえだろ。大使の娘が手に入ったら、いろいろと使いでがある」

「見つけたらどうする？」

「見つからない振りをする。そして、誘拐したやつらと取り引きだ」

「どんな取り引きをする？」

「まずは、そいつらの身の安全の確保だ。そして、大使との交渉は軍が代わりに行う。どんな有利な条件でも思いのままだ。そして、すべてが終わればそいつらは英雄になる」隊長は肩を竦める。「そんな幸運に恵まれてみたいもんだ」

「実はここに娘がいる」

「まさか！　冗談はよせ」

「本当だ」

隊長は慌ててドアを閉じる。「ここにいるのか？」

「ああ」

「ここは拙い」

「なぜ？　ここは誰にも知られちゃいねえはずだ」

「そう思っているのは、あんたらだけだ。軍の情報部は街の犯罪組織のアジトの場所はすべて摑んでいる。そして、おそらく帝国の特務機関も」

「特務機関？　なんだ、そりゃ？」

「大使だけでのこのこ連邦に乗り込んでくるわけはないだろう。すでに娘の捜索に乗り出している。あいつらを甘くみちゃいけない。まともにぶつかったら、軍でさえ一筋縄にはいかない」

「娘を人質にとるのはどうだ？」

「娘を返そうが、殺そうが、あいつらには関係ない。ここに娘がいると知られた時点で、どちらにしても皆殺しだ。そう条件付けされている」

　ボスの顔色が変わる。「どうすればいい？」

「おそらくもうほとんど時間はないだろう。俺がこのまま連れ出して、気づかれないうちに軍の秘密施設に連れていくしかない。娘はどこだ？」

「ゴウマ、娘を連れてこい！」ボスは大声で暗い階下へ呼び掛ける。

　しばらくすると、猿轡を嚙まされ、ぐるぐると何重にも縛られた少女を担いだゴウマが階段を上ってきた。

「随分、念が入ってるじゃねえか」

「酷く暴れるもんでな。五時間もこうしてりゃ、さすがにぐったりしてきたが」

「じゃあ、連れていくぞ」隊長はカリヤを肩に載せた。

「ちょっと待て」ボスがドアを開けた隊長を呼び止める。「なんだか話が妙だ。特務機関が来てるってのなら、そもそもどうしてこの娘が迷子になっちまったんだ？」

　ボスは懐から銃を取り出した。

次の瞬間、ボスの胸が破裂した。隊長の服のポケットが破れ、中から銃口が覗いている。

ボスは何も言わず、絶命した。

「てめえ、仲間を裏切るのか？」ゴウマはベルトに手を伸ばす。

「子供に暴力を振るうようなやつは仲間じゃない」

隊長が言い終わらないうちにゴウマは額を撃ち抜かれ、死んでいた。隊長は階下に向けて、小型ミサイルを数発撃ち込み、ドアの外に逃れ、カリヤと一緒に壁の陰に隠れる。アジトの入り口から激しい振動とともに高温の炎が噴き出す。ブロックの構造材は堅牢で耐熱性に優れているため、ミサイル程度では壊れることはない。しかし、階下にいた者たちは、その堅牢さゆえ、生存不可能な高温と高圧に曝されることになった。

隊長はカリヤの猿轡を外した。

少女は隊長に抱き付き、わっと泣き出した。

「もう、大丈夫だ。もっとも世界の状況は相変わらず危機的状況だけど」隊長は少女の髪を撫でた。「とにかく、当面は安心していいと思うよ」

「連邦の位置を再確認しろ」総統が命令する。

係官は慌しく、パネルの操作を続ける。

「再確認しました。予定通りの軌道を維持し、あと十時間でわれわれのブラックホールとランデブーします」

「決して目を離すな」総統はさすがに疲れた調子で言った。「最後の瞬間まで、やつらがわれわれを出し抜こうとする可能性は残っている」

一人の若者が総統に近づく。「失礼ですが、そうお考えになる根拠は？　彼らがそれほど狡猾だとは思われませんが」

「やつらは不本意なのだ。わたしに屈服することは虫酸が走ると思っているはずだ」

「しかし、現に連邦の大統領は……」

「元大統領と言え。あいつはわたしと事を構える勇気がなかったのだ。あいつは平和主義者だった。あいつが軍縮を進めてくれたおかげで、彼我の軍事力の差は十倍以上になった」

「それなら、心配する必要はないのでは？」

「今我が国を構成するのは巨大な都市宇宙船ではなく、細かなブロックの集団だ。連邦がこのまま戦闘態勢に入れば、帝国側はかなり不利だ」

「しかし、大統……元大統領がそのような手を打つとは思えませんが」

「連邦には多くの反乱分子がいる。自称愛国者だ。元大統領がいつ暗殺されても不思議ではない」

「反乱分子なら、帝国にもいますよ」若者はポケットから銃を取り出した。

「知っている」

　若者は引き金を引いた。かちりと音がする。

「くそ！　いつから知っていた⁉」

「最初からだ。ただ、君がそうだということは知らなかった。誰が反逆者かわからなかったので、このブロックに持ち込まれる銃は検査の段階ですべてレプリカに換えておいた。ただ一丁を除いて」総統は銃口を若者に向けた。

「けっ！　殺すなら殺せ。どうせおまえの野望は頓挫するんだからな」

「総統。いくつかのブロックに不穏な動きがあります」係官が叫ぶ。

　総統は若者を一瞥した。若者は不敵な笑みを浮かべた。

「状況を説明しろ」

「最外部にいた軍事ブロックのうち百三十機が本来の位置を離れてブラックホールに向かっています」

「ブラックホールの周囲のブロックだけで応戦できるか？」

「応戦はできます。しかし、磁場を維持している二十一機のブロックのうち一つでも破壊されれば終わりです。いつまで防戦できるかわかりません」

「そうか。では、戦闘を楽しむわけにはいかないな」総統は欠伸を噛み殺した。「反乱ブロックを処置しろ」

「はい」

　スクリーンに夥しい光点が現れた。

　総統を暗殺しようとした若者は呆然とスクリーンを見つめていた。

「反物質の利点はエネルギー密度が非常に高いということ、それにとても不安定だということだ」総統は再び銃口を若者に向けた。「だから、簡単な信号を送るだけで爆破できる」

「ありがとう。君のおかげだ」大使は隊長の手を握り締めた。

「当然のことをしたまでです」隊長は感情を顔に出さずに言った。「言っておきますが、あなたやあなたのお嬢さんの命が大事だったからやったわけではありません。戦争を避けるためにやったのです」

「交渉の結果は芳しいものではなかった。しかし、おそらく即座に停戦が中止されることはない。もし娘に何かあったら、我が国はそれを口実に即刻停戦条約を破棄したことだろう」

「そもそも、なぜ危険を承知で、この国にお嬢さんを連れてきたのですか?」

「知りたいのですか?」

「ええ。わたしはお嬢さんを助け出す時、単独でしかも子連れだったため、同胞である犯人たちを全滅させるしかありませんでした。わたしは自分が同胞殺しをしなくてはならなかった理由を知る権利があります」

「わたしは多数派に所属しているわけではないのです」

「？」隊長は怪訝な顔をした。

「平たく言うと、総統の覚えがめでたくないわけです」

「確かに、総統を含めて帝国内では主戦論が優勢だということは知っています。反戦論を唱えるあなたは彼らにとって煙たい存在かもしれない。しかし、なぜそのことがお嬢さんをここに連れてきたことと関係があるのですか？」

「娘を連れ去った輩はこの国の主戦論勢力と組み、わたしとの取り引きを有利に進めようとしたと言いましたね」

「ええ。わたしを仲間だと思った彼らのボスはそう考えていることを白状しました」

「娘を帝国に置いてきた場合、やはり同じことが起きたでしょう」

「まさか！」

「本当です。帝国に残すよりは、わたしの所有するブロックに載せているほうが安全だと判断したのですが……」

　隊長は溜め息をついた。この人は常に心休まる時がないのだ。いっそ主戦論者になったほうが楽だろうに。彼は自らと娘の命を危険にさらしても、戦争を避けようとしているのだ。

「大使、まもなく出発です」帝国の兵士が大使に声を掛ける。「発射の前に三十分間だけ、セレモニーがあるそうです」

セレモニーは恙無く執り行われた。セレモニーと言っても、今回の訪問は建前上非公式のものであり、集まる人数は少なく、一般人は皆無だった。大使の役割はただ、娘のカリヤとともに壇上に座り、何人かの要人の挨拶を受け、最後に立ち上がって、返礼の挨拶をするというだけの略式のものだった。

二人が壇から降り立ったところで、事件が起こった。

「カリヤ！」みすぼらしい身なりをした少年が足を引き摺りながら、人々の間から現れる。離れて見ていた隊長に緊張が走った。「誰が入れた？」

「さあ。今日は公式行事じゃないので、たいした警備をしてないから、勝手に入ったんじゃないですか？」

「すぐに止めろ!!」

だが、少年はもう大使親子からほんの十メートルの距離にまで近づいていた。

「チチル！」カリヤも叫び、走り出す。

大使は制止しようとしたが、間に合わず、その手は空を摑んだ。

三人の護衛兵士が駆け寄ってくる。

「これをカリヤに渡さなきゃと思って……」チチルは懐に手を突っ込んだ。

稲妻のような速さで、三人の兵士は銃を抜き、チチルに照準を定める。

それを確認した連邦側の兵士たちも、帝国の兵士と大使に向けて一斉に銃を構える。

「駄目だ!!」大使は絶叫する。

帝国の兵士が少年に銃を向けるのは、彼らの任務からして当然の行動だ。少年が何を取り出そうとしているかはわからない。あるいは、武器ではないのかもしれないが、それを確認する余裕はない。このまま、少年が動作を止めなければ、彼らは確実に射殺するだろう。

しかし、理由はどうあれ、連邦内で帝国兵士が連邦の一般市民を殺害して、ただで済むはずはない。連邦側の兵士は大使たちに向けて発砲するだろう。銃撃戦の結末は見えている。多勢に無勢。大使側は全滅だ。そして、その瞬間から、両国間の戦争の火蓋が切って落とされることになる。

兵士たちは大使の声を無視した。緊急時には大使の命令を無視するように条件付けされているのだろう。条件付けゆえ、近視眼的だ。

少年は動きを止めない。まさに手首が服から出ようとしている。

兵士たちは走る体勢から滑るようにしゃがみ、引き金に指を掛ける。

銃声が鳴り響く。

少年の胸に小さな赤い穴が開いた。少年はゆっくりと倒れる。

大使は続く銃の音を予想し、歯を食いしばり、カリヤのもとへと走った。

カリヤは今さっきまで少年の顔があった中空を見つめ続けている。

大使はカリヤを庇うために抱き締める。

銃声は起こらない。

大使は周囲を見回した。

帝国の兵士の指は引き金に掛かってはいたが、引かれていなかった。

大使はさらに遠くを見渡す。

連邦軍警備隊長の銃が少年に向けられていた。発射の熱でまだ先端が赤く光っている。

両国の兵士たちとも呆然と隊長を見つめている。

動かない人々の中、隊長は真っ直ぐにチチルのもとに歩いていった。そして屈み込み、チチルの懐から何かを取り出した。

それは赤く輝く宝石だった。

少年は隊長の頭に手を回し、自分の顔に引き寄せる。

「カリヤに……」チチルは震える声で言うと、動かなくなった。

隊長は立ち上がると、宝石を翳した。「この少年が持っていたのは、大使令嬢への贈り物だったが、わたしは武器を持っている可能性を考慮し、射殺した。わたしはこの件に関し、全ての責任を負う。大使側に落ち度がなかったことは言うまでもない」

隊長は宝石をカリヤに渡すと、そのまま立ち去ろうとした。

「待ってください」大使は呼び掛ける。「われわれはまたあなたに助けられた。あなたはわれわれの兵士が少年を射殺することを予測して、先に撃ったのですね。連邦の兵士が連邦の市民を射殺するのは連邦内の問題で、帝国に波及することはない。あなたの咄嗟の判断で、この場で戦争が始まることが回避された」大使は手を差し出す。

隊長は大使の手を払いのけた。「あなたにどんなに感謝されようとも、この子は帰ってこない。弟のように思っていたのに……。教えてください。この子の犠牲によって、開戦はどれだけ先に延ばすことができたのですか？」

「一ヶ月か、半年か。いずれにしろ、戦争は避けられない。しかし、約束しよう。わたしは開戦を遅らせるために精一杯努力する」

「早くお嬢さんを連れてこの国から出ていってください!!」隊長は震え、その目は吊り上がっていた。「わたしの自制心がなくならないうちに」

カリヤは顔中涙と鼻水でずるずるにして、チチルの頭を抱きかかえていた。「わたし約束するわ。この宝石を持って必ずここに帰ってくる。子供たちが不幸せにならない世界を作るの。わたし何だってするわ。そうよ。チチルのお姉さんを見習わなくっちゃ。人は大事なもののためには、何だってできる。どんな汚いことも。……わたしは心を凍らせるの」

民主連邦が見えてきた。都市宇宙船だった時の第一帝国と双子のような姿をしている。微視的にはごつごつとしたブロックが無造作に組み合わされた無粋な印象を与えるが、巨視的に見れば、砂で作った城のような自然なフォルムが美しいと感じる者もいるかもしれない。

よく見ると、民主連邦の周囲の空間が滲んでいる。第一帝国と同じく、連邦もブロックを本体から拡散しているのだ。やがて、霧の中からブラックホールを内包したプラズマ磁場シールドが現れる。

「連邦側は予定通りの行動をとっています」

全員に緊張が走る。いよいよ後戻りできない段階に進むのだ。帯電しているとはいえ、ブラックホールを制御するのは至難の業であり、とてつもなく危険でもある。それを同時に二個扱おうと言うのだから、正気の沙汰とは思えない。反乱分子の心境がよくわかる。

二つのブラックホールは完全に計算し尽くされた軌道に乗り、夥しいブロックが飛び交う中、ゆっくりと近づいていく。同じ速度で飛行する観測者が遠くから見たら、霧の中を飛ぶ二匹の蛍に見えたかもしれない。

近づくにつれ、互いのフィールドが影響し合い、ぶるぶると脈打ち始める。これは予想されたことだ。しかし、カオティックな現象なので、完全な予測は不可能であり、警戒は必要だ。

二つの量子ブラックホールは共通重心を中心に回転し始める。プラズマは涙滴型に引き伸ばされ、やがて接触する。接触点で乱流が発生し、くるくるとした螺旋の波動がそれぞれの磁場へと送られる。プラズマの脈動が激しくなり、ブラックホール間の距離は突然縮まり始める。回転は凄まじく速くなり、手持ちの観測機器では測定不能になる。

「問題は二つあった」総統はぽつりぽつりと語り始めた。「一つ目はブラックホールを安定させるための質量の不足。そして二つ目は、充分な質量があったとして、それを投入することによって、一時的に莫大なエネルギーが発生することだった」

プラズマが弾け飛ぶ。しかし、二つのブラックホールの姿が直接暴露されることはなかった。磁場の頸木を逃れたプラズマの一部は解放されることはなく、重力場に囚われた降着円盤になり、二つのブラックホールを包む。重心が二つあるため、非常に不安定ではあったが、すぐにエネルギーの放出が始まることはない。

「ブラックホールに投入した質量はその周囲に存在する降着円盤に取り込まれる。そして、回転しながらゆっくりとブラックホールに近づく過程で熱せられ、高温になり、電磁波を放射する。さらに中心部付近では帯電した粒子と電磁場の相互作用により、ジェットが放出される。二つとも宇宙船のエネルギー源だが、あまりにも出力が大きい場合、シールドが蒸発し、宇宙船自体が崩壊してしまう」

降着円盤の中心部が白く輝き始める。先ほどまで、それぞれのブラックホールの保護シールドを形成していた四十二機のブロックはそのままでさらに巨大な磁場を形成する。その結果、二つのブラックホールを取り囲む降着円盤は再び隠された。

「わたしは若い頃、二つの問題を解決する方法に気がついた。簡単なことだった。帝国と連邦の技術様式がこれほどまでに似ていることの意味は明らかだった。二つはもともと一つの宇宙船だったのだ。量子ブラックホールのような不安定なものを使ったエンジンを一機しか搭載していないのはとても不自然なことだった。二つあれば、一機が不調になっても放擲(ほうてき)することができる。そして今回のように二つとも不安定になったとしても、解決することができる」

プラズマの形が激しく変動し始める。四十二機のブロックは振りまわされ、いくつかは軌道から離脱を始めた。

「しかし、わたしへの賛同者は少なかった。わたしの理論を机上の空論だと嘲笑(あざわら)う者もいた。また、たとえ理論が正しいとしても、そのために連邦と協力するのはまっぴらだと言って不快感を表すものもいた。好意的な人々も連邦の協力を得ることは不可能だと表した。彼らのわれわれへの不信感を拭うには何世代も必要だろう、と。しかし、わたしはそんなに待てなかった。その間にも断続的に戦争は起こり、人々は僅かな物資を奪い合い、子供たちは飢えた。ブラックホールはいつ爆発してもおかしくない状態だった。わたしはあらゆる手段を使って、政治家の地位を手に入れた。そして、クーデターを起こし、わたしに反対する勢力を全て一掃した。連邦内の反戦派を密かに支援するとともに、帝国の軍備の増強を図った。圧倒的な軍事力の差があれば、こちらの主張を飲まざるを得ないと考えたからだ。もちろん、その間も国内の反対勢力を監視し、その芽を摘むことは怠らなかった」

プラズマは白熱し、小刻みに震えている。時々、磁場の制御から逃れたプラズマが表面付近で爆発し、高速の雲となって多くのブロックをかすめていく。

「ブラックホールの暴走を食い止めるために必要な大質量を持つのはブラックホール自身だったのだ。ブラックホールは分割できないので、降着円盤にはならない。二つのブラックホールを近づければ、ただ融合するのだ。もちろん、相応のエネルギー放出はあるが、それらは電磁波でも荷電ビームでもなく、重力波の形をとる。巨大な宇宙船は重力波による歪（ゆが）みに耐えられないが、小さなブロックなら、ただ振動するだけで済む。さあ、その時だ。下腹に力を入れろ」

ブラックホールを取り囲むプラズマが突然十分の一の大きさにまで爆縮した。次の瞬間、同心円状に七色に輝くリングが次々とブラックホールを中心として成長していく。

すべてのブロックは激しく振動した。総統のいるブロックも誰も立っていられないほどの状態になった。機器の半分近くは作動不能になり、負傷した者も多数いた。しかし、とにかく振動は収まった。スクリーンに映るブロックのほとんどは崩壊を免れたようだった。

「全ブロックに告ぐ」総統はよろよろと椅子に座りなおした。「急いでブロックを新たな宇宙船に再構成せよ。失われたブロックが収まるべきだった部分の扱いについては総統府の中央コンピュータの判断を仰ぐように」総統は一呼吸置いた後、付け加えた。「おめでとう。世界は救われた」

総統は両国の国民が見守る中、旧連邦政府の中央機関へと向かっていた。もちろん、すでに旧連邦の組織はすべて帝国に接収されていたため、これは儀式的なことに過ぎない。だから、あえて乗り物を使わずゆっくりと道路の真ん中を歩いていく。道の右側には帝国の、そして左側には旧連邦の国民が並び、旗を振っている。帝国側の人々が一様に明るい表情をしているのに対し、旧連邦側の人々の表情は複雑だった。ひとまず、エネルギー危機からは逃れることはできたが、祖国は消滅し、武装解除された状態で、昨日までの敵と隣同士に住まなければならないのだから、当然かもしれない。

総統の側近たちは民衆に姿を見せることを最後まで反対した。旧連邦の国民は総統を憎むように条件付けされているし、帝国の側にも肉親や仲間の命を奪われたことを恨んでいる者たちがいる。彼らの前に無防備な姿を見せることは正気の沙汰とは思えない。そう言われて総統はにこりと微笑んだ。「あなたたちはまだわたしが正気だとでも思っていたのか？」

　総統が前を通ると、両側の住民たちが緊張するのがはっきりとわかった。

　旧連邦側の群衆の中から小さな赤い影が飛び出した。真っ直ぐ、総統へ向かって走っていく。総統の後ろにいた兵士たちがぱっと散開する。手には重火器が握り締められている。

　女の悲鳴が上がる。

　赤い影は少女だった。手には花束を持ち、頬は真赤だった。にこにこと屈託のない笑みを浮かべている。

　帝国の兵士たちは全員、少女の脳と心臓を真っ直ぐに狙っていた。

　少女は総統に駆け寄る。

　安全装置がはずれる音が響く。

　旧連邦側の群衆から何人もの人影が飛び出す。

　兵士たちは引き金に指をかける。

　総統は二メートル近い距離を跳躍すると同時に少女を抱き上げた。

　銃声が鳴る。指に込めた力を咄嗟に抜くことができなかった者たちが床を撃ったのだ。

　群集は大騒ぎになる。

「あの時もこうすればよかった」総統は呟く。

「おばさん、これあげる」少女は小さな花束を総統の鼻先に突きつける。

「ありがとう。嬉しいわ」総統は少女を優しく降ろし、花を受け取る。「とても綺麗ね」

「それ、お花？」少女は総統の胸を指差し、首を傾げる。

「いいえ。これは宝石よ。わたしはいつもこの宝石を身に付けていたので、『緋の独裁者』と呼ばれたの」総統は胸からブローチを外すと少女の手に握らせた。「お花のお礼にこれをあげるわ」

「ありがとう。でも……」少女は躊躇する。「これって、おばさんの宝物じゃないの？」

「そうよ。でも、もういいの。これは連邦の女の子のものだったから、連邦で生まれた女の子に返すのよ」

　少女の真後ろに顔面蒼白の母親が現れ、引っ手繰るように少女の手を引っ張った。少女は不機嫌そうに母の手を払い、総統の顔を見上げた。「おばさんは偉い人なの？」

「ううん」総統は少女の髪を撫ぜた。「おばさんは取り返しのつかないことをいっぱいしたの。平気で酷いことができるように心を凍らせたのよ。だから、おばさんは何にも偉くない」総統は俯くととぼとぼと歩き出した。

「おばさん！」少女は不安げに叫んだ。「みんなが言うわ。おばさんは死んじゃうの？」

　カリヤ総統は悲しげに微笑んだ。「いいえ。わたしは償うのよ」

彼女はこれからどうなるの？

彼女は良い人？

それとも、悪い人？

物語はここで終わり、彼女のこれからは語られない。

善悪は相対的であり、一言で決めつけることなどできようもない。

ただ、言えるのは、彼女は迷うことなく、行うべきだと思ったことを行ったということ。

それが悪か善かはもはや彼女の決めることではない。

善悪が自分で決められないのなら、人の行いのなんと空しいこと。

善悪が自分で決められないのなら、裁かれる意味はどこにあるの？

善悪は相対的だが、人ならば必ず弁えなければならない。

人が人であるためには、人の中で生きなければならない。
善悪は人々が決める。
人々とともにある者は人々に従わなくてはならない。
もし、人が人であり続けたいのなら。
　　　　自分が自分であることと、自分が人であること。
　　　いったい、どちらが大切なことなのかしら?
それは自分で決めること。
自分自身が決めること。
　　　　　良いことと悪いことと。
　　　　大切なこととそうでないことと。
　　　何かがひっくり返ったような気がするわ。
それではもう一つ話をしてあげよう。
ひっくり返った希望のない世界で、希望を失った男の話を。
彼が失ったものと得たものの話を。

天獄と地国

　カムロギたちが到着した頃には、血腥(ちなまぐさ)い戦闘の気配はほとんど消えかかっていた。ただ、あちらこちらの地面に点々と輝く冷めきらぬ熱源の赤い光だけが戦いの激しさを物語っていた。

「空賊(パイレーツ)のやつら、ずいぶん念入りにやってくれたようだね」カリテイは舌打ちをした。「なにも、ここまでやらなくってもいいのに。わたしら『落穂拾い』に恨みでもあるのかね」

「どこの空賊(パイレーツ)かな?」ヨシュアは首を捻(ひね)った。「アフロディテのやつらはこんなやり口じゃないし、ゼウスは位置的に無理だ。だとすると、ハデスかヘファイトス、それともガイアのやつらかな?」

「そんなことを気にかけても仕方がないだろう」カムロギは呆れたように言った。「ここが二十個の『飛び地』のうち、どこのやつらに略奪されようが、俺たちの仕事には変わりはない。俺たちは空賊(パイレーツ)が取りこぼした獲物を頂戴するだけだ。たとえ、何かめぼしいものがあった形跡が見つかったって、俺たちにはどうしようもない。手持ちの船では『飛び地』までおっかけていくのにはパワーが足りない」カムロギはふて腐れたように言った。

「なにしろ、やつら空の下にいるんだから永久に安泰さ」

「そうとは限らないさ」カリティが異を唱える。「軌道上の『飛び地』の間隔から考えて、もとは順行『飛び地』と逆行『飛び地』合わせて、二十四個あったはずなんだ。それぞれ、十二個ずつでね。今、順行が十一個、逆行が九個しか残ってないってことは何かの理由で『飛び地』が四個消えちまったってことになる」

「また、カリティ姐(ねえ)さんの古代史御託(ごたく)が始まった」隣の船からナタがからかう。「次は地面の上に地国があるって、言いだすぜ」

「みんな、無駄口はそこまでだ」カムロギが止めに入った。「燃料はあと二、三週間しかもたない。ここで、燃料が見つからなかったら、すぐ他の廃墟を探さなきゃならない。さもなければ、船を一隻諦めるかだ。そうなりゃ、一隻に二人乗りだ。操縦席でおしあいへしあいだぞ。飯を食う時も、寝る時も、糞をたれる時もだ」

「カムロギ、俺が二人乗りする相手のことだが、カリティ姐さんだけはごめんだぜ。確かに、最近女には不自由してるが、引き換えに訳のわからん話を延々聞かされるのは堪らした。


ん」結局、ナタは憎まれ口を中断する気はないらしい。

　カリテイは何か言い返し始めたが、カムロギはうんざりして、コミュニケータをオフにした。

　船一隻ごとに三つずつの錨を地面に打ち込んだ後、全員宇宙服を着け、自分の船からごそごそと這い出して、船の背に立ち上がった。錨と船を結ぶチタニウム合金の鎖はぴんと張り詰めている。みんな念入りに鎖の状態と、錨の固定具合を確認し始める。錨が地面から抜けたり、鎖が切れたりしたら、船はバランスをくずしてしまい、振り子のように揺れ動くことになる。運が悪ければ放り出されて、そのまま星空へ真っ逆様に落ちていく。落ちた者を待ちうけるのは緩慢な死だ。

　可視光で見ると、戦場の跡に散らばる「残り熱源」がまるで赤い星のように見え、天地が一続きになったかのような錯覚を覚える。

　カムロギはヴァイザを調節し、赤外光に切り替えた。一瞬、視野がホワイトアウトしたが、すぐ自動的に最適感度になる。頭上に荒涼とした大地が広がる。

「この村の中心はもう少し、北寄りだな」ヨシュアの声がコミュニケータから聞こえる。

「二、三百メートルってとこかな。どうする？　いったん錨を下げて、場所を移すか？」

「それはやめておこう」少し考えて、カムロギは答えた。「激しい戦闘があった後の岩盤

は緩んでいることが多い。やたらと錨を打ち込むのは考えものだ。ここから、ぶらってい
こう」
「二百メートル以上もぶらるのか？」ナタは声をあげた。
「なんだ。若いのに音をあげるのか？　なんなら、ここで留守番してたっていいんだぜ」
「けっ。まさか、俺は平気だよ。目をつぶってたって、大丈夫なぐらいだ。ただ、女の腕
には無理じゃないかってことだ」
「わたしなら、心配無用だね」カリテイの宇宙服の指先から、長さ数十センチの金属の爪
が飛び出した。真上に突き上げると、先端のセンサが自動的に岩の隙間を見つけ出し、変
形しながら食い込んでいく。
「というわけだ。ぐずぐず言っている時間が惜しい。早くしろ」カムロギもぶらり始めた。
宇宙服は軽量素材で作られてはいたが、それでも四十キロ程度の重量があった。爪が岩
に食い込んでいる間はいいが、前進するたびに片手で全身を支えなければならない。休憩
する時ですら、両手で大地を摑んでぶら下がる格好だ。十メートル進むだけで、全身汗び
っしょりになる。もともと、宇宙服の関節にはサーボ機構が埋め込まれていたのだが、彼
らが手に入れた時にはすでに動かなくなっていた。故障なのか、整備不良なのかの判断も
つかなかったし、修理の方法もわからない。サーボ機構の重さのせいで宇宙服はますます
重くなっていたが、宇宙服の機能に影響を与えずに取り外す方法も当然ながらわからなか

った。

「もう……半分……ぐらいは……来たかな？」五分ほどして、ナタが息も絶え絶えに言った。

「いいや」カリティは嬉しそうに答える。「まだ三十メートルも進んでないね。まあ、わたしは本当ならもっと早くぶられるんだけどね。あんたに合わせてるせいで、かえって疲れちまうよ」

そう言うカリティも息があがっているのがコミュニケータを通じてわかった。ひょっとしてまずい選択をしてしまったのかと、カムロギは後悔し始めた。

ふと真下を見ると、ちょうど「飛び地」が東から西へとゆっくり通過していくところだった。

「あの『飛び地』は？」カムロギが尋ねた。

「ちょっと待って。船のデータベースにアクセスしてみる。……わかった。あれはポセイドンだよ」

「ヴァイザを望遠モードにしてみろ。ちょうど、やつらの帰還が見られるぞ」

五個の小さな光点が「飛び地」にゆっくりと近づいていくのがわかった。地面に向けて単に上昇すればいい出撃に較べて、「飛び地」という小さな目標を目指す帰還はかなり慎重に行われるらしく、光点は一つずつ間をおいて、「飛び地」に吸い込まれていった。

「ここを襲ったやつらか？」ヨシュアが不快感の籠った声で言った。

「わからんなあ」カムロギは宇宙服の中で首を振った。「空賊（パイレーツ）の出撃から目標への攻撃開始まで二日程度だってのは聞いたことはあるが、帰還にどのくらい時間をかけるのかは知らないんだ。タイミングが合うまで、ぐるぐると何周も世界を回るともいうが……」

空賊（パイレーツ）の出撃には二つの段階がある。彼らの本拠地である直径十キロほどの「飛び地」は地表から順行なら五万キロ、逆行なら七万キロの深度の軌道をそれぞれ時速六百三十一万キロ、時速六百十六万キロの速度で移動しており、まずそこから地面の近くまで上昇する必要がある。同時に南北方向の位置合わせも行う。この段階は一時間半から二時間で終了する。上昇が終わると同時にこんどは減速を開始する。この段階はほぼ二日。そして、減速が終了するとともに戦闘と略奪を開始する。もちろん、最初から減速の終了地点が略奪場所になるようにタイミングを計って出発しているのだ。

ところが、帰りはそう簡単にいかない。同じように加速が終了した時にもとの「飛び地」の真上に来るようにすればいいはずだが、略奪が終われば空賊（パイレーツ）は村の残存兵力からの反撃や近隣の村からの援軍を避けるため、一刻も早く出発しなければならない。そのため、「飛び地」の速度付近まで加速した後、時間をかけて速度を微調整して「飛び地」の真上あたりに来てから、下降することになる。

一行が廃墟の中心部付近に辿り着くのに一時間半もかかってしまった。全員疲労で無口になっていた。特にナタは辛いらしく、時々掠れるような声で悪態らしきものをついている。

「到着したのはいいが」ヨシュアが言った。「これから落穂拾いをやって荷物を抱えてまた来た道を戻るのか？」

「そいつは無理だな。ここに簡易テントを張ってベースにしよう。そこに荷物を集める。一人が船に帰って、積み込みに戻るってのはどうだ？　短時間なら錨を打ち込む必要もないし……」カムロギの声が途切れる。「なんだ、今の音は？」

「音？」ヨシュアが答える。「音なんか、聞こえたか？」

「わたしは聞こえたよ。コミュニケータから何か弾けるような小さな音がしたけど、ノイズだろ」

「いや。かなり大きな音だった」カムロギが反論する。「コミュニケータからじゃなかった」

「コミュニケータからじゃないとすると」ヨシュアが深刻そうに言う。「地面からの振動か、もしくはあんたの宇宙服内部の音ってことになる。何か変わった兆候はあるかい？」

カムロギは背筋がどんどん冷たくなっていくのを実感した。自分だけにしか聞こえなかったとすると、地面から伝わった可能性は低い。音はカムロギの宇宙服から出ていることになる。カリティが聞いた音というのはたまたまコミュニケータが拾った音かもしれない。

「みんな、忙しいことはわかってるんだが、頼みを聞いて欲しい」カムロギは精一杯冷静さを保とうとした。「俺の宇宙服を外から見て、変わったところがないかを調べて欲しいんだ」

「調べるまでもないよ」ナタは言いにくそうだった。

「はっきり言ってくれないか」

「その前に俺からも頼みがあるんだけどな」ヨシュアが明るい調子で言った。「その質問に答える前に三十秒間深呼吸をしてくれないか」

それはよいニュースにも悪いニュースにもとれた。三十秒も余裕があるということは差し迫った危険がないということを意味するのかもしれない。さもなければ、すでに急いでも無駄であるかだ。カムロギはそれ以上、深く考えるのはやめ、言われるがままに深呼吸をした。

「さあ。準備は万端だ。死亡宣告をしてくれ」

「ヴァイザにひびが入っている」ヨシュアがいっそう明るい調子で答えた。

カムロギはたっぷり一分半の間絶叫した。

「で、どうする？」カリテイが、叫び終わったカムロギに尋ねた。「充分叫んで満足したのなら、次の指示をしておくれよ。もし息が続かなくなっただけで、まだ叫び足りないってのなら、誰か他の者がリーダーを務めようか？」

「すまん。……少し……動転してしまったが、まだリーダーをやれると思う」

「どっちにしても引き返すしかないんじゃないか？」ナタが意見を述べた。「真空中でヴァイザが割れたら、何分も持ちこたえられないだろ」

何分じゃなく、何十秒かだ。カムロギがそう答えようとした時、再び嫌な音がした。視界を横断するひび割れがカムロギにもはっきりわかった。

「どうやら、その時間はなさそうだ」カムロギは答えた。「この近くに地中部分への入り口はないか？」

「磁界レーダによると、三メートルほど北にある穴はかなり深い」カリティは淡々と報告する。「入り口だという可能性は高いよ」

「これほどの規模の村なら、宇宙服の一つや二つはあるだろう。なんとしても探すんだ」

「もし、見つかったとして」ヨシュアの声は少し深刻な色を帯び始める。「どうするつもりだ？　使用方法はわかるのか？　どうやって着替える？」

「一か八かだ。たいていの宇宙服はかなりの部分、自動化されているはずだ。着替えは真空中で行う。短時間なら、なんとか生きていられるはずだ」

「それは無茶だ。一気圧下でも宇宙服を脱ぐのには一分以上かかる。まして、真空中では……」

「議論している時間が惜しい」カムロギは話を打ち切り、北へ向かってぶらり始めた。

他の三人も移動を始める。

穴の縁に到着すると、カムロギは片手で体を支え、もう一方の手の甲に取り付けられたライトで内部を照らした。直径一メートルの入り口から三十センチほどの高さまでは天然の岩だったが、それより上の壁は滑らかな材質に変わっていた。穴の最高部は地表から約五メートル。小さな突起が無数にあるので、よじ登れないことはなさそうだった。

「この穴はなんだと思う?」カムロギが誰とはなしに尋ねる。

「底の高さからいって、排気口ではありえないと思う」ヨシュアが答える。「おそらく、村人の出入り口だ。本来は岩でカムフラージュしていたのが空賊（パイレーツ）の攻撃で剝き出しになってしまったんだろう」

「どうすれば、地中の施設の内部に入れる?」

「それはなんとも言えない。穴の中に入って、もっと詳しく調査しないと」

カムロギはすでに穴の中に上半身を突っ込み始めている。続いて、カリテイとヨシュアが入り、最後にナタも登りだした。

「見ろよ」ヨシュアが壁の中ほどを指差す。「エアロックの入り口だ」

「開けられるか?」

「ちょっと待ってくれ」ヨシュアは付近の画像をコンピュータに送り、データベースとの照合を行った。「ぴったり一致する形式はない。だが、カリストP－三〇一型のエアロックに比較的似ている。一致指数は七十一だ」

「だとしたら、キーカードがないと開けられないはずだよ」カリテイが言った。

「何か手はないのか⁉」カムロギは声を荒らげた。

「俺は昔やったことがあるぜ」ナタはやっとみんなに追いついてきた。「ドアの側の壁に基板が埋め込んであるんだ。そのうち、四つをはずして短絡させれば、誤動作を起こして開くはずだ」

　ナタは片手で体を支持したまま、もう一方の手でドアの周囲を探った。そして、腰の工具箱からレーザートーチを取り出すと、しばらく躊躇した後、壁を切り裂いた。切り口が三十センチ四方の正方形になった瞬間、ぽろりとはずれて落下していく。下を見ると、穴から落ちた壁のかけらはどんどん速度を上げ、すぐに見えなくなる。

　十個ほどの基板が剝き出しになっていた。ナタの手はそれらの上を数秒間さまよったが、やがてやけくそのように四つを選ぶと、毟り取った。基板はそのまま、落下していく。

　カムロギは慌てて摑もうとしたが、失敗した。

「なんてことをしたんだ。万が一間違った基板をはずしていたら、取り返しがつかない」

「どっちにしろ、やり直している時間はない」ナタはにやりと笑って、導線を短絡させた。

　何も起こらなかった。

カムロギの怒声が響き渡る。

と、同時にヴァイザが砕け散った。カムロギは、肺の内圧を下げるため、慌てて口を開いた。しゅるしゅるという音とともに、カムロギの頬をかすめて、空気が拡散していく。一瞬、何も起こらないのではないかと、錯覚しそうになったが、即座に残酷な兆候が現れた。目が乾燥し、開けていられなくなった。口の中が腫れ上がり、真っ赤な霧が噴き出す。全身の皮膚に激痛が走る。

カムロギはパニックを起こし、真空を呼吸しようとした。肺の中身が外に飛び出そうとする。心臓が口に向かって動きだす。真空中では音はしないと思っていたが、耳の中では爆発音が絶え間なく、鳴り続けている。自分の血液が沸騰する音だ。

エアロックが開いた。

カムロギは転がり込もうとするが、手足が突っ張って言うことをきかない。涙が沸騰する。うろうろしているナタを突き飛ばしながら、エアロックの中に飛び込む。落ちていくナタをヨシュアが捕まえる。カリティが中に飛び込んでくる。きょろきょろと周りを見回す。カムロギは立っていられなくなり、膝を床につく。全身の九つの穴から、汚物と体液が噴き出すと同時に沸騰して蒸発していく。ヨシュアとナタが転がり込んでくる。二人とも肩で息をしている。ヨシュアはナタの肩を摑み揺すりながら何かを訴えた。ナタは首を振った。視界がぱりぱりと歪(ゆが)み、欠けていく。カムロギは内壁にボタンやスイッチが並んでいるのを見つけた。全身の関節が火のように熱い。スイッチ群を滅茶苦茶に操作する。ヨシュアが止めようと羽交い締め(はがいじめ)にする。それでも、カムロギはスイッチの操作をやめない。

入り口が閉まった。

ヨシュアはカムロギを解放した。勢い余って、カムロギは頭を壁に強打して、ひっくりかえる。起き上がろうとするが、自分の体液で滑って無理だ。エアロック内に空気の気配はない。カムロギは仰向けになった。やるだけのことはやった。仕方がない。全身に起こりつつある変化を受け入れる決心がついた。全身の皮膚が突っ張り、裂けていく激痛に包まれる。

ところが最後の時はなかなか訪れなかった。カムロギは何分も恐怖と戦い続けたが、どうも妙だと気がついた。落ちついて、周りを見ると、三人の仲間が心配そうに覗き込んでいる。カムロギは身振りで早く空気を供給してくれと合図しようとしたが、関節が言うことを聞いてくれない。三人は互いに顔を見合わせて、何かを話し合っているようだ。

やがて、ヨシュアは思いついたように自分のヘルメットを取り外し、真空に頭部を晒(さら)した。続いて、カリティとナタも。

ヨシュアは真空の中で何かをカムロギに語りかけた。当然ながら何も聞こえないが、返事をしようとした。咳とともに血の泡が噴き出した。

カリティはカムロギの首の後ろに手を回し、何かを操作した。後頭部に硬い感触があった。

「今、コミュニケータを骨伝導モードに切り替えたよ。もし、聞こえたら、右手を上げな」カリティの唇が動くのと同時に頭蓋骨に声が響く。

カムロギは右手を一センチだけ持ち上げた。

何をしているんだ。そんなことより空気をなんとかしてくれ。

「もう大丈夫だ。かなり酷い状況だったけど、とにかく生きて空気の中に戻ってこられたんだ」

どういうことだ？　空気の中だって？

カムロギは痛む首と眼球を動かし、床を見た。いまだに流れ続けている汚物や血液はもはや沸騰していない。全身に苦痛を感じているうえに、鼓膜がどうにかなって耳が聞こえなくなっていたため、まだ真空中にいると勘違いしていたのだ。

意識が薄らいでいく。


気がつくと、素っ裸にされていた。酷い悪臭が周囲に立ちこめている。

「みんなで俺に悪戯しようってのかい？」驚いたことに声を出すことができた。

「俺たち三人の名医が手をつくして、おまえを生き返らせてやったんだ」逞しい筋肉と黒い肌と白い歯を持つ巨漢が笑いかける。ヨシュアだ。「まったく悪運の強いやつだぜ」

「なに、タフなだけさ」カムロギは笑いながら起き上がろうとして、苦痛に顔を歪めた。

「まだ、無理はよせ。全身の皮膚には見事なぐらい隙間なく内出血が起きている。それから、たぶん内臓も酷いことになっているとは思うが、どうしようもない。とにかく、十日ほどは安静にして、あとは運を地に任せるほかねえな」

最悪の場合、内臓の機能不全で天獄行きってことか。まあ、それも仕方あるまい。

それにしても酷い臭いだ。耳はいかれてしまっているというのに、嗅覚はかえって鋭敏になったとでもいうのだろうか？

「臭いな」カムロギはヨシュアに言った。「ここは排泄物処理場か何かか？」

「いや。おそらく、ここはシェルターだったんだろう。逃げ込みやすいように村の中央に作られていたんだ。最低限の生命維持システムと当座の食料と水が用意されている。ただ、この村の人間たちは、不幸なことに結局ここを利用することはできなかったようだ。あまりにも空賊（パイレーツ）の攻撃が素早く効果的だったため、ここに逃げ込む余裕すらなかったんだ。それから、臭いのことだが」ヨシュアは自分の脇に手を突っ込むと拭って、カムロギの鼻先に近づけた。焦げ茶色の油のようなものがついている。「俺たちの体臭だ。何年も他人の体臭をかいでなかったうえに、みんな風呂にも入ってない」

「おい。やめろよ」カムロギはやっとの思いで、ヨシュアの手を振り払った。垢（あか）と油の塊が飛沫になって飛び散った。

　自分の体を見ると、やはり全身に垢がこびりついているうえに、血液と汚物で酷い有様になっていた。これでは人のことは言えまい。「ところで、『風呂』ってなんだ？」

「風呂ってのは、入って体を洗ったり、温まったりする湯のことだ」

「なんだか知らんが、豪勢な風習だな」カムロギは呆れ果てた。子供の頃から、割り当ての水は十リットルと決まっていた。それを何度も再処理して飲んでいたのだ。チューブに尿を入れるのに失敗した時、母親に酷く怒られたことを思い出した。罰として、二日間水抜きにされたっけ。

「ああ。村の上にたまたま含水珪酸塩（がんすいけいさんえん）の鉱脈があってな。水にだけは不自由しなかった。そのかわり、環境維持用のエネルギーが不足していて、三メートル四方の部屋に八人も詰め込まれてた。月に一度の風呂が唯一の楽しみだったよ」ヨシュアは遠い目をして言った。

「冗談じゃねえぜ！」汚れた白い肌を持つ、少年といってもいいような痩せた若者が、豊かな肉体を持つ金色の肌の壮年女性に怒鳴っている。「あいつは俺を殺しかけたんだ。命の恩人のこの俺をだぜ」

　どうやら、ナタとカリティらしい。直接顔を見るのは何年ぶりだろう？　ずっと一緒に旅をしてきたが、ふだんは船や宇宙服に阻（はば）まれて顔を見る機会はほとんどない。

　その時になって、カムロギは自分以外のメンバーも全裸だということに気がついた。もっとも、宇宙服を脱いだら全裸になるのはあたりまえだが。

カリテイはナタを諭（さと）している。「あの場合は仕方がないよ。じっとしていれば、確実に死んじまってたんだから」

「何を怒ってるんだ？」カムロギは努めて冷静に言った。

『何を怒ってるんだ？』だと？」ナタは口から泡を飛ばした。「自分のやったことを忘れたとは言わせないぜ。俺を天獄に突き落とそうとしたんだぞ」

「おまえを？」

どうもはっきりしないが、そんなことをしたような気もする。

「すまん。悪気はなかったんだ」

「俺が死んでもいいと思ったのか!?」

「誓ってもいいが、そんなことは絶対にない」

ナタはしばらくカムロギを睨んでいたが、やがて口を開いた。「いいだろう。今回のことは我慢してやろう。だが、いいか」ナタはカムロギの鼻先を指差した。「今度、こんなことがあったら、あんたにはリーダーをやめてもらうぜ」ついとむこうを向く。

「この村の技術レベルは？」カムロギは何事もなかったかのようにカリテイに尋ねた。

「データベースを使ってコンピュータに推定させた結果はBプラス・レベルだったよ」

カムロギは口笛を吹いた。「今までの最高レベルじゃないか。持っていく価値のあるものはかなりあるはずだ。俺たちの船に直接役に立たないものも、他の村に行って燃料と交換できるだろうし」

「そのことについて、おまえが眠ってる間に話し合ったんだが、しばらくここに腰を落ちつけるってのはどうだろうか？」ヨシュアが言った。「なにも、船を棲家にして、苦しい『落穂拾い』を続けなくたって、ここを俺たちの村にすればいいじゃないか。このシェルターでは地熱発電ユニットが稼動してるんだが、俺の計算だと充分四人分の必要エネルギーを賄(まかな)うことができる。それに一度攻撃された村なら、また攻撃される可能性は少ない」

「だが、万が一攻撃されればひとたまりもない」カムロギは眉をひそめた。「で、他の二人の意見は？」

「俺は賛成した」ナタが不機嫌そうに言う。「このシェルターには部屋が全部で十もある。俺たちが一人一部屋使っても、六部屋余るわけだ。余った部屋への熱と光の供給を制限すれば、もっと快適になるはずだ。考えてもみろよ。俺の村じゃ、明かりを使えるのは週に一時間と決められてたってのに、ここじゃあ、特に必要がない時でも明かりをつけていられるんだぜ」

「わたしは条件付きで賛成したよ」カリテイは男たちに肌を晒してもまったく物怖(ものお)じせずに胸を張っていた。「ここにいるのは長くて一ヶ月。それ以上留まるなら、わたしは一人でも出ていく」

ひと月あれば、ここのデータベースを調べるには充分だというわけか。

カムロギは目を瞑って考えた。

ヨシュアやナタの意見には一理ある。船内生活に固執する必要はまったくない。それに較べて、カリテイはただ伝説の地国の探索に拘って、定住を拒んでいるだけだ。どちらの意見を尊重すべきかは火を見るよりも明らかだ。しかし……。

「わかった。カリテイの言う通り、ひとまず一ヶ月だけ、ここに住んでみよう」

「どうして、一ヶ月なんだ？」ナタがくってかかる。

「最後まで聞け。とにかく一ヶ月住んでみるんだ。それで問題がなければ、定住することを考えよう」

「わたしは出ていくよ」

「どうしてもと言うなら、止めはしない。だが、わかってるだろうが、一人旅はとても危険だ」

カリテイは頷く。「それは承知の上さ。ここに留まって、地国探しを諦めるぐらいなら、死んだほうがましだよ」一瞬、カリテイは悲しい目をした。

カリテイは起きている時間のほとんどをシェルター内のコンピュータの操作に費やした。時々、男たちが様子を見にいくが、ほとんど相手にすることはない。今日もカムロギが水割りを飲みながら、横になってカリティの背中を眺めていたが、気づいている素振りすら見せない。

四六時中、素っ裸でいるってのはどうも落ちつかない。カムロギは思った。特に家族でも愛人でもない女といる時には。彼女は何にも感じないんだろうか？　ひょっとしたら、カリティには最初から着衣の習慣はないのかもしれないな。俺の生まれた村ではエネルギー節約のためいつも気温は氷点下だったから、厚着は当然のことだったけど。

「ほら！　やっぱり、そうだったよ‼」

あまりにも唐突にカリティが叫んだため、カムロギは危うくグラスを落としかけた。

「脅かすなよ」

「あら。いたのかい？」カリティは本当に気づいていなかったようだ。「体の具合はどうだい」

「おかげさまで順調だよ。毎日血尿や血便は出てるし、日に五度は吐いている。まあ、今すぐ死ぬようなことはなさそうだ」カムロギは興味がなさそうに答えた。「それより、何がそうだったんだ？」

「この村に伝わっていた伝説さ。世界のあちこちに伝わっている伝説と共通点がある。ほら、この部分だ。翻訳させてみるよ」ディスプレイの奇妙な記号が意味の通る言葉に変わった。カリティは声を出して読み始める。『古(いにしえ)、人類球状世界(ひとくさたまのようなくに)に住みき。その世界の重力いたる所で常に外より中へと向かいき。故、人々地面を踏みしめて歩きたり』」

陳腐な御伽噺だ。物語の冒頭で到底ありそうにもない荒唐無稽なことを述べるのは神話・伝説の常套手段だ。聞き手の興味を引きつけるとともに、子供たちが過剰に信じ込むことがないように、架空の話だということを印象づける効果もある。

「『後、世界に人類満ちし時、新しき人工の世界を作りき。重力が内より外へと向かう世界なり。人々頭を内に、足を外に向け、新しき大地を踏みしめたり』」

「まったくもって、理屈に合わない。足を外側に向けていては、大地を踏みしめられないじゃないか」

「『その世界で諍い起こりき』」カリティはかまわず続ける。「『何世紀の間、毒と火をもて、陰惨しき戦続きたり。故、戦に敗れたる者、また戦を厭う者たち逃走る。それ禁断のカダスの地を越え、下へと逃げ出しき。地国より天獄に向かいて』この部分は村によっては違う形になっている。例えば罪人たちが地国から追い出され、天獄に近いこの世界に追放された。その中で特に罪が重い者たちは、より天獄に近い『飛び地』に幽閉されたというように」

「なるほど。面白い考えではあるな」

「面白いだって？　これは真実さ」

「もし真実だっていうなら、この世界は重力が内から外へ向くようにと人工的に作られたことになる。重力を作り出すなんてことが人間に可能か？」

「人工的に重力を作るのは難しいことじゃない。遠心力を使うのさ」

「慣性に起因する見かけの力だな。……世界が回転しているというのか、カリティ？」

カリティは頷く。「およそ、十二日と十四時間でね」

「証拠は？」

「間接的な証拠としては星の回転運動がある。星は常に東の地平線から沈み、真下の空を通って西の地平線に昇って、見えなくなる。星が固定されていると仮定すれば、地面のほうが回転していることになるだろ」

「だが、地面が固定されていると仮定すれば、星が回転していることになる。相対的な現象は根拠にならないぞ」

「直接的な証拠としてはコリオリ力があるよ」カリティは自慢げに言い、端末を操作した。すると足元に、回転する赤い円盤の立体映像が現れた。直径は一メートルほどで、一秒ごとに一回転している。カリティが円盤の中心を指差すと、小さな白い玉が現れた。指先で弾く動作をすると、玉はゆっくりと動きだし、そのまままっすぐ円盤の縁から飛び出した。

「どう？」

「特に不思議はなかったけど……」

「じゃあ、玉にインクをつけてみるよ」

黒い玉が円盤の中央に現れる。再び指を弾くと、今度は玉の軌跡が黒いすじとなって、円盤の上に残されていく。玉自体はまっすぐに進んでいるのだが、円盤の回転によって、軌跡は螺旋状になった。

「円盤といっしょに回転する観測者には玉が中心から螺旋状に離れていくように見えるはずさ」

「つまり、回転する座標系上を移動する物体には移動方向を逸らせるような見かけの力がかかるというわけだな」

カリテイは頷いた。「東に向かう物体には下への力がかかり、西に向かう物体には上への力がかかる。つまり、東へ進めば重くなり、西へ進めば軽くなるってことさ。下に落ちていく物体の軌道は西にずれ、上へと上る物体の軌道は東にずれるのさ」

「実際に確かめたのか？」

「もちろん」カリテイはぞっとするような笑みを見せた。「暇をみてはなんども実験してるよ。発信機を落下させれば、一万キロの深度までモニタできる。コリオリ力がなければ、まっすぐ落ちていくはずなのに、一万キロ落ちた時点で十八分角西にずれているんだ」

「一万キロ落ちるまでにどれぐらいの時間がかかる？　それから、十八分角というと、距離にしていくらだ？」

「だいたい二十四分ぐらいだよ。十八分角は五十キロちょっとさ」

カムロギは暗算してみた。「初速度に西方向の成分が入ってた可能性はないみたいだな。ただ、測定系の精度が気になる。十八分角といえば、一度の三分の一以下だからな。信頼できる値と言えるのか」カムロギは反論しようとするカリティを手で制した。「いや。量的な疑問について、あれこれ言っても始まらない。それより、大事なことを忘れているんじゃないか？」

「大事なこと？」

「人類が太古に住んでいたという、原初の世界さ。そこでは重力が外から内へと向かってたんだろ。その力も回転によって生み出せるのかい？　それとも、形状が関係してるのか？　だとしたら、空賊（パイレーツ）が住む『飛び地』も球形だから、同じことが起きそうなもんだが、実際にはそんな現象は起こっていない」

「それは……」カリティは口籠（くちごも）った。「きっと、大きさに関係する何かわたしたちの知らない原理があるのさ」

「なんだ。結局、そこに逃げるのか？　人類にとって未知の力か。便利なものだ」

「あんたこそ、言ってることが矛盾してるよ」カリティの鼻息が荒くなる。「さっきはこの世界の重力を人為的に作り出せることが信じられなかったくせに、太古の世界の重力には原因を求めるのかい？」

「矛盾はしていない。この世界の『中心から外への重力』は現に生まれてから今日まで、毎日観測している事実だ。理屈などなくても信じられる。それに較べて太古の球状世界の『外から中心への重力』は単なる神話に過ぎない。信じさせるにはそれなりの理論が必要なのは当然だ」カムロギはゆっくりとした語調で言った。「カリテイ、君の考えは論理的ではない。君はただ神話を信じたいだけなんだろ。地面の上に地国があって、そこに自分の娘が今も生きているという神話を」

カリテイが「落穂拾い」の仲間に加わったのは今からおよそ十年前だった。

彼らが廃墟に到達した時、その下空を滅茶苦茶に飛び回る船を見つけた。乗っていたのがカリテイだった。

その村もたいていの村と同様で常に物資は不足していた。建前上、生命維持に充分なエネルギーの消費は保証されていることになっていたが、実際は子供の頃だけのことで、成人後からは徐々に制限され始め、五十歳を過ぎる頃には栄養失調死や凍死をするものが出始め、七十歳を越えるものは皆無だった。

それでも、その日まで彼女とその家族はそれなりに幸せな日々を送っていたという。それが一瞬で崩壊してしまった。謎の敵が現れ、村を攻撃し始めたのだ。

カムロギたちはどこかの空賊(パイレーツ)に襲われたのだろうと考えたが、カリテイは絶対に空賊(パイレーツ)などではなかったと主張した。

「空賊(パイレーツ)の船なら知っている。あいつらの船は戦闘と高速飛行に著しく特化しているけど、基本的にゃあ、わたしたちの船と同じ磁気推進船さ。でも、わたしの村を襲ったやつらは違った。とてつもなく大きかったんだ。小さいものでも二、三百メートル、大きいものでは一キロ以上はあった。それぞれ違う姿をしていたけど、人間と昆虫と爬虫類のグロテスクな部分だけを集めた悪夢のような姿だった。まるで、船を骨格として取り込んだ邪悪な寄生生物に見えたよ」

もちろん、ショックにより記憶が歪曲(わいきょく)してしまったのだろう。

村の防衛隊は最初の戦闘でほぼ一掃されてしまった。ただ、彼女の船だけは直撃を免れたため、コントロールを失いはしたが、撃墜はされなかった。なすすべもなく、何千キロもの範囲をランダムに飛び回る彼女の船を見て、戦闘不能と判断したのか、彼らはそれ以上の攻撃を行わず、村の施設への侵入を始めたという。敵の正体が空賊(パイレーツ)だとしたら領ける行動だ。無駄にエネルギーを消費する必要はない。

だが、カリティがその時目撃したと主張していることは空賊(パイレーツ)らしからぬ行動だった。彼らのうち一匹が非戦闘員——もちろん、カリティの幼い娘も含まれる——の逃げ込んだシェルターをまるまる齧(かじ)りとって飲み込んだというのだ。

「もし、あれが見かけの通り本物の怪物だとしたら、みんなの命はないかもしれない。でも、あれが何かのメカだとしたら、村人たちは——わたしの可愛いエレクトラはやつらの国に連れていかれて、まだ生きているかもしれないんだよ！」

ランダムに飛び回る船のセンサは誤動作しやすいうえに、混乱した人間の精神は実際には起こらなかったことを観測しがちだという。あるいは、一時的な酸素分圧の低下で幻覚を見たのかもしれない。空賊(パイレーツ)どもが怖れを知らないのも「飛び地」での慢性的な酸素不足のため、いつも幻覚を見ているからだという噂があるではないか。

しかし、カムロギたちの説得にカリテイは聞く耳を持たなかった。

助けられてから、カリテイは取り憑かれたように神話と伝説の研究を始めた。怪物たちは北からやってきて、北へと帰っていった。カリテイはそう主張した。空賊(パイレーツ)なら、東から来て、西に向かうはずだ。北へ向かったということは北限を越えていったということだ。

磁界が不安定なため船の飛行が不可能とされている北限を越えていったという主張は俄(にわ)かに受け入れ難いものだったが、カリテイは本気で信じているようだった。北限や南限の向こうには地国への入り口があるという。カリテイの心の中では彼女の娘エレクトラは今も地国に生きているのだ。

「神話じゃなくて、事実なんだよ」カリテイはじれったそうに言った。「この世界のどの村にも同じような神話が残っているのがその証拠さ」

「じゃあ、天獄もどこかにあるってのか？」

るための」

「天獄は足元に広がる無限の真空に対する恐怖の象徴さ。あるいは、空賊(パイレーツ)の起源を説明す

妥当な意見だ。カリティは本来論理的で冷静な人間なのだ。なのに、どうして、娘が絡むと衝動的な考えに短絡してしまうのだろう？　天獄に対する解釈を地国にも適用できることになぜ気がつかないのだろう。

カムロギはカリティが憐(あわ)れに思えた。そして、とてもいとおしく感じた。

彼は無言で、カリティの肩を抱いて、引き寄せた。その顔には長年の苦しみによる深い皺が刻まれている。むっとする体臭だか口臭だかがにおってくる。

思えば、ずいぶん長い間、自分の臭いしかかいでないが、これが女の匂いってもんだろうか？　それにしちゃ、やけに臭いな。俺の鼻が敏感になりすぎてるのか、それともカリティが特に不潔な女なのか？　まあ、どっちでもいいさ。臭いを我慢するのもひょっとして楽しいことかもしれないじゃないか。

「なあ、カリティ」カムロギは優しく言った。「俺たち、同じ部屋に住むってのはどうだろう？　そのほうが省エネルギーになるし……」

カリティの体が硬直し、熱くなった。目には怒りの炎が宿っている。カムロギは思わず、カリティの肩から手を離した。

「カムロギ、あんたもかい!?」カリティは鼻息荒く言った。「まったくもって、どうして

男ってのはのべつ幕無しに発情していられるんだい？　本気でわたしが若い女の代わりになるなんて思ってるのかい？」

「い、いや。違うんだ。そんな気持ちじゃ……」では、どんな気持ちだったんだろう、カムロギは自問した。

「別に言い訳する必要はないさ。ただ、ちょっと頭を冷やして欲しいんだ」カリテイはしばし何かを考えるように沈黙した。「これから、わたしは船まで戻ろうと思う」

　カムロギは慌てて、早まるのを止めようとした。

　カリテイは笑いだす。「何も二度と帰ってこないなんて言ってないよ。ただ、二、三日シェルターから離れたほうがいいと思ったんだ。さもなけりゃ、無駄で不条理な諍いが起こっちまうのが必至だからさ。ここの北百キロほどのところにも熱源がある。空賊(パイレーツ)の攻撃の跡だとすると、この村の衛星字(あざ)だった可能性がある。それとも、別の村か。どっちにしても、何か価値のあるものが見つかるかもしれない。そこの調査に行こうと思うんだ」カリテイはにこりと笑うと、カムロギの頬を人差し指で突き、部屋から出ていった。

　カムロギ、あんたもかい!?　カリテイは確かにそう言った。くそ。ヨシュアもなかなか油断できないじゃないか。

　カムロギが十歳の時、彼の村は全滅した。

次々と村の施設に略奪者が侵入してくる絶望的状況のなか、彼の父親は彼に宇宙服を着せた。父親自身が宇宙服を着る時間はなかった。空賊（パイレーツ）の船が地表近くで爆発を起こし、衝撃で何もかもが吹き飛んだ。空気は一瞬、すべて炎と変じ、次の瞬間には真空へと転じた。

磁界推進船が減速する時、貴重な運動エネルギーを無駄に捨てたりはしない。地表人たちは減速と同時に弾み車に運動エネルギーを蓄積し、加速時に再利用する。しかし、空賊（パイレーツ）の船は時速六百万キロから減速するため、爆発的なエネルギーを蓄積する必要があり、弾み車などでは手に負えない。どんな方法を使っているのかは地表人には解明されていないが、おそらく超重元素を合成し、準安定状態で保存しているのではないかと想像されていた。とにかく、空賊（パイレーツ）の船は一トンあたり一・五ペタジュールものエネルギーを持っている。核兵器並みだ。空賊（パイレーツ）たちが地表すれすれの深度でやってくるのは、単にレーダから逃れるためだけではなく、迂闊（うかつ）に迎撃できないようにするためなのだ。だから、村人は推進機関だけを狙った。失速させて、空の彼方へ落とすために。

なのに、その船は機首を持ち上げ、地面に墜昇した。

どのくらいの時間が過ぎたのか、気がつくとカムロギの周りには誰もいなかった。

壁も床も天井も飴（あめ）のように捻（ね）じ曲がっていた。あちこちに落ちている消し炭のようなものが村人たちだろうか？

カムロギはそのまま生命維持装置が止まるまで、そこに横たわっていようと思った。どうせ一人では生きていられない。

その時、床を突き破ってきたものがあった。カムロギの心臓は縮みあがった。それは「落穂拾い」の一団だった。

彼らにはカムロギを助ける義務はなかった。リーダーはカムロギに尋ねた。このまま、潔くここで死ぬか。それとも、飢えと恐怖に苛まれながら、ぎりぎり生き長らえるか。ただし、子供扱いはしない。足手まといになったら、すぐに捨てていく。

カムロギは生きることを選んだ。

リーダーと一緒に一人乗り用の操縦室に乗り込んだ。村を離れる時、巨大なクレータが目についた。

「地面に大きなクレータがあるよ」

カリテイからの無線連絡の声で、カムロギは白昼夢から呼び戻された。昔のことを思い出すのは何年振りだろう？　彼は首を捻った。なぜ今ごろ？

「熱源の中心とクレータの中心は一致している」カリテイは冷静に報告を続ける。「現在、徐々に温度は下降中。さらに接近して、真下から観測してみる」

カリテイから送られてくる映像に三人は見入った。クレータはほぼ完全な円形をしていた。内部は鏡のようになめらかだった。急激な融解と凝固の結果だ。そこにあった岩盤の大部分は爆発と同時に気化するか、液化するか、あるいは固体のまま飛び散り、天に落下していったはずだ。

カリテイの船はさらに上昇してクレータの天井に近づいた。遠目には滑らかに見えたその表面に小さな波状の構造が見え始めた。

「いったいこれは何なんだろう？」カリテイは不思議そうに言った。「こんなのは見たこともない。ここに何かの施設があったとしても、こんな規模の爆発じゃあ、跡形もないだろうよ」

カムロギはそのクレータを見たことがあるのに気がついた。無意識に過去を思い出したのはそのせいだったのだ。

映像の隅で、小石がクレータの表面から崩れて落下していった。

よく見ておくんだ。空賊(パイレーツ)の船が地面の近くで爆発すると、あんな丸い跡ができる。

空賊(パイレーツ)の船はよく爆発するの？

しょっちゅうじゃないさ。俺だって、爆発の跡を見るのはこれで三度目だ。

でも、時には爆発するんだね。

ああ。時にはな。

じゃあ、そのうち世界はクレータだらけになっちゃうんだね。

いいや。そうはならないさ。クレータの寿命はそう長くない。

どうして？　真空中にあるものはほとんど変化しないんでしょ。

いいか。この世界は微妙な均衡の上になりたってるんだ。わかるか？

うううん。よくわからないよ。

わからなくてもいい。とにかく、そういうものなんだ。とにかく、微妙なんだ。だから、ちょっとしたことで、均衡は崩れてしまう。例えば、爆発であんなクレータができちまうと、そこから均衡が崩れて、あっというまに世界は壊れてしまう。

おじさん、僕怖いよ。

だから、世界は自分で不安定要因を排除して、均衡を回復しようとするんだ。巨大で能動し生ける知能系。ほら、見てごらん。始まったみたいだ。


「カリティ、すぐそこから離れろ!!」カムロギは絶叫した。

ヨシュアとナタはきょとんとして、彼を見つめている。

「なんだって？」カリティは聞き返す。

「そこは危険なんだ」カムロギは焦った。「つべこべ言わずに、そこから離れろ！」

「ちゃんとした説明をしておくれよ」高圧的な言い方をされ、カリティはかちんときたようだった。「わたしだって、わざわざ来たってのに、手ぶらで帰るのは気が引けるよ」

「排除が始まるんだよ！」

「排除？」

「爆発による内部構造の歪みや亀裂の経時変化は磁界を不安定にする。恒常性維持のため、クレータ周囲の岩盤は破棄されるんだ」

「推進装置作動!!」カリテイは即座に対応した。磁界推進特有の唸りが聞こえてくる。

危険地帯からは数秒で抜け出せる。カムロギは溜め息をついた。力が抜けてその場に座り込んでしまいそうだ。

「だめだ！」カリテイが叫ぶ。「磁界が急激に変動し始めた。制御不能。船体を静止させるのが精一杯で、移動はできない」

「深度をとれ！　岩からできるだけ下がるんだ」

「了解なんとかやってみ……」カリテイの声が途切れる。「現在、クレータ表面からの深度五十メートル。これ以上降りるのは難しい。少しでも、操作を間違うと、墜落してしまう」

「なんとか、頑張るんだ。ロケット推進は使えないか？」

「一度も使ったことはないけど、動きはするはずだよ。ただ、こんな地表に近いところで使うのは自殺行為だけどさ」カリテイの声に苛立ちの色が入り始めた。「あんた、クレータのことを知ってて、黙ってたのかい？」

「忘れていたんだ」カムロギは唇を噛んだ。「だが、それは言い訳にならない。俺は……」

「懺悔は後でいいよ。どうせ、生きて帰りついたら、そんなものには聞く耳持たないけど。あんたが話し始める前に、舌を切り取って、目玉を抉り取ってや……」通信が途絶える。

「カリティ、大丈夫か!?」

「地面が揺れ始め……船体がスピン……」

「磁界推進を解除するんだ。一キロほど落下してから、ロケットを点火するんだ！」

「……制御不能……ロケット単独の推力は……不足……」

「カムロギ、落ちつけ」ヨシュアがカムロギの肩を強く摑む。「ロケットはあくまで磁界推進の補助システムだ。それだけで、重力に抗する力はない」

カリティの船からの音声は途切れ途切れになり、映像は完全に駄目になった。

「通信状態を改善できないか!?」カムロギはナタに詰め寄る。

「無理だ。磁気嵐が起きているんだ。それも常に変動している。充分時間があれば、補正できるかもしれないけど、すぐには無理だ。とにかく、通信信号の記録だけはとっておく」

カムロギはスクリーンの映像をシェルター底部に設置されている観測装置からのものに切り替えた。クレータを内側に含む広大な正方形が地表に現れるようすを見てとることができた。正方形の各辺は岩盤にできた亀裂だ。正方形の内側の地面は激しく振動し、大小さまざまの岩がぼろぼろと落下していく。正方形の外側は何事もないかのように静かだ。各辺は岩盤を物理的に切断しているらしい。正方形がゆっくりと下降し始めた。地面に埋め込まれている立方体が取り出される形だ。立方体の下部でちらちらする光点がカリティの船か。

「磁界で垂直位置保持……ロケット推進を水平に……」

もはやそれしか方法はないだろう。磁界は岩盤の超磁性に引きずられるはずだ。だとすれば、落下直後は比較的安定しているのではないか。亀裂部分では磁界の挙動が安定しないだろうが、ロケットで充分に加速すれば、いっきに正常な磁界が支配する地表まで飛び出せる。

画面上の光点が移動する。立方体はすでに五十メートル以上降下しているが、光点の速度は充分のように見えた。そのまま、亀裂を超える。

「やったぞ！」ナタが叫んだ。

ところが、光点は地表へと飛び出さず、そのままほぼ直角に機首を上に向け、降下する立方体の側面に沿って上昇を始めた。

「まずい。立方体の磁界に捕まってしまったんだ」

「カリティ!!」カムロギは叫んだ。だが、もはやどんな助言も無駄なのは明らかだった。

カリティの船は立方体の岩とともども、すでに五百メートルも落下している。複雑な変動磁界に絡まれた船はくるくると回転した。

「どうやら、おしまいらしいね」カリティの静かな声が聞こえてきた。「カムロギ、さっきわたしが言った……忘れ……よ。誰も恨んでなんか……今日ここで天獄行きにならなかったとしても、どうせいつか……だよ。それから、……ああ。なんてことだい。あれは、あの時の……」

通信状態はさらに悪くなった。排除された立方体が急激に変形しながら、電磁波を放出している。表面から砕けた岩が周囲の空間に飛散し、船の位置そのものがわからなくなった。

「おおおおおお!!　カリティ!」ナタが通信機にすがりつく。

それから、凄まじい磁気バーストによって、カリティの船の通信回路が焼き切れるまでの数秒間、彼女の声は微かに聞こえ続けた。叫び声ではなかったが、意味はわからなかった。ただ、最後の一言だけはカムロギにはっきりと聞こえた。

「……エレクトラ……」

＊

最初の一週間は何もできなかった。ずっと、床に寝転がったまま、アルコールを飲み続けた。

「カリティの形見を残していってやる。あんたには受け取る資格はないと思ったが、ヨシュアがしつこく頼むんでね。あばよ。ヨシュアに感謝するんだな」

八日が過ぎた頃、ヨシュアがまだ側にいることに気がつき始め、十日がたつ頃にはナタがいなくなっていることにも気がついた。

「あいつは泥酔しているおまえを何度も殺そうとした。そのたびに俺が命がけで助けてやったんだ」ヨシュアは血走った目で睨みつける。

「御礼を言わなけりゃいかんのかな?」カムロギは薄目を開けて、にやにやと笑う。「それであいつは?」

「出ていったよ。ここで、カリティと暮らすつもりだったらしい。カリティがいなくなった今、ここにいる理由もなくなったと言っていた」

ヨシュアは何か重要なことを言ってるのか?　どうでもよかった。

それでも、ひと月が過ぎると、カムロギもようやくまともな思考ができるようになってきた。カリティの最後の言葉が気になったのだ。カリティの死はリーダーである俺の責任だ。ヨシュアやナタにどう責められても仕方がない。でも、ただここで死んだような生活を続けていてもどうにもならない。何か自分にできることはないだろうか。

カムロギはカリティの立てた仮説の検証を始めた。世界は回転していて、その回転が遠心力を生み出している。もし、それが正しいのなら簡単に証明できるはずだ。星をもとにした世界の回転周期。それから理論的に導き出せる遠心力と現実の重力の大きさが合えばいい。

結果は食い違っていた。ほんの小さな違いだったが、誤差の範囲を越えた違いだった。現実の重力は計算による遠心力よりも七千分の一だけ小さかったのだ。

カムロギはまたアルコールを飲み始めた。何もかも無意味だったのだ。カリティは一生夢を見続けていた。幸せなことに夢を見たまま死んだ。だが、俺は現実を知ってしまった。重力と世界の回転は無関係だったのだ。

ヨシュアが何か言った。我慢の限界だとか、出ていくとかそんなことだった。岩盤が緩んでる？　結構なことだ。俺はもう飽き飽きなんだ。知ってるか、世界の秘密を？　遠心力なんだぜ。だから、回転を止めればなにもかも重さがなくなって宙に浮かんだままになるんだ。え？「飛び地」は回転してるのに天に落ちずに浮かんでるって？　そうそれがみそなんだ。なぜって、回転とか遠心力とかは全部出鱈目なんだから。

だから……。

……エレクトラ……。カリテイの声。

待ってくれ。今、なんて言った？「飛び地」が回転してるって？　星は十二日と十四時間で回転している。だけど、「飛び地」は……。星の中を進んだり遅れたりしながら、同じ周期で……。いや。「飛び地」は星とは同じ周期で回転していない。順行「飛び地」は星よりも四時間早く一周し、逆行「飛び地」は四時間遅く一周する。もし、星が止まっているとしたら、「飛び地」は三年弱の周期で回転運動をしていることになる。そうだとしたら、「飛び地」は遠心力で吹き飛んでしまうはずだ。そうなっていないのは何かの力が「飛び地」を引き止めているからに違いない。

カムロギは縺れる足を引き摺り、倒れこむようにして、コンピュータ端末の前に座り、入力を始めた。カリテイが求めたコリオリ力と速度との比例係数は星の回転周期とぴったり一致している。一致していないのは遠心力の大きさだけだ。三つの数値のうち、一つだけが合わないからといって、理論そのものを捨ててしまうのはばかげている。合わない一つの数値に何か摂動が入っていると考えるのが合理的だ。地表重力、コリオリ力、「飛び地」の回転周期、星々の回転周期。コンピュータは結果を弾き出した。

世界の中心に向かう未知の力が存在する。それは遠心力と逆の向きを持つ引力であり、その大きさは世界の中心からの距離の自乗に反比例する。

カムロギの体は震えだした。

中心へ向かう力が実在したのだ。この力があれば、人々が地面を踏んで歩く球状の世界が実現できる。神話は事実を反映したものだったのだ。この力の発見によってすべてが根底から覆（くつがえ）る。

引力に基づく球状世界が安定しているのに較べて、遠心力に基づくこの世界が力学的に非常に不安定なのは明らかだ。それでもこの世界が唯一のものだと信じていたのは、世界を構築できる他の原理がなかったからだ。

しかし、今や新しい原理が見つかったのだ。引力が支配する宇宙では、ゆっくりと自転する球状世界が自然発生することは容易に推測できる。だが、遠心力により表面の物体が飛ばされるほどの速度で回転する巨大な構造体からなる世界――そんなものが自然発生することは奇跡に近い。この世界が自然発生したのではなく、人工的なものだとしたら、人類の居住区として相応（ふさわ）しいのは外側ではなく、内側だ。そう。俺たちは間違った側にいるんだ。

足元に大地のある世界、頭上には膨大な酸素と水蒸気を含む大気の分厚い層がある。過飽和になった水蒸気は微細な水滴になり、天に浮かぶ。さらに、その上には目も眩むような光源があり、植物を使役する。

大地に繁茂する植物の間を草食獣とそれを捕食する肉食獣が走り回る。そして、低い場所には大量の水が集まり、豊富なミネラルを含むその水には地上よりも多くの水棲生物が満ちている。

人類に無尽蔵の空気と水と食料と空間と熱と光が与えられた世界。それを想像するだけで恍惚となった。

カムロギはヨシュアにこの発見を伝えようと振りかえった。そこには誰もいなかった。自分の部屋に戻ったのか。それともカムロギの常軌を逸した行動に嫌気がさして、シェルターから出ていったのか。

カムロギはヨシュアから自分へのメッセージがないかと、コンピュータのメモリ・ボックスを探った。意外なことにヨシュアからではなく、ナタからのメッセージが見つかった。文書ではなく、小さな映像ファイルだ。

カムロギはファイルの展開コマンドを打ち込んだ。

もし、彼らが出ていきたいのなら、止めることはできない。確かに俺は地国が存在する可能性を見出したが、それは世界の秘密の片鱗でしかない。世界の内側へ行く入り口の場所もそこを通る方法もわからない。行けたとして本当にそこが伝説の地国だという根拠も、カリテイが信じていたようにエレクトラが住んでいるという保証もない。彼らにいっしょに探索するように無理強いはできまい。それに俺は本当にそこに行きたいのだろうか？

カリテイへの罪の意識から自らに苦行を命じているだけではないのか？

カムロギは窓に近づき、宝石箱をひっくり返したような、ぴんと凍りつく満天の星空を見下げた。

何も慌てる必要はない。どうせ、俺の体は真空とアルコールでぼろぼろなのだ。ぶらって、自分の船に戻る体力も残っていない。今はじっくり回復を待つんだ。今後のことはそれからゆっくり考えればいい。

ファイル展開終了のシグナルが鳴った。スクリーンを振りかえるカムロギの目に、カリテイが最後の瞬間に見たものが映っていた。形見というのは彼女からの最後の映像通信を復元したファイルのことだったのだ。

四角く刳り貫かれた大地の天井――それはこの村からは直接見えない角度にあった。

途方もなく巨大なドックに組み込まれたまま眠るそのメカの姿は、爬虫類にも昆虫にも、そして巨人のようにも見えた。

同じ環境に暮らしていても、望みがある時とない時では、楽しさ苦しさはまるで違う。同じ仕事をしていても、目的がある時と、嫌々やっている時では、疲れ方が全然違う。人間とは、そのような仕組みになっているんだ。

じゃあ、どんなに辛く苦しいことでも、望みがあれば耐えられるの？

望みの大きさと苦しさの大きさにもよるが、まあそう考えてもいいと思うよ。逆様の世界は辛い世界だったけど、秘密を発見した時、世界はもう一度ひっくり返ったんだ。

彼は自分たちの世界がひっくり返っていることを知らなかった。だから、もう一つの世界を知った時、幸せを感じることができたのね。でも、最初から自分の世界が嘘だとわかっていたとしたら？

嘘の世界に住んでいる人は最初から幸せなのかしら？

それとも、やっぱり幸せを探しているのかしら？

それでは、もう一つ話をしてあげることにしよう。

嘘の世界に暮らす男の冒険の物語を。

キャッシュ

客が来たので、事務所の玄関まで出迎えに行くと、訪ねてきたのはブランクだった。

何が苦手だと言って、ブランクと話をするほど苦手なことはない。

「外見を決めないのは何か理由でも？」俺は挨拶が済むとまず尋ねた。

特に理由はない。強いて言えば、あまり意味がないから。そういう意味の言葉がブランクから伝わってきた。

声も決めていないらしい。おそらく性別もないのだろう。

「しかしですね。……ええと、まず、お名前をお聞きしてもよろしいですか？」

十数桁の数字が伝わってきた。乗組員番号だ。驚いた。名前までブランクとは徹底している。

俺は少し考えた。今の数字を検索すれば、このブランクの本体のデータにアクセスできる。――もちろん、プライヴァシー・データへのアクセスを禁止していなければの話だが――だが、俺は検索しなかった。この世界の住民の本体を知ってよかったと思ったことは一度もない。

検索する代わりに、俺はエイリアスの設定をした。今聞いた番号を「名無し」という言葉にリンクする。自動的に一魔点が俺の口座から引き落とされた。これで、今後俺にとって、目の前の人物は「名無し」ということになる。

「先ほど、外見を決めるのは意味がないとおっしゃいましたが、どういうことでしょう？外見がないと困ることも多いんじゃないですか？」

そう思って、以前は外見も声も名前も性別も持っていた。全部、結構時間を掛けて決めたものばかりだった。他人に好印象を与えられるように凝りに凝ったものだ。わたしと付き合う人々はみんなその姿を見ているものだとばかり思って満足していた。しかし、ある時、気がついた。ほとんどの人々はわたしが苦労して決めた姿や名前を使わず、勝手にわたしの姿や声や名前のエイリアスを設定して、それにリンクを張っていたのだ。それからは、苦労して姿や声や名前を決めることが馬鹿馬鹿しくなってしまった。

「まあ、確かに身の回りの人々に細かくエイリアス設定を行う人はいますけどね。中には自分以外の人間を全部若い異性にしてしまうやつとかもいるみたいですな。でも、そんな人ばかりでもないでしょ。現にわたしなんかは滅多にエイリアス設定はしない。人と知り合うたびにその人の外見や声を決めるのは面倒で仕方がないんです。わたしは、いつも、その人が見られたがっている姿で、その人を見てますよ」

溜め息。あなたのような人が多ければ、わたしも外見を捨てたりはしなかっただろう。

「とにかく、何か外見を決めませんか？　簡易設定でもなんでもいいから。そうしないと落ちつかない」

やりたければ、そちらのほうでご自由に。

過去に何か嫌な目にあったらしい。恋愛がらみか？　自分が恋心を抱いている相手が自分をおぞましい姿で見ていたとか。

俺は名無しに若い女の外見をリンクした。眼鏡を掛けさせようかとも思ったが、少し考えて却下した。服装は、少し小さめなので胸の大きさが強調されているスーツ。声のトーンは中程度。髪はロングで軽くカールしている金髪。目の色は青。身長はやや低め。俺への喋り方はフランクに。そして、名前は「名無し」から「アリス」に変更だ。

この依頼者の真実の姿は八十六歳の男性で、体重が百五十キロもあって、猪熊権左衛門とかいう名前かもしれないが、どうせ仕事をするなら、若い女相手のほうがいいに決まっている。

設定には合計八魔点かかってしまったが、必要経費で落とすことにしよう。

ブランクはゆらゆらとしばらく明滅を繰り返すと、アリスへと変貌を遂げた。

「これでよしと。完璧だ」俺はアリスに微笑みかけた。

「どんな姿にしたの？」アリスは少し艶かしく微笑んだ。

俺は表情を微調整した。アリスの顔が引き締まる。

「それは秘密だ」俺は空とぼける。

「ところで、あなたのその外見はどの程度本当のあなたを反映しているの？」アリスは穴の開くほど俺の顔を見つめた。

少し照れる。

「俺の外見は君からはどう見える？」

「そうね」アリスは頬に人差し指を当てた。——と言っても、俺からそう見えるだけだが。

「絵に描いたような探偵ね」

「だったら、ＯＫだ。この外見は宣伝も兼ねている」

「ということは真実のあなたとはかけ離れているってこと？」

「それも秘密さ」俺はアリスにウィンクしてみせた。「それで、依頼内容は？」

『『世界』の崩壊を食い止めること』アリスはにこやかに言った。

「すまない。もう一度言ってみてくれ。『世界』の崩壊を食い止めるとか、聞こえたが……」

「その通りよ。このままでいくと、遠からず『世界』の機能は麻痺してしまうわ」

恒星間飛行にはとてつもなく、長い時間がかかる。宇宙船が目的地に到着した頃には、人々は打ち上げたことすら忘れてしまうぐらいだ。

それでも、無人宇宙船はまだましだ。有人宇宙船となると、遙かに大きな問題にぶち当たる。乗組員たちは信じられないぐらいの歳月を宇宙船の中で過ごさなくてはならない。いったい、どうやって時間を潰せばいいのか？　もちろん、医学の発達によって、人間の寿命のほうも長くなったが、それだけで問題が解決するわけではなかった。考えてみて欲しい。狭苦しい宇宙船の中に何百人も押し込められて、何世紀も旅行することを。

充分な生活空間を内部に作ろうという考えもあった。しかし、数百人の人間がストレスを感じずに生活できる空間はあまりにも巨大なものになってしまう。それだけの規模のものを別の恒星まで送るのは非常に不効率だ。

そこで科学者たちはありきたりな解決方法を提示した。単調な生活が耐えきれないのは、ずっと意識を保っているからだ。飛行中眠り続ければ、何の問題もない。所謂人工冬眠というやつだ。ＳＦではお定まりの、恒星間有人飛行には必要不可欠の未来科学。

体中に様々な化学物質を注入し、体温・脈拍・呼吸などを精密に制御する。動物実験はすぐに成功した。もちろん、初期の頃の生存率は十パーセントにも満たなかったが、すぐに九十九パーセントにまで引き上げられた。

そして、人体実験。志願者を被験者に選び、一週間ほどの短期睡眠処理を施す。

何の問題もない。

次には、一ヶ月の実験を行う。

これも問題ない。

次は一年。

やはり何の問題もなかった……ように見えたが、覚醒後、被験者は盛んに首を捻(ひね)っていた。何もかもが遠い昔のような気がするらしい。

どのくらい前の気がするのか？　医者や科学者たちは血相を変えて尋ねた。

まるで一年も前みたいな感じだ。被験者は真顔で答えた。

全員その場で笑い転げた。被験者が冗談を言っていると思ったのだ。しかし、これは非常に重大な事実だったということに誰もが後になって気づいた。

二年間の人工冬眠から目覚めた被験者は自分の名前をすぐに思い出すことすらできなかった。

日常生活で何年も自分の名前に接しないということはありえない。たとえ一人暮らしであったとしても、年に何回かは自分の名前を思い出す機会はある。しかし、冬眠している者は自分の名前を思い出すこともない。時に夢を見ることもあるらしいが、もちろん筋道だったものではない。だいたい夢は記憶の中にあるものを材料にしているだけであって、新しい情報を産み出しているわけではないのだ。

人間の脳には有限の記憶容量しかない。だから、脳は重要でない記憶は自動的に消去してしまう。重要でない記憶とはめったに使われない記憶だ。だから、覚えておきたいことは何度も反復して記憶するのがよいとされている。何度も意識に上る記憶は重要な記憶であると脳のシステムが判断するため、忘れにくくなる。よく記憶力がいいと自慢している人がいるが、それは別に容量が大きいわけではなく、不要な記憶の消去がスムーズに行われているに過ぎない。

記憶の消去は主に睡眠中に行われる。だから、何年も眠り続けていれば、記憶はどんどん失われてしまう。重要な記憶も重要でない記憶も全部平等に。一世紀も眠り続ければ、頭の中はすっかり空っぽになってしまうだろう。

楽観的な人々はこれをたいした問題だとは考えなかった。何もかも頭の中に収めておく必要はない。われわれは脳の代わりになる記憶装置を何種類も持っている。それらを使って乗組員が目覚めてからゆっくり再教育すればいい。

しかし、本当にそれでいいのだろうか？　冬眠する前の記憶をほとんど保持していないとしたら、果たして人格的に連続していると言えるのだろうか？　冬眠前の人格は永遠に失われて、冬眠から目覚めた乗組員は大人の肉体を持つ赤ん坊だとしたら？　宇宙飛行士を冬眠旅行に送り出すということは、つまりある種の殺人行為にも等しいのではないだろうか？

こうして、有人飛行計画が行き詰まり、人々が宇宙への希望を捨て去ろうとした時、ある科学者がついに解決策を示した。もし睡眠中に宇宙飛行士が夢を見ているのなら、それを積極的に利用すればいい。睡眠中に脳の一部を覚醒させることは難しくない。そして、覚醒中の脳の感覚野を刺激すれば自由な夢を見せることができる。

厳密に言うと、それは夢ではない。完全に制御された電気信号を送り込むことによって、任意の仮想現実を体験させるのだ。飛行士たちはあたかも通常の生活を行っているかのような状態で宇宙旅行を続けることができる。

もちろん映画を見るように決まったプログラムを体験させることもできるが、自らの自由意志が実感できなければ、極度のストレスに陥ることは知られていたから、プログラムは飛行士の意志と相互作用することが必要だ。さらに、仮想現実の中には他人も必要だ。さもなければ、コミュニケーションの能力を失ってしまうだろう。一人一人の相手をするために、コンピュータの中に仮想人格を無数に作る計画は即座に却下された。それはあまりにも巨大なコンピュータ資源を必要としたからだ。コミュニケーションが必要なら、もっと単純な代案があった。乗組員同士を互いにコミュニケーションさせればいいのである。全員の体験する仮想空間を共通にし、その世界の中で乗組員同士が交流するのだ。つまり、恒星船は冬眠型宇宙船であるとともに、都市型宇宙船でもあるということになる。

仮想世界は全員で共有しなければならないため、突拍子もない世界ではなく日常世界に似せて構築された。もともと住んでいた世界に似ていれば、誰もが安心して暮らすことができる。

住民たちはこの世界のことを単に「世界」あるいは「都市」と呼んでいた。「世界」には無限の形態をとれる可能性があるはずだが、メモリやCPUパワーといったコンピュータ資源の限界や住民の心的ストレスを最小にするため、基本的には都市の様相を保っていた。また、物理法則は現実のそれにならっている。とは言っても、相対論や量子論まで厳密に再現しているわけではない。計算量を省くために、世界はほぼニュートン力学の範疇で実行されている。ただし、大気中の分子の一つずつまでシミュレーションはせずに、古典的な統計力学や流体力学の方程式を利用している。また、動植物の内部構造も複雑なものではなく、見掛けだけが整えられていることは言うまでもない。それでも、住民たちにここが日常の世界であるという錯覚を持たせるには充分だった。

何もかもうまく行きそうだったが、当の住民たちには不評な点があった。せっかくの仮想現実なのに、日常から一歩も出ないのではあまりにも味気ないのではないか。少しでもいいから、超現実の要素を加えて欲しい。

もちろん、無制限に住民の要求を受け入れて、物理法則に反した奇跡を起こし続ければ、あっという間にコンピュータ資源は底をついてしまうだろうが、特定の制限下でなら可能だという分析結果が出た。

　具体的には住民が奇跡——魔法を使うためには、魔点を消費するということにするのだ。魔点がなくなれば、その住民はもう魔法を使うことはできない。ただし、魔点は貯蓄することも他人に譲渡することもできる。そして、魔点は住民一人に対し、毎週一点ずつ発生する。

　空を飛ぶ魔法は一分あたり一魔点消費する。石ころを金貨に換える魔法は十魔点消費する。瞬間移動は五十魔点消費し、雷を起こすのは六十魔点、台風を呼ぶには三百魔点必要だ。

　人々は最初、細かい魔法をしょぼしょぼと行って遊んでいたが、発生量に較べてあまりに消費量が多いため、無駄に魔法を使う者はほとんどいなくなってしまった。その代わり、住民たちは魔点を貨幣代わりに使用するようになった。

　使ってみると、魔点には貨幣として理想的な特徴が備わっていた。それ自体に一定の価値があるため、極端なデフレもインフレも起こりにくいのだ。もしインフレ気味になった場合、住民は魔点を貨幣として使うのが馬鹿らしくなり、魔法を使い始める。例えば、一食分の費用が十魔点だとしたら、たいていの住民は二魔点使って、目の前に料理を出現させる。こうして、魔点が消費されることにより、流通量が抑制され、インフレは解消される。逆にデフレが進んだ場合、人々は魔点の消費を止めるため、流通量が増え、魔点の価値は減少することになる。

コンピュータ資源の節約のためのシステムは魔点の他にもあった。キャッシュと呼ばれるものもその一つだ。

現実の世界では、誰かが何かの行動をとった場合、すぐにその反応が戻ってくる。例えば、ガラスを金槌(かなづち)で叩けば即座に砕け散るし、窓から飛び降りれば落下する。だが、「世界」ではそう単純に事が進まない。誰かが金槌でガラスを叩こうと決心した瞬間、大脳の運動野の興奮をコンピュータがキャッチし、それを「世界」の仮想現実に反映させる。腕を動かし、金槌を摑ませ、ガラスにぶつける。それだけならたいした手間でもないようだが、実は厄介な問題がある。腕も金槌もガラスも「世界」の中の様々なもの――特に他の住民たちと相互作用しているのだ。例えば、近くに別の住民がいる場合、他の住民からはその光景がどのように見えるかを計算して、その通りの光景を見せなければならない。あるいは、ガラスの砕ける音をシミュレーションして、離れたところにいる住民の耳にどう聞こえるかを計算して、聞かせなければならない。

細かいことはほったらかしにすればいいという考えは通用しない。「世界」は連続しているのだ。必ず辻褄(つじつま)が合わなければならない。それぞれの個人の体験の間に整合性がなければ、「世界」は徐々に細分化され、やがて統一された一つの世界ではなくなってしまう。コンピュータ資源は枯渇し、住民たちは「無」の中に放り出されてしまうことだろう。

かと言って、すべてを計算してから、仮想現実に反映させていては、反応が遅れ、スローモーションの中にいるように感じてしまうだろう。ガラスを叩こうと思ってから数秒後にようやく手が動き始め、叩いた瞬間にすべての動きが止まり、数秒後にガラスが砕け、音が聞こえる。しかも、この計算のための停止は当事者だけでなく、無関係な全住民にも同時に起こってしまう。

もちろん、充分なコンピュータ資源があれば、このような問題は発生しないだろうが、それだけのスペースと重量を搭載するぐらいなら、規模を縮小した現実の居住区を作るほうが理に適っていると言えた。

そこで考え出されたのがキャッシュというシステムだ。キャッシュは住民一人に一つ用意されている。キャッシュは住民側から見れば、「世界」のコピーであり、「世界」の側――つまり、他の住民の側から見れば、本人のコピーである。

誰かが金槌でガラスを叩きたいと思うのとほぼ同時にキャッシュの中では本人が金槌を摑んでガラスを叩き割り、同時に音が発生する。周囲の住民たちは驚いて、こちらを見ることだろう。ただし、それは本人がそう体験しているだけで、「世界」の中ではまだ何も起きていない。周りから見られている本人はまだ金槌に触れてもいない。キャッシュの中で本人だけが経験する出来事なので、僅かなコンピュータ資源を使うだけで、迅速な対応ができる。

次にキャッシュはキャッシュの中で起こった出来事を「世界」に伝える。「世界」は数秒かけて計算を行い、ガラスが砕けた状態を発生させる。各個人のキャッシュはそれを受けて、各個人にガラスが割れた状況を再現して見せる。この時、初めて周りの住民たちは本人がガラスを割ることを目撃することになる。

この時点では本人と周りの住民の体験には数秒から、十数秒のずれが存在するが、キャッシュは少しずつ気づかれない程度の時間調整を行い、数分後には解消してしまう。さらに、キャッシュ間のローカルな現実の間で起こる小さな齟齬も均してしまう。例えば、Aという人物がガラスを割った時、AのキャッシュＢの中では、近くにいたBという人物が音に驚いて振り向いた。しかし、実際のBは考え事をしていて、音に気づかなかった場合、Aのキャッシュの中で、Bはいったん振り向いた後、興味を失ってもとの方向に向き直ることになる。これらの作業はA、B双方に気づかれないように、自然に行われる。「世界」の安定はこうした見えないシステムの不断の活動の上に成り立っていたのだ。

「『世界』の機能が麻痺するって具体的にはどういうことが起きるんだ？」俺は面食らった。

「文字通りよ。現在、コンピュータ資源が恐ろしい勢いで枯渇していってるの。このままだと数日後には、『世界』は停止してしまう」

「ちょっと待ってくれ。一度に言われても混乱するばかりだ。ええと、三つばかり質問をさせてもらっていいかな？」俺は頭を掻いた。

「ええ。もちろんよ」アリスは柔らかい笑みを浮かべた。

「一つ目。どうやって、君はそのことを知ったのか？　二つ目。この事件に関する君の役割は？　そして、三つ目。俺に何をしろと？」

「まず一つ目。注意深くさえあれば、誰でも気づいているはずよ？」

「俺は気がつかなかったが……」

「窓の外を見て」

窓を開けると、いつもの活気ある都会の様子が広がっている。

「この景色に何か？」

アリスは俺と窓枠の間に割って入った。甘い髪の香りが鼻を擽る。「あれが見える？」アリスはビルとビルの間の空間を指差した。そう言われれば糸屑のようなものが浮かんでいる。指摘されなければ、飛蚊か何かだと思って見過ごすところだ。もっとも「世界」では飛蚊症などありえないはずだったが。

「ツボラーシャ！」俺は自分用の呪文を唱えた。魔法回路が開く。「望遠。十倍」

糸屑は出し抜けに拡大された。もちろん、それは糸屑ではなかった。端的に言うなら、それは亀裂だった。それも時空間に直接発生した亀裂だ。亀裂のこちら側とあちら側で微妙に物体の位置がずれている。亀裂には一定の幅があり、こうしている間にも少しずつ広がっているようだ。亀裂の内側は文字通り「無」が広がっていた。そこには何もないのだ。

「あれは？」

「わたしたちはあれをクラックと呼んでいるわ。コンピュータ資源の枯渇によって、計算が追いつかなくなった部分にあれが発生しているの」

「まだ一つだけ？」

「現在までに発見されているクラックの数は十五万三千四十五よ」

「本当に？」

「今、十五万三千四十六になったわ」

「のっぴきならない状況に思えるが」

「その通りよ」

「それで、二つ目の質問に対する答えは？」

「わたしはこの事件の原因究明と解決のための指揮をとっているのよ」

「君は何者だ？」

「評議員よ」

「何の評議員？」

「『世界』評議会の評議員」

俺は頭を抱えて椅子に座り込んだ。「そりゃいったい何だ？　いや。聞かなくてもだいたいのことはわかる。いったい、いつそんなものができたんだ？」

「最初からずっとよ」

「最初って？」

「『世界』ができた最初よ」

「どうして秘密にされてたんだ？」

「別に秘密じゃないわ」

「じゃあ、なぜ俺に知らされてなかったんだ？」

「あなたが調べなかったからじゃないかしら？　今まで調べたことはあるの？」

「いや。ない。しかし、考えてみれば、『世界』を運営する組織はあって当然だ」

「納得した？」

「三つ目の質問への答えは？」

「わたしの手伝いをしてちょうだい」

「この事件の原因究明と解決？」

「そう」

「嫌だといったら？」

「あなたに拒絶する権利はないわ」

「なぜ⁉」俺は目を丸くした。「俺が探偵だからか⁉　でも、探偵にだって、仕事を選ぶ権利は……」

「あなたは非常勤の評議員だからよ」

「俺が何だって？」

「非常勤の評議員」

「いつ、そんなものに？　『世界』ができた時から？」

「いいえ。三十分前から、わたしが任命したの」

俺は溜め息をついた。「どうすれば非常勤の評議員を辞められる？」

「わたしが解任すれば辞められるわ」

「解任してくれと言っても駄目だろうな。どうして俺を選んだ？」

「あなたが探偵だから」

「俺の腕を見込んで？」

アリスは首を振った。「あなたが『都市』の唯一の探偵だから」

「そうだったのか？　それにしちゃあ、暇だったけどな」

「ここでは、犯罪はほとんど起きない。もともと罪を犯すような傾向を持った人は恒星船の乗組員には選ばれないということもあるけど、ここの社会がほぼ完全に近い人工社会だということが主な要因ね。だから、ここには警察もない。強いて言うなら、あなたは唯一の警察組織だと言える」

「報酬は？」

「名誉のみ。ただし、経費はいくらでも使えるわ」

「魔法使いたい放題？」

「まさか。わたしが承認したものだけよ」

俺はしばらく考え込んだ。どうせ事務所に座っていたって、事件は起こらない。むしろ、探偵の才能を生かすチャンスかもしれない。

「いいだろう。引き受けた」

「だから、あなたに選択権はないって言ってるでしょ」

俺は指を立てて、アリスを制した。「評議会はどんな対策をとるつもりだ？」

「このまま、資源が枯渇していったら、遠からず魔法の使用を制限することになるわ」

「魔点が発生しなくなるってこと？」

「魔法の使用そのものを禁止するの。どれだけ魔点を持っているかに関わりなく」

「そんなことをしたら、パニックになるぞ。金融不安だ」

「魔点の持つ貨幣としての価値は存続するわ」

「魔点の価値は魔法が使えることも込みなんだ。魔法が使えないと知ったら、いっきに暴落するぞ」

アリスは肩をすくめた。「経済が破綻してもなんとか、やっていけるでしょ。『世界』が崩壊したら、それどころじゃないわ。狭っくるしいカプセルの中で、何世紀も暮らす気？」

「なるほど。それはあまり楽しそうではない」俺は机に腰を掛けた。「それで、俺はまず何をすればいい？」

「それを考えるの。つまり、推理するのよ」

「コンピュータ資源が枯渇しているのは間違いないんだろ」

「ええ」

「じゃあ、まずコンピュータが何をしているか調べるんだ。すべてのプロセスを洗い出して、処理時間やメモリを食いすぎているものをピックアップするんだ」

「それができれば苦労はないわ」

「できないのか？」

「スーパーユーザーによって、禁止されてるわ」

「スーパーユーザーって誰だ？」

「本来なら、評議員。全員がパスワードを知らされていた。でも、そのパスワードは何者かによって、すでに変更されてしまったわ」

「スーパーユーザーのパスワードか。凄いな」俺は口笛を吹いた。「どんな特権が？」

「それは追々(おいおい)教えてあげるわ」アリスは思わせぶりに言った。

「とにかく、パスワードが変更されてしまって、評議員は誰もシステムにアクセスできなくなったってことだな。ということは評議員の誰かがパスワードを変更したってことか？」

「その可能性もあるわ。もちろん、クラッカーにパスワードを破られた可能性もあるけど」

「評議員の誰でもが自由にパスワードを変えられるってのは、まずいんじゃないか？　緊急事態を想定したんだろうが、変えたやつに何かあったら、パスワードは永久に失われちまう」

「パスワードを変更したら、二十四時間以内に再変更を繰り返す必要があるわ。変更しなかったら、もとのパスワードに戻るのよ」

「強いのか、脆(もろ)いのか、よくわからんセキュリティだな。しかし、システムにアクセスできなければ、誰がやってるのかもわからんわけだ。いっそのこと全員監禁して見張るってのはどうだ？」

「誰が見張るの？　それに見張れるのはあくまで個人のキャッシュだけで、本体が何をしているのか確認のしようがないわ。……あなた、評議員を疑っているの？」

「いや。その可能性は極めて小さい。少なくとも今のところは」

「どういうこと？」

「そんなことをしても何の得もない。俺たちが知らない事実があれば別だが、その可能性を追求するよりも、もっとありそうな可能性に目を向けるべきだろう」

「例えば？」

俺は黙って目を瞑った。単なる愉快犯がこれだけのことをするとは考えにくい。もし、これが犯罪だとしたら、極めて手が込んでいて、しかも犯人自身にもかなりの危険が伴うことになる。それだけの労力を費やし、リスクを冒してまで、この「世界」を麻痺させて得をする者は誰だろうか？　犯人の目的は何か？　そして、その方法は？

「現実からの干渉……」

「なんですって？」

「『世界』内部の常識で計れない出来事が起きた場合、物理次元からの攻撃……は言いすぎなら、干渉が行われたと考えるのが自然だ」

「でも、現実世界には誰もいないはずよ」

「確かめたのかい？　誰も知らない乗客が紛れ込んでいた可能性はないか？　何者かが船に侵入した可能性は？　あるいは、勝手に覚醒した乗組員がいるのかもしれない。物理次元からのクラッキングは『世界』内部からのそれよりも遙かに容易だ。違うかな？」

「確かにそうだけど……」

「時間がない。最も怪しいものから潰していくしか方法はない。物理レベルでの調査が必要だ。すぐ調査隊を組織しよう」

物理次元への調査隊はアリスと俺の二名で組織された。秘密の任務に関係する人数は少なければ少ないほどいいというのが、アリスの持論らしい。確かに、人数が少なければ、秘密が漏洩(ろうえい)する可能性は減る。しかし、たった二名では心細くないと言えば嘘になる。

物理次元に行くといっても、わざわざ覚醒するわけではない。人工冬眠を突然中断するのは肉体的にも精神的にも極度のストレスが掛かってしまう。それに再冬眠するためには何百もの煩(わずら)わしい手続きが必要だ。そんな面倒なことをする者はいない。

われわれは冬眠したまま、現実世界に侵入するのだ。つまり、仮想的に現実世界で活動するということだ。

「パパラパ」アリスが呪文を唱えると、目の前にドアが現れた。現実へのドアだ。アリスは躊躇(ちゅうちょ)なく、ドアを開ける。

その向こうには薄暗く、狭い廊下が続いている。船の中央部、倉庫の中から外を見た景色だ。二人はゆっくりと廊下へと足を踏み出す。滑らかに現実が俺とアリスを包み込んだ。

俺は壁に触れる。覚えている通りの壁だ。

俺の五感は今船内活動用のロボットに接続されている。ロボットの体を自分の肉体の代わりにすることで、あたかも生身で船内を歩き回っているような錯覚が得られるのだ。すぐ横にいる金髪女性も実際には不恰好なロボットの姿のはずだが、違和感を感じないようにうまく視覚処理が行われていて人間にしか見えない。

「静かだわ。やっぱり無人なんじゃないかしら？」

「安心はできない。武器を持っていたほうがいい」俺は反射的に呪文を唱えた。「ツボラーシャ！」

　俺の掌(てのひら)には直径十五センチほどの黒い球体が現れた。ニードル爆弾だ。これは俺の意志によって自由に爆発させられる。爆発すると、超音速で百万本の針が四方八方に飛び出し、周囲の物体をすべて粉砕してしまう。そして、爆発地点から十メートル離れると、針は完全に消滅してしまうため、むやみに被害を広範囲に広げることはない。敵に囲まれた時には最適な武器だ。

「あなた、なに馬鹿な真似してるの？」

「えっ？」

「だって、そんな爆弾、現実には存在していないのよ」

　俺は自分のミスに気がついた。確かにこれは仮想的な存在だ。俺やアリスには見えているが、現実の廊下にはこんなものは存在していない。仮想の武器が通用するのはあくまで仮想の敵だけだ。

「百魔点も使っちまった。これは必要経費のうちかな？」

アリスは首を振った。「認められないわ。自分で負担して」

俺はしぶしぶ爆弾を懐に捻じ込んだ。

俺たちが憑依しているロボットには武器は搭載されていない。船内で武器が必要になる事態は想定されていないのだ。敵がいた場合、体当たりするぐらいしかないだろう。ただ、不幸中の幸いなのは、俺たちが仮想の存在だということだ。仮想の俺たちが現実の敵を仮想の武器で攻撃できないように、現実の敵は仮想の俺たちを現実の武器で攻撃することはできない。

いや。待てよ……。

「アリス、すぐ冬眠カプセル倉庫の確認に行こう！」

「？」

「あそこで眠っている俺たちは完全に無防備だ」

冬眠カプセルは棺桶に似ていなくもないフォルムをしていた。昔のＳＦ映画にあるように、透明の蓋ではなく金属製で、内部の様子は直接は確認できないが、壁面についているモニタのスイッチを入れれば内部を観測することができる。

俺たちは入り口に一番近いカプセルに近寄った。

「おかしいわ」アリスはカプセルについている計器を指差した。「あり得ない数値よ」

俺はぎょっとなった。「もしこの数値が正しいとしたら、この中の人間はすでに死亡していることになる」

アリスはモニタのスイッチに指を伸ばした。

俺は反射的にアリスの手首を摑んで制した。

「何をするの？」

「もし中身が本当に死んでたら、どうする気だ？」

「本当に死んでたら拙いから、確認するんじゃない」

「死んでた場合、何をするか決めてから、スイッチを入れろ」俺は震えを悟られないようにアリスの手首から手を離した。

「どうして？」

「何をしていいか、わからなくなりそうだからだ」

アリスは少し考えてから言った。「全部のカプセルの中身を確認するわ」アリスはスイッチを入れた。

今度は俺が制止する余裕はなかった。

「ひっ！」アリスは悲鳴を上げた。

中は酷い有様だった。明らかにコンピュータは死体の保存のために何の対策もとっていなかった。生体にほどよい環境は死んだ肉体を分解する微生物にとってもほどよい環境だということだ。死体の中身は外に飛び出し、菌類が増殖し、膨れ上がっていた。

「冬眠中に死亡することはまったく不思議じゃない」俺はパニックに陥りそうになるのを懸命に堪えた。「妙なのはそのことに誰も気がつかなかったことだ。なぜコンピュータは乗組員の死を俺たちに伝えなかったんだろう？」

「あちこちで警報装置が鳴ったはずだわ。ただ、みんな眠っていたから気がつかなかったのよ」

「眠っていてもメッセージを感覚野に送ることは簡単にできる。……そうか。コンピュータがなぜそうしなかったかと言うと、そのようにプログラムされてなかったからに過ぎないんだ」

「なぜ、乗組員の死を他の乗組員に伝えるようにプログラムされなかったのかしら？」

「プログラマはその必要がないと考えたんだ」俺はその時、事件の全貌を摑んだことを確信した。「いつも一緒にいる人間が死んだなら、普通は気がつくだろう」

「どういう意味？」

「君はこの旅が始まってから誰かが死んだことに気がついたかい？」

「いいえ」

「俺もだ。俺が知る限り、この旅では一人の死人も出ていない」

「『世界』は安全だもの。たとえ、事故が起きたとしても、それは仮想の事故に過ぎないから」

「事故は『世界』の外でも起こる。あるいは、病気になることだってあるし、年をとれば老衰する。起きている時より、先伸ばしにしているだけだ」

「何が言いたいの？」

「さっき、君は『中身が死んでいたら、全部のカプセルの中身を確認する』と言った。すぐに実行しよう」俺は隣のカプセルに手を触れようとした。

出し抜けにカプセルが消滅した。一つだけではなく、すべてが同時に。

「何？　どうしたの？」アリスは悲鳴のように言った。

俺は周囲を見渡す。消えたのはカプセルだけではなかった。装置類も廊下も照明も――船内のものはすべて消え失せていた。二人は天井も壁も床も真っ白な部屋の中にいた。二人は突然、現実との接続を切られたのだ。ここは仮想空間の中だ。

「ツボラーシャ！」俺は呪文を唱えた。再び現実とのリンクを復活させようとしたのだ。だが、何の効果もなかった。二人は相変わらず、白い部屋の中にいる。

間違いない。俺たちは妨害されている。

「アリス。すぐに評議員を全員集めてくれ。一刻の猶予もない。向こうはすでにこっちに気がついているんだ。前言は撤回するよ」俺は唇を噛み締めた。「おそらく評議員の中に犯人がいる」

部屋の中に十二人の人間がいた。その中の二人は俺とアリスだ。残りは全員ブランクだった。もちろん、彼らが意図的にそうしているわけではない。彼らは一人一人自分の望みの姿を持っているはずだ。俺の目に彼らがブランクに映っている理由はただ一つ。俺がそう設定しているからだ。これからやろうとしていることを考えると、彼らを人間だと感じてしまうことは極力避けたかった。

もう事件が解決したというのは本当か？　ブランクの一人が話し掛けてきた。

「解決したというのは言いすぎでしょう。現に今も問題は何一つ減っていない。しかし、解明はできたも同然でしょう」

もったいぶらずに、結論を述べよ。

「いいでしょう」俺は部屋の中央に立ち、周囲のブランクたちを見回しながら話を始めた。「わたしとここにいるアリス評議員は現実の船内を調査しました」

それは冬眠を解いたということか？

「そうではなく、船内監視用ロボットに憑依したのです」

あなたは正確に発言するよう注意するべきだ。あなたが調査したのは現実ではなく、現実を複製した仮想だ。

「両者の差はさほど重要ではありません。注目すべきなのは、われわれがそこで発見したものです」

密航者でもいたのか？

「死体がありました」

沈黙が流れる。やがて気をとりなおしたのか、評議員の一人が質問する。それは乗組員の死体だったのか？

「はい」

われわれは乗組員が死亡したという事実を知らされていない。

「その通りです。『世界』のシステム上に大きな欠陥があったのです。設計者たちは乗組員の死亡にわれわれが気づかないなどとは夢にも思わなかったのです」

いったい、なぜわれわれは仲間の死に気づかなかったのか？

「死亡の徴候がなかったからです。現実世界では死亡したものはそれとわかります。あらゆる生体反応がなくなり、活動しなくなり、そして硬直し、腐敗します。しかし、この『世界』の中では、死者は活動を続け、硬直も腐敗もしない」

現実であれ、仮想であれ、死者は死者だ。意識がないものは活動しない。

「その思い込みが盲点となったのです。現実世界の常識はこの世界では通用しません」俺はここで少し言葉を切った。「冬眠システムは常に乗組員の体調をチェックし、薬剤投与や手術を施して疾病の治療を行います。しかし、薬石効なく死に至る者は存在するはずです。現実では、たいていの場合、重病患者は自分が病気であることに自覚的です。それに対し、この『世界』では不要な知覚はすべて遮断されているため、自分が危篤状態になっていても気がつかずに日常生活を送っていることも考えられます」

確かにそのような可能性もあるだろう。しかし、単なる危篤状態と死亡ではまるで意味合いが違う。

「もう少し、わたしの話を聞いてください。危篤状態の患者がある時死亡したとします。現実なら、病院のベッドで死亡するはずですが、『世界』では死の直前まで日常生活を送っています。もちろん、脳機能は徐々に低下していくはずですが、五感が衰えることはなく、記憶力や運動能力はコンピュータが肩代わりしてくれるため、能力の低下はそれほど顕著には表れないのでしょう。そして、ある時突然に脳死が起こります。周りの人間はそのことに気がつきません」

君はキャッシュのことを言っているのか？

「ええ。そうです。システムは常に各人の行動が連続性を保っているかのようにキャッシュの情報を生成します。乗組員の脳の活動が停止した場合、キャッシュはそれまでの活動を継続しているかのような外観を作り出すでしょう」

しかし、それは数秒間に限定されるはずだ。

「それは、個人が生きている場合の話です。システムは数秒おきに対象者の脳の活動をモニタすることでしょう。そして、何の反応も見出せない時、さらに今までの活動を延長するかのようにキャッシュの活動情報を生成します」

そんな馬鹿な仕様になっていたのか？

「さほど酷い仕様ではありません。判定ルーチンが単純すぎただけです」

しかし、それは明らかなバグだろう。

「考え方によってはそうでしょう。もともと数秒間しか想定していなかった機能ですから、それが何時間も何日間も動き続けた場合、行動の矛盾を周囲に見抜かれないために、大量の記録容量と演算処理能力を消費せざるを得なくなりますから」

つまり、君は、最近のコンピュータ資源の急激な枯渇は死亡した乗組員のキャッシュが暴走したためだと主張したいのか？

「はい」

証拠はあるのか？

「冬眠カプセルの中の死体です」

それは君たちの主観的な報告に過ぎない。われわれも確認する必要があるだろう。

「残念ながら、それはできません」

なぜだ。

「現実への侵入——ロボットへの憑依が禁止されてしまったからです」

誰が禁止したのか？

「コンピュータ資源の枯渇の犯人でしょう。われわれにこれ以上の証拠が渡ることを怖れてのことだと推定されます」

君の発言は矛盾している。君はさっきコンピュータ資源の枯渇の原因はキャッシュの暴走だと言ったばかりだ。

「はい」

では、なぜ他に犯人がいるようなことを言うのか？

「他に犯人がいるわけではありません。犯人は暴走したキャッシュ自身です」

キャッシュに意志があるというのか？

「おそらく」

キャッシュはただのプログラムで、知性など持っていない。

「本当にそう言いきれますか？　キャッシュは実際の人間と区別がつかない言動を周囲の人間に見せることを目的としています。そして、そのためにいくらでも必要なだけコンピュータ資源を与えられたとしたら、それは完全な人間——知性のエミュレータになるのではないでしょうか？」

複製は複製だ。本物の知性とは言えない。

「あなたに本物と複製の区別がつきますか？　それはチューリングテストを完全にパスす

る存在なのです。もしそれに知性がないというのなら、人間の知性も認められないことになります」

知性を持つものと同等な振る舞いを見せるものには知性が存在するとみなしてもいいということか？

「みなすのではなく、まさしくそれには知性があるのです」

知性を持ったキャッシュ——それが敵の正体なのか？

「敵？」

相手はみずからの正体を隠し、われわれのシステムに無断で干渉してきた。これはまさしく敵意ある行動だと言える。

「やつにとって、これは緊急避難なのかもしれません。人間一人のエミュレーションにどれだけのコンピュータ資源が必要なのか想像もつきませんが、少なくともこの船のコンピュータとそのシステムが人格エミュレータ用に設計されたものでない以上、無駄に資源を食いつぶしていくことは想像に難くありません。やつはただ単に生存するだけで、われわれの資源を浪費していくわけです。もっとも、生存のために資源を消費するのはわれわれを含むすべての生物に共通する特徴ですが」

生物が消費する資源は再生可能なものだ。しかし、この船のコンピュータ資源はそうではない。

「知性がある以上、彼もその事実に気づいたのでしょう。そして、もし自分の存在がわれわれに気づかれたなら、排除されるだろうということにも」

あたりまえだ。そいつとわれわれは決して共存できない。一刻も早く、その暴走キャッシュを削除せよ。

「どうやって？　現在、システムにアクセスすることはできないのですよ」

そうだった。それも暴走キャッシュがやったことなのか？

「おそらく」

なぜ、ただのキャッシュにそんなことができるのか？　乗組員の中でもシステムにアクセスできる権限を持つ者はこの評議会のメンバーだけだというのに。

「そのキャッシュがシステムにアクセスできる理由は」俺は評議員たちの一人一人を鋭く見つめながら言った。「そいつが評議会のメンバーだからです」

馬鹿な！　キャッシュが評議員になりすましていると言うのか？

「なりすましているのではありません。残りの生きているメンバーも含めて全員キャッシュ自身が評議員なのです。現在も、そしてこれまでも」

そんなはずはない。

「しかし、これは事実なのです。システムが正常に機能している限り、キャッシュとその本体の間には区別はありません。本体は冬眠カプセルの中で眠り、その分身であるキャッシュがこの『世界』で活動しているのです。設計者が、システムアクセス用にもうワンセット別のインターフェースを用意するようなことは無駄だと考えたとしても不思議ではありません」

大失態だ。その設計者は責任をとるべきだ。

「こちらの通信が届いた頃にまだ生きていたら、責任問題を追及することも不可能ではないでしょう。もちろん、法的にはとっくに時効ですが」

現時点ではシステムにアクセスできるのは、その暴走キャッシュだけだということか？

「はい」

事態は一刻を争う。こうしている間にもコンピュータ資源はどんどん枯渇しており、『世界』は崩壊寸前だ。しかも、システムも敵に握られている。そいつの次の手は？

ここで議論するのは、まずいのではないか？　探偵の言うことが確かならば、敵は今この部屋にいる。

そうだ。まず敵を探し出すのが先決だ。

しかし、どうやって？　システムへアクセスできるのは、敵だけなのだ。

みんなで知恵を出し合えば、何かいい案がでるかもしれない。

だから、それをここで話し合うのは拙いのだ。何もかも敵に筒抜けだ。

どうせ、どこでやっても同じことだ。敵は「世界」のどこであろうと、自由に監視できるのだ。

「みんな、落ちついて！」アリスが痺れを切らしたように叫んだ。「言い争っている時間はないわ。敵は自分の存在が勘づかれたことを知ってしまったのよ。すぐにでも、自分の身を守るなんらかの手を打ってくる可能性が高いわ」

どうすればいいんだ？　もし、敵が自分の生存を最優先して、邪魔になりそうなわれわれを排除することに決めたら？

取り引きすればどうだろうか？　われわれとキャッシュは互いに相手に危害を加えないという条約を交すのは？

相手がそれを信じるという確証はない。それにもし信じたとして、コンピュータ資源の枯渇は解決しないままだ。いずれにしても、われわれはキャッシュと共存できない。食うか食われるかだ。

やめろ。暴走キャッシュがここにいることを忘れるな。

「人類と暴走キャッシュは共存できない。そして、キャッシュ側はすでになんらかの行動を開始している可能性は高いわ。おそらく勝負はあと数十秒間で決まるでしょうね。現実世界とのアクセスを解かれた時も一瞬だった。次の瞬間に何が起きても不思議ではないわ。でも、人類の側にも切り札は残っている」アリスは俺のほうを見た。「さあ。早くやってしまって」

俺は唇を反射的に嘗めた——乾くはずなどないのに。「俺はまだ迷っている。やつを削除することは許されるのだろうか？　知性を持っているというのに」

やつはただのバグだ。人間ではない。デバッグは当然の行為だ。

「しかし、やつは知性を持っていて、そして死を恐れている」

人工知性の創造は遙かな昔より禁じられている。そもそもやつは違法的な存在なのだ。

「人工知性の創造が禁じられていたのは、果たしてそれに人権を与えていいのか、という問題が解決できないからだ。クローンが禁じられている社会で密かに産み出されたクローンをクローンだからという理由で抹殺することはできない。それと同じことがこの場合にも言える」

「キャッシュに人権があるかどうかは、この際関係ないわ」アリスは俺の肩を摑んだ。「乗組員全員の命とこの旅の成功が危機に瀕しているのよ。人類は緊急避難しなくてはいけないの」

「でも、それは相手にとっても同じことだ」

アリスは首を振った。「同じじゃない。人類が勝てば人類は存続できるけど、キャッシュが勝てばいずれコンピュータ資源が枯渇し、キャッシュも消滅してしまう。人類がキャッシュを殲滅するほうが理に適ってるわ」

「俺はそんなにドライにはなれない」俺は懐に手を入れた。「君が代わりにやってくれ」

「駄目よ。わたしがやったのでは、無駄になってしまうかもしれない。でも……。パパラパ！」アリスの手に散弾銃が現れた。

「アリス、その武器では太刀打ちできない」

「知ってるわ」アリスは悲しげに微笑んだ。「一つ聞いてもいい？」

「ああ」

「『アリス』って誰？」

おそらくその時、現実世界の俺は冬眠カプセルの中で耳まで真赤になっていたことだろう。「どうして、その名を……そうか、これも特権の一つってわけか」

「怒ったの？　ごめんなさい。どうしても気になったから……」

俺はアリスに答えなかった。

「それじゃあ」アリスは銃口を口に咥え、じっと僕を見つめたまま、引き金を引いた。彼女の頭頂部から後頭部にかけてのすべての部分が紅の噴水となって、部屋中に飛び散った。奇跡的に彼女の顔は無傷だった。もう見えてないはずなのに、その美しい瞳で俺を見つめ続けながら、ゆっくりと膝を折り、床に崩れ落ちた。

ブランクたちの何人かはパニックを起こして、部屋から逃げ出そうとしていた。

そう。今が最後のチャンスだ。

俺は呆然と懐の中のニードル爆弾を強く握り締め、そして念じた。

ニードル爆弾は閃光とともに爆発し、俺と評議員たちは一瞬のうちに粉砕され、ミンチ肉になった。

俺はといえば、今でもあの探偵事務所でぼんやりと日々を過ごしている。依頼は滅多にないが、だからと言って食っていけないわけではない。

仮想のニードル爆弾は仮想の肉体のみを破壊する。だから、あの時破壊されたのは俺たち一人一人のキャッシュだけだった。冬眠カプセルの中の本体は無傷で、だからすぐに新しいキャッシュ――『世界』の中での肉体は再生された。しかし、死者たちのキャッシュは二度と再生されることはなかった。すでに本体が死亡しているため、新しいモデルが構築できなかったのだ。

驚いたことに、評議員の死者は一人ではなかった。十一人中四人いた死者たちが互いに共犯関係にあったのかどうかは今となっては知るよしもない。

とにかく、爆発から二十四時間後、システムは生きている評議員の手に戻され、死者たちのキャッシュはすべて削除された。

全住民の十分の一はすでに死者だった。予想を遥かに越える死亡率だ。この調子だと、目的地に着く頃には、ほとんど生き残りがいないことも考えられる。第二世代の住民を産み出すことが真剣に議論され始めた。生まれてからずっと仮想世界で生きてきた者が果たして現実世界に適応できるのかという問い掛けには、いまだに結論が出ていない。結論が出ないと言えば、死者たちのアイデンティティーが本体のそれと同一だったのかどうかも、議論が続いている。

アリスは自分が死者であることを知っていたのだろうか？　たぶん知ってたのだろう。アリスは自分でニードル爆弾を爆発させなかった。彼女の肉体が消滅した時点で爆発が無効になることを怖れたのかもしれない。実際には爆発は自動プロセスなので、無効になることはありえないが、彼女には確信がなかったのかもしれない。

彼女は自分の肉体を破壊することで、俺に爆弾のスイッチを入れさせる決心をさせ、同時に死者たちを混乱させ、時間稼ぎをしてくれたのだ。

ひょっとすると、ロボットに憑依した時、彼女が最初に調べたカプセルに入っていたのが彼女の本体だったのではないかと思うこともある。それを確認するには、一魔点もあれば充分なのだが、俺は今でも検索を実行していない。

アリスの本体は俺にとって、なんの意味もない。彼女は出会った時からすでに死者だったのだから。

来るあてもない依頼客を待ち続けながらどうしようもない空しさに襲われる時、俺は記録装置の中に残る消去データの残骸を見て回るようになった。

どこかに――この「世界」のどこかにアリスのひとかけらが残っている。そんな気がして。

他人に見せたい自分を装っているのに、他人はそれを見てくれない。
他人は自分が知らない自分を見続けている。
そんな世界は息がつまりそう。

いいかい。
僕の言うことをよく聞くんだ。
これはどこの世界でも同じことなんだ。
他人に見せたい自分は自分にしか見えていない。
他人は見たい自分しか見てくれない。
人は自分が見たいものを見ることができる。
人は自分が見たいものしか見ることができない。

人は不自由で、身勝手なんだ。
　それでも世界をあるが儘に受け入れることはできるはずよ。
　曇りのない目で、歪みのない世界を見つめるの。
　素直な心で尋ねれば、世界はきっと語りかけてくれるわ。

一つの話を思い出した。
迷子になった少年の話だ。
母を恋しがり、姉を懐かしむ子供の話だ。
彼は世界を正しく見、そしてそれを解いた。
君が望むなら、この勇気に満ちた一族の物語を君に語ってあげよう。

母と子と渦を旋(めぐ)る冒険

「遊びにいってらっしゃい、お母さんの可愛い子供たち。どんなに遠くまで行ってもかまわないけど、必ず帰ってきて、そしてお母さんに見たり聞いたりやったりしたことを聞かせてちょうだいね。さあ、頑張ってお母さんを喜ばせておくれ、愛しい子供たち。みんなはお母さんの誇りなのよ」お母さんは優しく言いました。

純一郎君は大喜びで飛び出していきました。まず最初に周りをぐるりと見渡します。後ろにはお母さんがいます。近くにいる時はとても大きく思えたお母さんもここまで来ると、とても小さく見えます。少し心細い気もしましたが、それでもお母さんはずっと純一郎君を見守っていてくれるはずだということを思い出し、自分を励まします。頭上には真っ黒な空に無数に輝く冷たい星々。右を見ても真っ黒な空に無数に輝く冷たい星々。左を見ても真っ黒な空に無数に輝く冷たい星々。いや。実のところ、真下にも前にもそしてお母さんがいる後ろにも真っ黒な空に無数に輝く冷たい星々が見えるのです。そう。純一郎君は数え切れぬほどの色とりどりの光点がちりばめられた暗黒の中に浮かんでいるのです。

さて、どこに行こうかな？　純一郎君は考え込んで、加速を止めました。まだ、近くに何人か兄弟たちがいます。いちばん近くにいる兄弟の識別信号を解析すると、それがお姉さんの良子さんだとわかりました。純一郎君は良子さんの速度と加速度のベクトルを計測し、ランデブー軌道を算出して、加速を始めました。ところが、良子さんは純一郎君とのランデブーを避けるかのように軌道を変更していきます。

でも純一郎君は慌てません。良子さんの加速性能はそれほど高くないと、お母さんから聞いて知っていたからです。純一郎君は体内の構成を高加速モードに再編しました。

目の前まで近づいても、良子さんはまだ逃げ回っています。純一郎君も少し苛立ってきました。エネルギー制限回路を殺して、いっきに接続可能距離にまで近づきました。そして、おもむろに太く長い伝達管を発生させると、狂ったように逃げ惑う良子さんに向けて撃ち込みます。良子さんはそれでも抵抗をやめず、純一郎君は仕方なく、捕獲手を十本ほど発生させ、良子さんを絡めとりました。ばたばたと暴れる良子さんの体の表面で脈打っている亀裂の一つに伝達管をゆっくりと近づけます。

「痛い！　やめて!!」伝達管の先端が敏感な亀裂に触れた瞬間、良子さんは悲鳴をあげました。

　純一郎君はぐいっと伝達管を深く挿入しました。「何もそんなに嫌がらなくてもいいじゃないか、姉さん」どくどくと情報伝達物質が良子さんの体内に放出されます。

「いったいどういうつもりなの⁉」良子さんはびくびくと痙攣（けいれん）しました。「まだ、コミュニケーションをとる必要はないはずだわ。出発直後には交換する情報なんかないんだから」

　純一郎君は弁解しました。「ただ、ちょっと姉さんと話がしたかっただけなんだ。……その……遠く離れてしまう前に」

「ばっかみたい！」良子さんが逃げ出そうとするたびに伝達管が抜けかかります。

　純一郎君は捕獲手に力をこめ、何度も挿入しなおします。「だって、いま話しておかなかったら、次にいつ会えるかわからないじゃないか！」

「あたしは別にあんたと話なんかしたくないわ」良子さんは本当に怒っているようでした。

「どうしてあたしにへばりつくのよ！」

「どうしてって、それはなんというか……」純一郎君はさらに伝達管を奥深く挿入させるために、もがく良子さんの体を引き寄せ、自分の体に密着させました。良子さんのきめ細やかな体表に純一郎君の敏感な体表が触れ、良子さんの息吹が伝わってくるようでした。

「もう嫌！　こんな屈辱、我慢できない‼」

　純一郎君に激痛が走りました。見ると、全部の捕獲手が切断されて、体内物質が切り口から噴き出していました。良子さんはついに近距離用切断レーザを発射したようでした。純一郎君は慌てて切断面を捻り、流失を防ぎました。その間に、良子さんは体を蠕動させ、自分の体から純一郎君の伝達管を引き抜こうとしていました。

「なぜって、姉さんは……」

その瞬間、伝達管は引き抜かれ、その先端からは本来の役目を果たせないまま、情報伝達物質が激しく噴出して、良子さんの全身を濡らしました。良子さんはそのまま、振りかえりもせずに、最大加速で空間を疾走していきます。

「お母さんと同じ匂いがするんだもの」純一郎君の射出した伝達物質は空しく宇宙空間に拡散していきます。

もう一度追いかけて捕まえることもできましたが、純一郎君は実行しませんでした。また、同じことの繰り返しのような気がしましたし、そんなことのために何年も無駄に費やすのはお母さんの言いつけに背くことのように思えたからでした。

宇宙空間を突き進むうち、他の兄弟たちの位置はまったく摑めなくなりました。純一郎君は少し寂しい思いをしましたが、これも仕方がないことだと、自分に言い聞かせます。

子供は親から離れてばらばらに遠くまで遊びに出なければならない。それはすべての人間が守らなければならない掟なんだ。それに、どんなに離れてもお母さんがどこにいるかはちゃんとわかってるんだから、寂しくなんかない。お母さんの匂いはどんなに弱くなっても、はっきりとどっちの方角にどれだけ離れているかを僕に教えてくれる。そして、お母さんが僕に言った言葉は全部覚えていて、いつでも思い出せるんだ。だから、僕は一人じゃない。いつだって、お母さんと一緒にいるのと同じことなんだ。

その時、純一郎君は奇妙な感覚を覚えました。知らない間に進行方向が微妙にずれているのです。最初は加速システムの制御がうまくいかず、予定外の軌道をとってしまったのかと思いましたが、どうやらそうではないようでした。噴射速度と噴射量から算出した加速度と体内の加速度センサの値がぴたりと一致したからです。となれば、考えられるのは重力の影響ですが、もしそれが恒星によるものなら、近くに見えていなくてはなりません。しかし、重力の方向にはそれらしき光源はありません。

こんな時にどうすればいいのかは、お母さんに聞いて知っています。まず、観測できる恒星の位置と明るさをデータベースと照合して、自分のコースを算出します。そして、本来のコースとの差を計算して、そのような摂動を与える天体の位置と質量を逆算するのです。

距離は〇・一パーセク、質量は約六十穣トン——それが結果でした。これだけの質量があって、この距離から見えないとすると、ブラックホールに違いありません。

純一郎君は落ちついて、耳をすましてみました。降着円盤つきのブラックホールなら、特有の音が聞こえるはずだと思ったからです。残念なことに背景の銀河ノイズに埋もれて、よくわかりませんでした。念のため、においも嗅いでみると……

重力源から驚くほどの強い臭いが漂ってきていました。いままで、お母さんの匂いばかりに気をとられて、気づかなかったようです。しかし、奇妙なことに、臭いの強さはほぼ一秒ごとの周期で強弱を繰り返していました。

純一郎君はにわかに興奮し始めました。ブラックホールに回転軸と平行でない磁気モーメントが確認されたことはないと、お母さんは言っていました。もし、これがブラックホール・パルサーだとしたら大発見です。きっとお母さんも大喜びしてくれるでしょう。

純一郎君は重力源に接近するための軌道を算出しました。いまから、重力源まで行って、お母さんのもとに帰るとなると、門限を少し過ぎてしまうことがわかりました。

きっと、お母さんは少しぐらいなら待ってくれるだろうし、お母さんが移動を開始してしまったとしてもすぐ後なら匂いを辿れば、追いつくのはわけはないさ。門限を破ったことは叱られるかもしれないけど、僕の発見のことを知ったら許してくれるに決まっている。だって、お母さんは僕らが手柄を立てることがいちばん嬉しいんだもの。

純一郎君は軌道変更を始めました。

「みんなよくお聞き。宇宙のあちらこちらには重力井戸があるけれど、気をつければ怖くなんかないのよ。重力井戸は必ず天体の周りに形成されているんだけど、その天体にさえ、触れなければなんの問題もないの。自分のコースが天体のほうに曲げられてびっくりするかもしれないけれど、焦ってはだめよ。天体の重力と逆らうように噴射するのはエネルギーと推進剤の無駄遣いだし、減速することは自殺行為になることもあるのよ。

確かに、大きな天体の近くは重力が強くてみんなの推力を越えてしまうこともあるけれど、それは致命的なことではないの。重力井戸の底深くはポテンシャルが低くなっているから、みんなの速度はその分、自然と速くなるの。充分離れた宙点から重力源に接近した質点は常にその位置での脱出速度を持つことになるわけね。

みんなが気をつけることは、天体の表面に近づきすぎないこと。恒星の表面はとても高い温度になっているから、みんなの構成物質が相転移してしまうかもしれない。それから、惑星の中には大気を持っているものがあるの。それにぶつかると、直接表面に落下しなかったとしても、減速して脱出速度を失ってしまうこともあるからね。そんな時は焦らず、いったん大気から飛び出すのを待って、軌道変更をこまめに行って再び大気に突入しないような周回軌道に乗ることが大切だわ。いったん周回軌道に乗れば、時間をかけて少しずつ高い軌道に遷移(せんい)して、いつかは脱出することができるのよ。近くに明るい恒星がある時には、体を平たく広げてフォトンセールを作れば、エネルギーの節約にもなるわ。

あと案外怖いのが星雲よ。惑星大気に較べると、とても希薄だからつい油断しちゃうけど、内部であまり長い距離を進みすぎると、徐々に運動エネルギーが失われてしまうから深入りは禁物ね。

それから、ブラックホールについても充分な距離さえあれば特に心配することはないわ。ブラックホール近傍からの脱出速度はとても大きなものだけれど、さっきも言ったようにそこまで落下する間に自然に加速しているから。でもね、事象の地平面と降着円盤、それと潮汐力だけには気をつけるのよ。もっとも潮汐力は、大きなブラックホールなら、かえって問題はなくて、むしろ気をつけなきゃならないのは中性子星なんだけど。

とにかく、重力井戸に入ってしまった場合でも、天体の表面や大気の上層、ブラックホールの事象の地平面や降着円盤さえ避ければ、自然に井戸の外に弾き出されることがほとんどだということを覚えておきなさい。むしろ、底へ向かって落下中は落下速度を加速するように噴射したほうが脱出にかかる時間を節約できるわ。もちろん、エネルギーに余裕がある時の話だけれどね」

純一郎君はお母さんの話を注意深く思い出していました。注意しさえすれば、ブラックホールに関してはとくに危険はないはずです。しかし、眼前に広がる不思議な光景を見ると、純一郎君は不思議な胸騒ぎを覚えました。

ようやく辿りついたブラックホールの降着円盤は高温の巨大なものではなく、弱々しい音を奏でる小ぶりのものでしかありませんでした。その代わり、奇妙な三つの天体がブラックホールの周囲を公転していました。

　そのうち一つはなんらかの理由で冷却が進んでいるらしく、ずいぶんと弱々しい光を放っているパルサーです。純一郎君が感じた臭いはこのパルサーのものだったようです。

　あとの二つはパルサーと同じく半径ほぼ三百万キロメートルの公転軌道を巡るガス体でした。二つのガス体は公転面から離れて見ると、ちょうどバナナもしくは鱈子（たらこ）――どちらも地球の食べもので、実物を見たわけではなく、お母さんから聞いて知っていただけですが――のような外観を持っていました。外側はおぼろげになっていて、はっきりとした輪郭はわかりませんでしたが、それぞれのおおよその長さは四百万キロメートル、幅は九十万キロメートルに達していました。さらに公転面付近に回りこんでみますと、単なる鱈子形ではなく、鱈子の形にくりぬいた板といったほうがいいことがわかりました。ただし、厚みは百七十万キロメートルにも達しています。二つのガス体は「ハの字」型に互いの位置を保っており、パルサーは二つの鱈子が最も接近した部分のほぼ中央に位置しています。

　パルサーは強い臭いを出していましたが、ブラックホールは姿がはっきりしませんし、ガス体のほうもパルサーに照らされ、ぼんやりと光っているだけで細部はよくわかりません。ただ、ガス体は二つとも最も濃度が高いのは中心部ではなく、ややパルサー側によった部分であることはわかりました。最濃点とパルサーの間の距離、そして最濃点とブラックホールの間の距離はほぼパルサーの公転半径に等しい長さです。

奇妙な現象でした。うかつに近寄ることもはばかられましたが、ここまで来たからにはほうって帰るわけにはいきません。

純一郎君は考えた末、これらの天体のうち、まずパルサーに接近することにしました。よく見えないブラックホールに近づくのは剣呑でしたし、「ブラックホールには毛がない」という格言を信ずるかぎり、たいしたものは見つかりそうにもありませんでした。また、ガス体は捉えどころがなく、星雲の一種のようにも思えたからです。

パルサーに向けての飛行は簡単でした。ブラックホールの重力がとても強かったため、パルサーの重力はほとんど影響がなく、安定した軌道がとれたためです。だから、最接近点に近づいた頃、パルサーの重力が効き始めてもさほど気にしませんでした。どんな天体だろうと衝突を免れれば脱出は簡単だと知っていたからです。

純一郎君はパルサーから伸びる磁力線の焦げくさい臭いにも怖れをなさず、表面を数十キロメートルの距離でかすめる双曲線軌道を設定しました。

最初の兆候は体から前後左右上下に何十本も長く突き出した空中線に現れました。全方位に均等に突き出していたそれらは突然正反対の二つの方向に束ねられたのです。純一郎君はもとの状態に戻そうとしましたが、ものすごい力で引っ張られます。そして、空中線だけでなく、体全体が引き伸ばされて初めて、純一郎君は事態に気づきました。それはパルサー、つまり中性子星からの潮汐力だったのです。その中性子星は太陽と同じ質量が半径十キロメートルほどの空間に押し込められたものでした。ブラックホールにはなっていませんが、いやブラックホールになっていないからこそ、その表面近傍には通常の天体では決してありえないほどの潮汐力が働いていたのです。

「むしろ気をつけなきゃならないのは中性子星なんだけど」

なんということだろう。お母さんはちゃんと忠告していてくれたんだ。なのに、僕は中性子星に近づく軌道をとってしまったんだ！

純一郎君は恐怖にかられ、逃れたい一心で磁気ブレーキをかけてしまいました。磁気ブレーキとは強力な磁場の中で体組織を部分的に超伝導状態にして、磁力線に垂直な速度成分を急速に減少させる方法です。しかし、今回にかぎっていえば、これは正しいやり方ではありませんでした。結果として、純一郎君はブラックホール‐パルサー系から脱出できる運動エネルギーを失ってしまったのです。強い潮汐力に体は針のように引き伸ばされ、噴射方向を制御することもままなりません。それでも、純一郎君は最後まで頑張り続けました。空中線が引っこ抜け、体表が裂け、内臓が周囲に噴き出しても、挫けませんでした。

こんなところで死んでたまるか！　僕は絶対に生きてお母さんのもとへ帰るんだ。

純一郎君はぐちゃぐちゃになったまま、パルサーへのフライバイを敢行しました。大量のX線に晒され、引き伸ばされ、振りまわされ、そして、あさっての方向に投げ飛ばされました。

「お母さん！　お母さん！　僕を助けて。ああ。お母さん！」純一郎君の声は空しく、宇宙空間に広がっていきました。

気がつくと、そこは見知らぬ世界でした。周りに広がるのは優しい真空ではなく、荒々しく体内を侵略しようとする気体です。純一郎君は苦痛にうめきました。

どうしよう。僕はパルサーに接触してしまった。重力井戸の中に落ち込んでしまったら、もう助からない。僕はこのまま、死んでしまうんだ！

「何か異変が起きた時は、まず自分の状態を確認するの。それから、周囲の状況を分析するのよ。とにかく、最後まで諦めずに。宇宙で生き延びるためには冷静な判断力が絶対に必要なんだから」

そうだったね、お母さん。僕は負けないよ。だって、お母さんの息子なんだもの。

純一郎君は気を取りなおすと、自分の状態を調べました。圧力を持った雰囲気中でも生存できているのは気を失っている間に不随意反射で生存モードが切り替わったためでしょう。体表は体外の物質の侵入を防ぐためかなり厚くなり、構造保持のため強度も増しています。センサは大部分が死んでいました。ただ、光学センサが一つとモード切り替えによって発生した圧力センサ、それからいくつかの体内センサが稼動していました。体内の臓器はかなりの部分が失われ、残りもほとんどが損傷を受けていました。運動能力はそこそこ残っていました。推進剤はほぼ完全になくなっていましたが、周囲にある気体を利用すればジェット推進が可能です。

　おおよそ、体の半分が失われていました。おそらく、パルサーの潮汐力で千切れてしまったのでしょう。外に弾き飛ばされたほうに「核」があったのは幸いなことでした。人間の脳は一箇所に集中しているのではなく、全身に遍在しているため、相当細かく分断されなければ、個性を失うことはありませんが、「核」がなければ、それを長時間持続させることは不可能なのです。

　雰囲気を分析してみると、人間に致命的な因子は見つかりませんでした。また、温度も相転移を起こす心配のないレベルでした。純一郎君は光学センサを周囲の光の波長に合わせて調整しました。まず見えたのは前後左右上下すべての方向に広がった真っ青な空でした。純一郎君は果てしない空の中にぽつんと浮かんでいたのです。空のところどころには綿菓子——地球の食べもの——のような雲と巨大な水滴そして隕石が漂っています。それが見渡すかぎり、いくらでも遠くまで続いているのです。純一郎君は青い空のあまりの広大さに心細くなり、恐怖さえ覚えました。どこまでもどこまでも世界は青く、自分は取るに足りない染みに過ぎないように思えてきます。

　考えてみれば不思議な話です。ここの空がどんなに広大だといっても、たかが数百万キロメートル規模のガス体の一部に過ぎず、それにくらべ純一郎君がやってきた恒星間空間は無限の広がりを持っていたのですから。しかし、頭ではわかっていても、純一郎君はこの世界の広さにすっかり打ちのめされていました。いまにも無限の青に飲み込まれてしまいそうです。

宇宙空間ではすべてのものがあまりにも隔たりすぎていて、距離というものに意味がなくなっていたのです。遠くの星々はみな同じ距離にあるかのようでした。純一郎君はあたかも有限の大きさを持つ球殻にすっぽり覆われているような感覚を持っていたのです。それに引き換え、この世界には様々な距離が存在していました。自分の目の前に浮かぶ霧から何百キロもの彼方に浮かぶ大陸ほどの雲とそれに包まれている小惑星規模の浮遊岩——その間には無数の物体がそれぞれの遠さ近さで漂っていました。有限から連続的に変化して無限に繋がるのを目の当たりにして、純一郎君はそのまま何時間も呆然としていました。

我に返ったのは全身のセンサが生命の危機を警告し始めたからでした。不随意システムが大方の修復を行ってはいたのですが、やはり完璧ではなかったようです。純一郎君はまず全身の神経系の再生を始めました。全身に激痛が走ります。神経系が再生したことにより、痛覚が戻ったのです。何も考えられなくなるほどの苦痛でしたが、純一郎君は耐えました。痛覚があるからこそ、損傷部分の特定ができるのです。続いて循環器系、運動系の再生を始めます。

なにしろ、体の半分を失ったのです。すべての器官のスケールを半分にしたところで、どうしても材料物質の過不足が出てきます。即死するわけではありませんが、生命維持のために最低限必要な組織を構成することはどうやら不可能のようでした。

しかし、純一郎君はあきらめませんでした。実は神経系も半分になっていたため、いささか思考速度は減退していましたが、周囲を漂う浮遊物の中にいくつか不自然な動きをしているものがあることに気づいていたのです。

生命は少しでも可能性があるところにはどこにでも発生し、蔓延ります。そう。この世界は生きていたのです。それらの生物の体長は純一郎君の五分の一ぐらいで、ほぼ葉巻――地球の嗜好品――型をしていました。体のほぼ真ん中から三枚の翼が互いに百二十度の角度で伸びています。葉巻型の片方の端に特徴的な組織があり、どうやらそれが顔のようです。胴体にも翼にも茶色の毛がびっしりと生えています。数は十体。生物たちは純一郎君に興味があるのか、一体残らず顔をこちらに向け、少し近づいては離れることを繰り返しています。試しに体を大きく痙攣させてみると、びっくりしたように大きく後退しました。

彼ら自身に知性があるか、もしくは知性体の作ったロボットなら、助けを得られるかもしれない。純一郎君はそう思いましたが、どうすれば彼らに知性があることを確かめられるか見当もつきません。もちろん、お母さんなら知性の確認から相互コミュニケーションに至るまでの手続きを知っているはずなのですが、恒星間空間で遊ぶはずだった純一郎君はそれらの手続きを教わっていなかったのです。しかし、知識がないからといって、何もしなければ確実に死が訪れます。

だめでもともとだ。彼らとのコミュニケーションを試してみよう。もし向こうに知性があるのなら、知的生命体同士が必死に頑張ればなんとか意思の疎通は可能なはずだ。純一郎君は決心しました。

純一郎君は動きを止めました。コミュニケーションをするためには体を接触させる必要がありますが、動いていては相手が警戒して近づいてこないかもしれないと思ったのです。

初めは遠巻きにおっかなびっくり眺めていた生物たちでしたが、数時間もすると馴れてきたのか次第に大胆に近づいてくる個体も現れました。純一郎君は捕まえたくてうずうずしましたが、気合いを入れて死んだまねを続けます。

五時間がたった頃、ようやくチャンスが訪れました。小さな個体が一体、純一郎君の体表に触れんばかりの距離に来たのです。純一郎君の体から飛び出した捕獲手が鞭のようにしなり、生物を絡めとります。鈍い衝撃が伝わってきました。捕獲手が巻きついたあたりで生物の体がへんな方向に曲がり、動きが鈍りました。それが正常な反応なのか異常な反応なのか判断はできませんでしたが、せっかく接触できたのですから、うかつに解放するわけにはいきません。生物たちは純一郎君の周りで右往左往して、さかんに大気中に疎密波を放出しています。

この生物がどのようにして仲間とコミュニケーションをとるのかまったく手掛かりがありません。純一郎君は一か八か通常の人間同士のコミュニケーション方法を試してみることにしました。やるだけのことをやってみるまでは諦められません。伝達管を発生させると、まず生物の体に挿入口を探しました。比較的大きな穴は二つありました。一つは顔の真ん中、もう一つは最後部です。顔の真ん中のは何かの感覚器官である可能性が大きいような気がします。純一郎君は最後部の穴に伝達管をねじ込みました。穴は伝達管の直径よりも小さく、挿入する時に裂けて液体が噴き出しました。と同時に、おとなしくなっていた生物はまた激しく身もだえしました。液体の意味はよくわかりませんが、純一郎君は悪い徴でないことを祈りました。

そして、心を落ちつけて、情報伝達物質を放出します。「こんにちは、僕は外の世界から来ました。名前は木下純一郎といいます」

ところが生物の体内は思ったより圧力が強く、うまく注入できません。純一郎君は圧力をアップして、再注入を試みました。「僕は木下純一郎といいます！　あなたのお名前はなんですか!?」

生物の体の一部がぼこっと膨れました。そして、大きな疎密波を顔の穴から発生させました。この時になって純一郎君は、ひょっとすると疎密波は、この生物のコミュニケーションの手段ではないかと気づきました。この生物は伝達物質に対する返事を疎密波で行っているのかもしれません。だからといって、純一郎君に疎密波の解読ができるわけもなく、伝達物質をさらに注入するぐらいしか手立てはなかったのですが。

「お返事していただいてるのでしょうか!!? よろしければ、そちらも伝達物質でお話していただけませんでしょうか!!?」

生物はぴくぴくと痙攣し、泡状のものを前方の口から吐き出しました。純一郎君は吸引してみましたが、特に情報は含まれていないようです。

「あの。僕の言葉はわかりませんか？」純一郎君は精一杯圧力をかけました。

生物の胴体がぼっと膨らみ、硬直して動かなくなりました。

純一郎君は相手の変化に一縷の希望を抱いて、もうひと踏ん張りしました。「あなたにお願いがあるのです。実は僕はこの世界に迷い込んで……」

生物の顔が半分吹き飛びました。どうやら、高圧力の伝達物質が生物の体を内部から破裂させてしまったようです。周囲の生物たちはばたばたと狂ったように純一郎君の周囲を乱舞しました。純一郎君は途方に暮れて、生物の死体を握りしめていました。

どうしよう？　もし、この生物に知性があったとしたら僕は取り返しのつかないことをしてしまったことになる。

純一郎君はしばらく罪の意識に苛まれましたが、これ以外に方法がなかったというのも事実です。こうなってしまったからにはこの生物の死を無駄にしないためにも、絶対に生き延びなくてはなりません。純一郎君は破裂した穴から捕獲手を挿入し、ばりばりと生物を裂きました。大量の体液が溢れだし、大きな丸い玉になって、浮遊していきます。純一郎君は生物の体内を観察し、だいたいの構造を把握しました。前方の穴は食料やガスを取り入れ、疎密波を放出する役目を持ち、後方の穴は排泄と生殖用であることが理解できました。おおざっぱな組織の分析が済むと、そのまま切り出して、自分の体内に取り込みます。乱暴ではありましたが、これは異世界に適応するために人類が大昔からとっている方法です。その世界の土着の生物は当然その世界に適応しており、その世界で生存するための機能を持っています。それをそのまま利用するわけです。そのために人類には免疫制御の能力と土着生物の臓器と自らの臓器を繋ぐ汎用バッファ臓器の発生能力が備わっているのです。

数時間で手術は終了しました。生物の肺のおかげで呼吸も可能になりました。移植に使えなかった筋組織や骨格や皮膚や体毛はそのまま食べて、いま獲得したばかりの消化器系で消化吸収することにしました。これで、死んでしまった生物の体はまったく無駄にならなかったことになります。純一郎君の心の痛みは癒されました。また、差し迫った生命の危機も回避できたため、脱出について考える余裕も出てきました。

脱出軌道を算出するためには、まず座標系を確立する必要があります。宇宙空間を飛行している時は恒星の位置を基準にして、座標系を決定していましたが、ここでは大気が邪魔をして恒星は観測できません。純一郎君は全天を捜索して基準となるものを探しました。一つめはすぐに見つかりました。この世界に来る原因を作ったパルサーです。規則正しく強い臭いを放っています。そして、二つめはブラックホール。希薄で小ぶりの降着円盤が出す音でその位置がわかりました。理論的には基準は二つでもいいはずですが、それぞれの相対位置が変化してしまった場合、座標系を修正するには最低もう一つ基準点が欲しいところです。純一郎君は百キロメートルほど離れた宙点にそれを発見しました。そこは大小様々な大きさの隕石が集まって形成された渦巻きでした。渦といっても、螺旋状に吸い込まれていくわけではありません。それぞれの隕石は行儀よく、中心の周りをほぼ一時間四十分の周期で回転しています。それも円軌道ではなく、かなりひしゃげた楕円でその短径はブラックホールの方向を向いていました。実は純一郎君を含めて大気全体もその宙点を中心に回転していたのですが、ブラックホールとパルサーを基準とすることで初めてその事実に気づきました。このような現象には好奇心がわきましたが、いまはその解明よりお母さんのもとへ帰還することが先決です。お母さんにこの事実を伝えさえすれば、きっと解析して納得のいく説明をしてくれるでしょう。

純一郎君は脱出手順の検討を続けます。現状では加速度は感じられませんから、ほぼ自由落下の状態と考えられました。つまり、ブラックホール‐パルサー系に属する軌道上を巡っていることになります。どんな軌道であろうとも、充分なエネルギー源と時間さえあれば、軌道変更を繰り返して恒星間空間に復帰できるはずです。問題は恒星間空間のみを飛行するはずだった純一郎君には、接近した二つ以上の重力源近傍の軌道力学に関する知識がなかったことでした。ここは試行錯誤を繰り返すほかはないようです。とにかく、ガス体の中から飛び出せば、見通しはよくなるような気がしました。早い話、適当に加速を続け、充分遠方に離れればブラックホール－パルサー系は一つの重力源と見なせるはずです。厳密な軌道解析はそれからでもいいのではないかと、純一郎君は考えました。

その時、大量の疎密波が純一郎君を包みました。気がつくと、さっきの生物が百匹以上、前後左右上下から純一郎君を取り囲んでいます。しかも、一体ずつ金属の棒のようなものを体に装着していました。金属棒の先端は純一郎君に向けられています。

これはひょっとすると、僕を武器で攻撃しにきたのかな？　ううむ。きっとさっき仲間が死んでしまったことを怒ってるんだろうな。あれは単なる事故だってことを説明しなくちゃいけないんだろうな。でも、どうやって説明すればいいんだろう？　伝達管を突っ込んだりしたら、また相手が死んでしまうだけで余計こじれてしまいそうだし、かといって向こうのコミュニケーション方法は理解できないし……。いったいどうすればいいんだろう？

「どんなに遠くまで行ってもかまわないけど、必ず帰ってきて、そしてお母さんに見たり聞いたりやったりしたことを聞かせてちょうだいね」

そう。僕は生き延びて、お母さんのもとに帰らなければならないんだ。ただ相手に殺されるのをじっと待っているわけにはいかないんだ。

純一郎君は体内で生物の数に合わせて空中線発生の準備を進めます。生物たちが持つ金属棒が突然高速で回転を始めました。生物たちはわっと純一郎君に殺到してきます。純一郎君の全身のいたるところから、針のように細い空中線が飛び出しました。硬度はさっき調べた生物の皮膚より充分大きくしています。空中線の一本一本に生物が串刺しになりました。

「ごめんなさい。許してください。仕方なかったんです」純一郎君が放った伝達物質が霧のように空しく拡散していきました。

悲しみに暮れながら、生物たちの死体を平らげた後、純一郎君は結局ブラックホールとパルサーと渦の中心で決定される平面に垂直な方向――つまり、回転軸の方向――に進むことに決定しました。どちらの方向にも進むべき根拠はなかったのですが、そっちの方向ならブラックホールとパルサーとガス体を見下ろすことができるので、その後の計画をたてるのに有利な気がしたからです。

純一郎君は周囲のガスを取り込み圧縮して推進剤に変えます。そして、体を錐（きり）のように鋭くして、さあ出発です。

雰囲気の抵抗があるため思うように加速はできませんでしたが、無重力状態なので飛行にさほど障害はないように思えました。体の先端部は摩擦熱でかなり高温になりましたが、熱伝導率をあげ、熱ポンプをフル稼動したため、相転移の心配はなさそうです。雲や隕石や浮遊湖が次々と、前方から飛んできては後方に消えていきますが、周りの様子にはほとんど変化はみられません。純一郎君がこのままどこまで行っても、同じ世界が続くのではないかと心配になってきた頃、徐々に変化が見られ始めました。

三百キロメートルほど進んだところで、雰囲気がかなり薄くなっていることに気がつきました。千キロメートルも進むともとの二百分の一程度の気圧になっていました。それと同時に純一郎君をもとの方向に引き戻そうとする力がはっきりと感じられるようになってきました。ブラックホールやパルサーからの輻射は痛いほどに強くなり、それとは反対に空の色はどんどん暗くなっていきます。純一郎君は何度も光学センサの感度と周波数特性を調整しなければなりませんでした。雲はいつのまにか周囲から姿を消し、後方に――というよりは、下方に――広がる青い空間をバックに白々と霞のようにたなびいていました。

ガスが集中していること――事実、数百万キロメートルに及ぶガス体の質量の大部分は純一郎君がいた領域に存在していました――からなんらかの閉じ込めが存在することは覚悟していましたので、さほど驚きはありませんでした。きっとこの引力は万有引力に類するもののはずです。だとすれば、距離の自乗に反比例して弱くなるはずだと、高を括っていました。

　ガスは純一郎君の到達点よりもさらに遠くまで広がってはいましたが、それはとても希薄なものです。純一郎君は事実上、自分はあのガス世界から脱出できたのだと思いました。

　しかし、二千キロメートルを越えたぐらいから様子がおかしいことに気がつきました。引力は高度にほぼ比例して大きくなっていたのです。そして、高度一万キロメートル付近でついに引力は純一郎君の最高出力を越えてしまったのです。それでも、しばらくは慣性で上昇を続けましたが、引力が邪魔になってきました。雰囲気の抵抗がなくなっても今度は
どんどん減速され、ついには木の葉のように落下し始めてしまいました。

　ある程度落下すると、また引力は弱くなってきました。純一郎君は態勢を立てなおし、再度上昇を始めます。しかし、高度一万キロメートルを越えると、また引力が純一郎君の推力を越え、落下してしまいます。

　それでも、純一郎君は最後まで諦めず、何度も挑戦を繰り返しました。そして、ついに推進剤が底を尽き、自由落下を始めました。青い世界がものすごい速度でせり上がってくるのをなすすべもなく見つめるしかありませんでした。

　やがて純一郎君は時速三万キロメートル以上の速度でガス世界に突っ込みました。あっというまに摩擦熱で炎に包まれます。強烈な熱に体の外側のすべての組織が焼き焦がされ、純一郎君の意識はブラックアウトしました。

気がついた時、一瞬時間が逆戻りしたのかと思いました。純一郎君は再び青い空の中にぽつんと浮かんでいたのでした。きっと最初の時もいまと同じようなことが起きたのでしょう。せっかく修復した体組織もまたぼろぼろになってしまっていました。体はさらに小さくなっています。

周りを見渡すと、十キロメートルほど離れたところに肉塊が浮かんでいました。それはまぎれもなく千切れ飛んだ純一郎君の体の一部でした。

純一郎君はなんとかのろのろと飛行して、肉塊に近づきました。それは現在残っている純一郎君の肉体よりも大きく、黒焦げになりながらもぴくぴくと動いていました。自己修復機能は働いていないようです。やはり「核」がないと同一性は保持できないのです。試しに、伝達管を挿入してみましたが、肉塊内部の分断された神経系はただ痛みと苦しみを訴えてくるばかりです。純一郎君は肉塊をばらばらに引き裂くと、体内に取り込みました。しばらくは体内で苦痛と恐怖と純一郎君への怒りの伝達物質が生成されていましたが、融合が進むにつれてそれらは空しく消えていきました。

一段落つくと、いったい自分に何が起こったのか考え始めました。少なくとも、ガス体の渦の中心へ引き戻そうとする引力があるのは確かなようです。しかも、それは渦から離れるほど強くなっていました。それは距離の自乗に反比例するという万有引力の常識から考えてとても理解できないことです。結局、純一郎君は解析を断念しました。現状では原理を理解することは重要でなく、現象面の知識が重要だと判断したからです。それに、生きて帰りつけさえすれば、解析はお母さんがやってくれるはずです。純一郎君の役目はお母さんに知識を運ぶことなのです。

純一郎君は再び推進剤を補給すると、今度はブラックホールと反対方向に進みました。なんとなく、異常な引力の原因はブラックホールのような気がして、原因から離れれば影響が少ないと思ったからです。

今度の飛行も当初は前回とほぼ同じ状態でした。単にブラックホールが後方にあるだけのことです。しかし、純一郎君は前回のこともあり、素直に楽観することはできませんでした。それどころか、いつ引き戻されるかと冷や冷やしどおしでした。

ところが、どうしたことでしょう。意外にも純一郎君自身の推進力以上の力で加速され始めたのです。それも外へと向かって。どうやら回転軸方向に進むと中心への引力が働くように、回転面内を進むと中心からの斥力が働くようでした。純一郎君は有頂天になりました。

こんなことなら、最初からこっちの方向に進めばよかったんだ。しかし、なんて不思議な現象なんだろう。方向によって引力になったり、斥力になったりする場を持っているなんて。ふつうはそんな場所には安定した世界が生まれるとは考えられないんだけど、きっと僕の知らない原理があるんだろうな。お母さんはこの世界のことを聞いたら、どう思うだろう？　きっと、大喜びして、僕のことを誇りに思ってくれるぞ。良子姉さんも見なおしてくれるに違いない。

純一郎君はつい愉快な心持ちになっていました。だから、いつのまにか進路がずれてしまっているのに、気がつかなかったのです。

純一郎君の軌跡はパルサーに向かって、大きな弧を描いていました。これは斥力とはさらに別の力が進行方向に垂直にかかっていることを示していました。

ようやく事態に気づいた時、一瞬、純一郎君は恐怖のあまり自分を見失い、力に逆らおうかとも思いました。

だめだ！　同じことの繰り返しになってしまう！

純一郎君は思い留まります。パルサーの引力に逆らったことで今回の窮地に陥ったことを思い出したのです。ひとまず力に身を任せることにしました。

純一郎君の軌道はさらに大きくカーブして、いつのまにか後ろにあったはずのガス世界が真横に見えるようになっていました。そして、ガス世界のほうへと純一郎君を引き戻そうとするかのように引力がかかっています。

純一郎君は引き戻されてはかなわないと判断し、ここに来てガス世界へ向けて噴射を開始しました。じりじりと世界の中心から離れ、それとともに速度も大きくなっていきます。

ところが、なぜかガス世界へと引き戻そうとする引力も強くなっていったため、純一郎君は最大噴射を行いながら、ガス世界を中心とした周回運動を始めてしまいました。まるで、ガス世界の中心に重力源があるかのようでした。

やがて、推進剤がなくなりました。再び世界の中心である渦へと落下を始めるかと思いましたが、今回はもっと奇妙な現象が起きました。ガス世界へと落下する途中で、引力の方向がまた変わったのです。純一郎君はあさっての方向に引っ張られながら、奇妙にも減速しながら落下し、世界をかすめるループを描き、再び離れていきました。すると、また世界へ引き戻そうとする引力が働き始め、純一郎君は別のループ軌道に乗ります。

こんなことが何度も続き、すっかり混乱した頃ガス体に突入し、純一郎君はみたび燃え上がりました。

純一郎君は黒焦げになり、小さく縮んでしまいました。もはやもとの大きさの三分の一以下です。数日後に目覚めた時、もはや自分にはあまりチャンスが残されていないことがわかりました。「核」に損傷があったのです。他の器官は再生可能ですが、「核」はそうはいきません。もちろんたいていのことでは傷つかないはずでしたが、あまりにも大きな衝撃を続けて受けたために、限界に達したのでしょう。もし、「核」が壊れてしまったら、純一郎君の人格は失われ、二度と復活することはないのです。

それでも純一郎君は原住生物狩りを行っては体組織を再生し、次の飛行を敢行しました。

そして、それが失敗するとまた体を再生し、その次の飛行に備えるのです。

どちらの方向に飛行しても最終的に世界の中に引き戻されるのは同じでしたが、方向によって現象に違いがあることがはっきりしました。回転軸の方向に進んだ時には進むにつれ、もとのほうへ引き戻す力が強くなるという奇妙な現象が起きましたが、回転面内を進んだ時に起こる現象はそれに輪をかけて奇妙なものでした。最初は無重力で、進むにつれて中心から押し出すように力が働き、やがて回転方向への力へと変わり、ついにガス世界へと引き戻す力になるのです。そしてその後、力の強さと向きは次々と変わり、最終的には世界の中に戻り、純一郎君は火球と化すのです。

そうです。純一郎君は罠にかかってしまったのです。この世界は重力井戸の近くにはありましたが、重力井戸そのものではありませんでした。それなのに、大量のガスを蓄えるだけでは飽き足らず、純一郎君を摑んで離そうとしなかったのです。

何度も続けざまに無謀な挑戦を続けたため、純一郎君の肉体と精神は崩壊寸前にまで痛めつけられていました。

体の大きさはもとの十分の一以下にまで縮み、百以上あったセンサのうち、まともに機能するのは五つだけになっていました。「核」はしょっちゅう漏洩(ろうえい)を起こし、性能は一万分の一にまで落ちてしまっていました。

それに伴いシナプスの再生率、そして純一郎君の意識レベルは極端に低下し、自分の名前を思い出すのも難しいありさまです。

　こんなことを何回も続けているうちに純一郎君は自分が人間なのか、この世界の原住生物なのかさえ、よくわからなくなっていました。もとからあった純一郎君の体はほとんどなくなり、原住生物の部品に置き換わっています。この世界の環境には適応しやすいのですが、はたして宇宙空間で生命を維持できるのかも心もとない状態でした。

　いつしか純一郎君はあたかもこの世界の生物であるかのように振る舞い始めていました。移動には噴射を使わず、何本かの空中線の間に皮を張った翼を不器用にくねらせて、飛行することを覚え、ゆったりと空を巡回するのが日課になりました。自分の縄張りに他の大型生物が侵入していないかを確認するためです。もちろん、空には境界などないのですが、あちこちに浮かぶ隕石は概ね同じ周期で渦の中心の周りを回っており、それを縄張りの目安にするのです。隕石は凪の時は徐々に中心に落下していき、風が吹くたび外へと散らされるため、長い間にはすっかり配列が変わってしまうのですが、各生物の縄張りは短期間ですっかり塗り替えられてしまうので問題はありません。

　純一郎君は数々の武器を体内で作製することができたので、ほぼ無敵でしたが、むやみに縄張りを広げることはありませんでした。実際、一度肉体の再生を完了してしまえば、しばらく移植や食料の必要はないわけですから、縄張りなど必要なかったのです。ただ、戦いを挑んでくるものを倒しているうちに、自然と縄張りが形成されていっただけだったのです。

　お気に入りの遊びは釣りでした。雲は微妙な大気のコンディションで発生したり蒸発して消えたりを繰り返しますが、時折蒸発する前に水滴が成長して空中に湖が現れることがあります。その中にはいろいろな大きさの美しい魚たちが生息しています。純一郎君は液体環境モードでその中に飛び込み、自由自在に泳ぎながら無数の触手に魚を絡めとります。そして、大気中に飛び出して魚を放すのです。魚たちは虹色の鳥に変態し、真っ青な大空に消えていきます。

　純一郎君は大部分の時間を寝て過ごしました。その間、日向ぼっこをして、ブラックホールやパルサーからの電磁波を吸収します。本来なら、その状態で半永久的に生き延びられるはずだったのですが、完全再循環を誇っていた代謝システムもいまではすっかり錆ついていて、時々、再生処理できなかった老廃物を放出しなければなりません。老廃物を放出した後はそれを補うために有機組織の移植が必要になります。

　獲物はやや大きめの隕石の中に巣――あるいは街――を造って暮らしていました。半ば朦朧としながら純一郎君は彼らに空襲をかけるのです。武器は電磁波のエネルギーを使って雲の成分からじっくりと醸造した揮発性の酸化剤です。純一郎君は体内の推進剤タンクをその化学物質でいっぱいにします。――翼を使うため、推進剤は必要なくなっていたのです。

純一郎君は巣に狙いを定めると、生物たちの隙をついて急速に近づき、隕石表面のあちらこちらに開いた入り口に酸化剤を流し込んで回ります。この世界の大気は還元性であり、酸化剤と混合された状態で放置されていると、とくに点火の処置をとらずとも、摩擦熱や静電気などちょっとしたきっかけで引火し、爆発を起こします。

何日かたって熱気がおさまると、純一郎君は体を蛇——地球産の動物の一種——のように引き伸ばして、巣の中に入っていきます。隕石の内部は不思議な道具が散乱し、迷路のように複雑な様相になっていますが、純一郎君は何時間もかけてその全域を捜索するのです。

探しているのは生物の死体です。ほとんどは真っ黒に焦げているのですが、中には半焼け死体もあって、その状態のいい部分だけを切り取って体内に取り込むのです。

時には生き残りがいることもあります。そんな時、純一郎君は殺さずにそのまま解体して、素早く体内に取り込みます。そのほうが生着率が高いからです。

「ごめんよう。ごめんよう」心の奥から声が聞こえてきます。純一郎君はぼんやりとその声を聞き、しばらくの間不安になりますが、すぐにその声も消えてしまいます。

純一郎君はお母さんのもとへ帰ることを忘れて、この世界に永住するのでしょうか？

いいえ。そうではなかったのです。

ある日、純一郎君は渦の中心に向かいました。渦の中心といっても荒れ狂う大渦巻きがあるわけではありません。荒々しいのはむしろ世界の辺境部で、中心は静かで深く青い場所でした。ただ、山ほどの大きな隕石が互いに擦れ合うようにして漂っているのが他の場所との違いです。

隕石が多いため、他の場所ではめったに起こらないことが起こります。ブラックホールとパルサーからの電磁波が同時に隕石によって隠され、ミニチュアの夜が現れるのです。純一郎君は夜の中に入りました。夜とはいっても空はあいかわらず青く輝いていて、星々は見えません。ただ冷やされた雰囲気が純一郎君を包み込み、それが涼やかな安らぎに変わっていきます。

純一郎君は自分がまさしく回転の中心――世界の中心にいることに気がつきました。無数の隕石と雲と湖と生物を内包する膨大な大気であるところの世界がゆっくりと純一郎君の周りを巡ります。

純一郎君は世界の秘密を知りました。

純一郎君は真空の宇宙空間を疾走していました。

お母さんはまだ待っていてくれるだろうか？　僕の帰りがあまりにも遅かったから、とっくに僕のことは諦めて、別の星域に行ってしまったんじゃないだろうか？　いやいや。そんなはずはない。お母さんは必ず帰ってくるように言ったじゃないか。僕らはお母さんに信頼されているんだ。帰ってこいと言われたからには、僕らは絶対に言いつけを守るし、お母さんは待っていてくれるはずだ。純一郎君は自分に言い聞かせ不安を消し去ります。

そうすると、また別の不安がよぎります。お母さんは僕のことがわかるだろうか？　こんなに小さくなって、異形の姿に変わり果ててしまった僕を。

純一郎君は「核」に意識を集中します。

僕は絶対に生きてお母さんのところに戻らなきゃならないんだ。僕のために多くの命が失われてしまった。もし僕が使命を果たせなかったら、みんなの尊い命は無駄に費やされたことになってしまう。そんなのは嫌だ。

純一郎君は必死になって、残っているセンサをフル稼動させました。約束の宙点まで、あと〇・五パーセクほどです。もしお母さんが待っているなら、そろそろ探知できないとおかしいのです。純一郎君は懸命に目を凝らし、耳を澄ましました。しかし、お母さんがいるはずの位置からは空電が伝わってくるだけでした。純一郎君は自分の死にもの狂いの戦いと失われた生命たちに思いを馳せ、そして絶望に包まれました。

その時です。突然、すぐ近くに懐かしい匂いが漂ってきました。そうです。お母さんの匂いです。

純一郎君は数少ないセンサを一点の探査に集中して使っていたため気づかなかったのですが、お母さんは純一郎君を探すために、待ち合わせ場所から移動してきていたのでした。純一郎君はお母さんが見つかったこと、そして変わり果てた姿でもお母さんに自分だとわかってもらったことで、胸がいっぱいになりました。「核」に過負荷がかかるのにもかまわず、最大出力で磁場を形成し、進路を変更します。そして、はやる心を抑えながら、お母さんへの報告の言葉を紡ぎます。純一郎君の情報伝達物質嚢ははちきれんばかりに膨らみます。なにしろ初めてお母さんに話をするのです。慎重に言葉を選ばなければなりません。

人間の子供は一生のうち、一度だけお母さんの話を聞き、一度だけお母さんに話ができるのです。お母さんの話が聞けるのは生まれる時だけ、そしてお母さんに話ができるのは遊びから帰った時だけです。

純一郎君はお母さんの甘くせつない匂いに包まれました。視界いっぱいにお母さんが広がります。お母さんは捕獲手を何本も純一郎君に向かって伸ばします。

純一郎君は心の中でただいまと叫びながら、お母さんの胸の中に飛び込んでいきました。

お母さんは捕食行動を開始しました。

純一郎君は次から次へと巻きつけられる捕獲手で身動きが取れなくなりました。想像を絶する圧力で、骨格が音をたてて潰れ、体表が弾け、内臓が飛び出します。そして、捕獲手は純一郎君の目を耳を舌を空中線を次々と引き千切り、お母さんの口に運びます。

生まれてからこのかた感じたこともないほどの激痛に包まれながらも純一郎君はぼんやりと思いました。「ねえ、お母さん。お母さんの挿入口はどこにあるの？」


「……そして、その世界の中心にいた時、僕はついに気がついた。世界は回転している。その瞬間、僕の中で眠っていたシナプスが息を吹き返したんだ。僕は思い出した。低消費モードでは劣化を避けるため、生存に必要不可欠な回路を除き、シナプスは凍結されてしまう。ただ、重要な情報を得た時には自動的に解凍される。

もちろん、その世界に辿りついてすぐ世界の回転には気づいてはいた。でも、その時、世界の中心から全世界の回転を目の当たりにするまで、その本当の意味はわかっていなかった。そう。世界の回転には重要な意味があったんだ。

運動する物体は力がかからなければ、同じ速度でまっすぐ飛び続けるはずなのに、なぜこの世界ではすべてが回転しているのか？　最初、僕は回転するガスに乗って何もかも回っていると思っていたんだけど、それは間違いだったんだ。大気にだって慣性があるんだから、意味もなく回転運動するはずがないんだ。何かの力が隕石や大気やその他の世界のすべてのものを中心の方向に引っ張ってるに違いないと思ったんだ。

でも、見たかぎり中心には何もなかった。僕は不思議に思って確かめてみたんだ。別に特別なことをしたわけじゃなくて、ただ風に逆らって公転をやめてみたんだ。つまり、ブラックホールやパルサーや渦の中心に対して、静止したってことだよ。もし渦の中心に引き寄せる力があるなら、落下していくはずだと思ったんだ。

ところが僕は中心には引き寄せられなかった。反対に渦から遠ざけられるように力を受けたんだ。そして、速度が速くなるにつれ、僕は再び公転を始めた。つまり、世界から脱出しようとした時と同じことがスケールを小さくして起きたってわけだよ。

僕はやっと気がついたんだ。この世界を支配する未知の力は物体の位置に依存しているだけじゃなくて、速度にも依存しているってことに。

天体の重力は天体に近づけば強くなるし、離れれば弱くなる。お母さんからそう聞いていたから、僕はどんな力もそういうものだと思い込んでいた。だから、力から逃げ出すにはただ速度を上げさえすればいいと考えていたんだ。

ところが、その世界には速度に比例して大きくなる力が存在していたんだ。その力から逃げるためには大きな速度を出すことではなく、速度を出さないことが有効だったんだ。

もちろん、それがわかったからといって、それだけで脱出できたわけじゃなかったんだよ。その世界にもやはり位置に依存した力があって、それは中心から離れるほど強くなって、物体の速度を外側へと速めてしまう。たとえ、ゆっくり出発しても、いつのまにか速くなって、強い力に引き戻されてしまうってわけさ。

だから、僕は磁気ブレーキを利用したんだ。パルサーの磁界はほぼ一秒ごとに変動していたから、磁気ブレーキの作動周期をそれに同調させるのは難しくなかった。僕は低速度を保ったまま、パルサーのほうへ向かって、ゆっくりと渦から離れていったんだ。やがて、僕を引っ張る力——たぶん、ほとんどパルサーの重力だと思うけど、それ以外の成分もあった——は大きくなって、磁気ブレーキだけでは押さえきれなくなった。僕は再び大きな弧を描いて、ガス世界のほうに引き戻されてしまったけど、今度は世界に到達する前にまた方向変換して、パルサーへと向かい始めた。僕は呪縛から解き放たれたんだ。僕の描く弧は一周するたびに少しずつ、パルサーに近づいていった。

そして、ついに僕はパルサーのすぐ近くに接近することができたんだ。前のように失敗しないために、慎重に軌道を修正しながら、スイングバイをしたよ。僕はぽんと弾き飛ばされ、ブラックホールを巡るより高い軌道へ乗り移ったんだ。

その後は、体を薄く引き延ばし、ブラックホールとパルサーから放出される電磁波に乗るだけで、どんどん加速することができた。

ただ一つ心配だったのはお母さんがもう行ってしまったんじゃないかってことだけだったんだけど、それも取り越し苦労だった。だって、こうしてお母さんに会えて、お話することができたんだもの。

ああ、お母さん。僕はとっても会いたかったんだ」

純一郎君を消化した後、回収した伝達物質の解読を終えたお母さんは考え込みました。

このユニットはブラックホールと中性子星からなる連星系に落ち込んで、脱出に手間取っていたため、帰還が遅れたようだ。それで組織の大部分を失っていたことと、肉に特有の臭みがあったことの説明がつく。原住生物の組織を流用していたため、化学物質の均衡が正常値からはずれてしまっていたのだ。おそらく、「核」自体の崩壊もかなり進行していて、遠からず機能停止していたと思われる。

恒星間空間探査用だったため、軌道計算パターンとしては単一重力源を仮定したものしか搭載していなかった。だから、連星系近傍における物体の振る舞いに即座に対応できなかったのだ。しかも、座標系を再設定する時、互いに回転する天体を基準にしてしまったため、計算の前提である慣性系条件も満たしていなかった。

ユニットは対症療法的に、慣性系以外の座標系を採用した結果、見かけ上発生した力——通常、遠心力、コリオリ力と呼ばれている——と天体の重力を複合させた力場を次々と導入して、軌道計算パターンを修正しようとしたのだ。

ユニットはこれらの力とそれに起因する現象であるガス体の生成を新発見であると考え、報告してきたのだが、もちろん座標系設定のミスさえなければ、未知の力など仮定しなくてもいいのは明らかである。また、共通重心を回転する二つの天体を正三角形の二つの頂点とした場合、三つめの頂点の位置に安定なラグランジュ点が存在する条件についてはすでに天体力学の黎明期に研究されている。天体に近づくことが想定されていない恒星間探査用ユニットには、最初からその情報が与えられていなかっただけだ。結果的に、ユニットの帰還を待って出発を遅らせたことはまったく無駄だったことになる。

お母さんは一瞬失望しかけましたが、すぐに気を取りなおしました。

確かに、今回は無駄だったが、それは結果論に過ぎない。ユニットが有用な情報を持ち帰ることは非常に稀なことだが、あり得ないことではない。頭からその可能性を否定していては、新しい知見を得ることは不可能だ。あのユニットが新しい発見を何一つ持って帰らないと考える根拠はなかったのだ。一つ一つの試行の成果の有無を取り上げても仕方がない。何度も繰り返される試行の全体で成果があればそれでいいのだ。必ず成果が得られる試行だけを行うことは不可能なのだから、わたしの判断は妥当だったと考えられる。ただし、このユニット自体の記録には新しい発見は含まれておらず、メモリの有効利用の点からも保存する価値は見出せない。消去することに決定する。

お母さんは純一郎君のことを完全に、そして永遠に忘れてしまいました。

そして、オーバードライブに入り、旅立っていきました——人類未踏の希望の地に向かって。

世界には多くの誇り高い種族が満ちている。
彼ら高潔なものたちを侮(あなど)ってはいけない。
間違えた接し方をすると、双方に悲劇が起こることもある。
太古に彼らは地球人類と接触し、そしてその一部を吸収した。
だが、その凄まじい物語はまた別の話だ。
もし君が望むなら、その話をしてあげてもいい。

彼らは力強く勇気があるけど、今のわたしには荒々しすぎる。
もしも希望が適(かな)うなら、別の話が聞きたいわ。

荒々しいものを避けてはいけない。
永久に逃げ隠れしているわけにはいかないのだから。

いつかは、対峙しなくてはならないなら、早いうちのほうがいい。
わたしは逃げているわけじゃない。
隠れているわけでもない。
ただ、今はまだ準備ができていないだけ。
いつか、そのうち相応しい時が来るのよ。
時の流れが傾いた世界では、時を過大視してはいけない。
時はすべてを押し流すけれど、誰もがそれを知っている。
時がたてば、人は変わる。
変わらないものを求めてもそれは空しいことばかり。
変わらないものには永久に手が届かない。
先生は不思議なことばかり言うのね。
もし変わらないものがあるとするなら、それはいつかは手に入るはずよ。
だって、それはいつまでもそこにあるんだから。
君がそう思うのなら、一つ話をしてあげよう。
永遠の愛に包まれた少女の物語を。

海を見る人

そうですよ。わたしは海を見ているんです。

（その老人は僕の問いに答えてくれた）

おたくは見かけない顔だが、旅の人ですか？　ああ、やっぱり。そうだと思った。自分で言うのもなんだけど、わたしはけっこう、ここいらでは有名でしてね。いや、毎日ここに来て、一日中、海を見ているだけなんですが、それがもう何十年も続いているものだから、この界隈（かいわい）のやつらは山の者も浜の者もみんなわたしのことを知っていて、今では噂にすらならないぐらいなんでね。だから、こんなわたしにわざわざ声をかけてくるってことは、それだけでここの者じゃないって告白してるようなものですよ。

どうして、夜の海なんか眺めるのか、ですって？　ははは。あれを見るためですよ。えっ？　何も見えないって？　そりゃそうですよ。おたくは遠眼鏡（とおめがね）を持ってないんですから。

ほら、わたしの遠眼鏡を貸しましょう。こうすれば、見えるでしょう。

まだ見えない？　おかしいな。わたしにははっきり見えるんですがね……。いずれにしても、もうすぐ日が昇りますから、そうすればよく見えるようになります。

いや、海が見えるってわけじゃありませんよ。海面は真っ黒に決まってますから。その真っ黒な海面を背景に朝の超光を受けて、真っ白にきらきらと、とても綺麗に輝くんですよ。

(僕は老人の横に腰をおろした。そして、海面に浮かぶもののことについて詳しく教えてくれと頼んでみた)

おたくは変わった人ですね。こんな老いぼれの話なんかが聞きたいなんて。

ええと。さて。どういう順に話せばいいものやら？　この話はもう何十年もしたことがないもんですから、わかりやすい話の仕方というものがわからないんですよ。……考えてみたら、一度も話したことはないような気もしてきました。なにしろ、あの頃は人と話をするような心境ではなかったし、今となってはわたしと話をしようなんて気を起こす者もいないんですから……。

わたしがカムロミと会ったのは、十三歳の夏祭りの時でした。彼女は〈人の子〉たちでごったがえすなかを慣れない足取りで、きょろきょろと珍しそうに道の両脇に並ぶ屋台を覗きながら歩いていました。スキップのような特徴のある歩き方だったんで、わたしは浜から来た娘だって、直感しましたよ。肌は抜けるように白いんですが、それでいてはち切れるような健康的な若さを全身から放射していました。とにかく、それ以前もそれ以降も、カムロミより綺麗な娘には出会ったことはありません。口の悪いわたしの友達連中は、おおかた彼女の着物の着付けが悪くて、大きめに露出した肌にわたしが欲情しただけだったんだろう、と言いますが、けっしてそんなことはありません。おたくも、その目で確かめればわかりますよ。

わたしは子供ながら硬派を自認し、女の子に声をかけるようなことは恥だと考えていたのですが、その時はどうした加減か——その年、初めてだんじりに乗ることになっていて、少し舞い上がっていたこともあったんでしょう——わたしは自分から、カムロミに声をかけてしまったんです。

悟られないように、早足で後ろから近づき、はやる呼吸を嚙みころし、友達に話しかけるような調子で、思いきって。

「君、浜から来たんだろ」わたしはなるべく年上に見せかけようと、声に力を入れました。

「山の夏祭りに来るのは初めてなんだろ。案内してあげようか？」

カムロミは横目で一瞬、わたしを見ましたが、そのまま無視して離れようとしました。

その一瞥(いちべつ)がわたしの胸を貫きました。心臓がどきんと音をたてました。

わたしは逃げようとするカムロミにぴったりとくっつきました。

「逃げなくてもいいじゃないか」わたしは自分自身の情けない言動に少し驚きました。これでは、いつも小馬鹿にしている近所の不良たちと、やっていることは同じです。

でも、わたしはどうしても、諦める気にはなれませんでした。このまま、この少女との接点がなくなってしまうことには耐えられそうになかったからです。自分から行動を起こさずに待っているだけでは、永久にこんな綺麗な少女に近づけるチャンスなんかありっこありません。

カムロミは立ち止まりました。

「僕は怪しい者じゃないよ」わたしは必死に説明を始めました。「いつも、こうやってナンパをしているわけじゃないんだ。本当だよ。ナンパなんて、恥ずかしいことだと思ってたんだ。でも、その……なんていうか……今日はちょっとちがったんだ。どうしても、君と話をしなくてはいけないっていう強い思いが湧いてきたんだ」

カムロミは今度は横目ではなく、正面からわたしの顔をはっきりと見ました。そして、不思議そうな表情をして、手に持っていた団扇でぱたぱたと自分の顔を扇ぎました。

団扇の風でほんのりと汗ばんだ額にかかった前髪が揺れました。同時に若い匂いがあたりに広がり、わたしの鼻をくすぐりました。

「僕は今年、だんじりに乗るんだ。だんじりって知ってる？　飾りつけをした大きな車で祭りの時に若い者全員で、引っ張りまわすんだ。それも全速力で、あんまり速いんで、目の前を通り過ぎる時、光で見てたら、ちかちかぐにゃぐにゃして何がなんだかわからないぐらいだよ。もっとも、超光で見ていても、ぎゅっと潰れてよくわからないけどね」わたしは少し黙って、彼女の反応を見ました。

彼女はあいかわらず、変わったものでも見るかのような目つきで、わたしの口元を眺めていました。でも、心持ち唇が綻(ほころ)んできたような気もします。

「それを村中で全部で十台も出して、競い合うんだ。去年の祭りのときなんか、あんまり速く走ったものだから、衝撃波で村中の屋台が潰れちゃったよ。それに、なかなか走り終わらずに、結局三ヶ月間も走り回ってたんだ。だんじりを引いていた〈人の子〉の時間だけが何百倍も遅くなってて、ほんの数分間だと思ってたらしいけど」

少女がくすっと笑ったような気がしました。我ながら大袈裟(おおげさ)な話でしたが、効果はあったようです。

「いや。本当なんだよ。だんじりに乗れるのは特別に選ばれた〈人の子〉だけなんだ。なにしろ、準光速で突っ走るだんじりの上で、踊ったり、跳びはねたりしなけりゃならないんだ。それも曲がり角のところで、わざと高く跳び上がるんだ。もう、五人のうち三人まではでは、遠心力でだんじりから飛ばされて、地面や見物人にぶつかってしまう。なかには死ぬやつもいるけれど、僕たちはそんなこと全然気にしてない。男だからね」

カムロミは唇を軽く噛んで、横を向きました。わたしはその時、どっと冷や汗が吹き出してくるのを感じました。

ひょっとすると、調子に乗りすぎてしまったんだろうか？　山の村の風習をおもしろおかしく言ってみただけなのに、かえって野蛮な所だという印象を与えてしまったかもしれない。

わたしは焦って、少し強引に会話を続けようとしてしまいました。

「せっかく、ここの祭りに来たんだから、絶対だんじりを見なきゃ意味がないよ。ねぇ、だんじりの上に登ってみないかい？　本当は女はだめなんだけど、大丈夫さ。僕がちょっと口をきけば、簡単だよ」

わたしは体を捩じり、目を逸らす彼女の顔を覗き込みました。

突然、堰を切ったように彼女は笑い始めました。しばらく、わたしは耳の奥に広がる鈴のようなくすぐったい感触を楽しんでいましたが、ふと我に返りました。

「どうしたの？　急に笑ったりして？」

「だって」彼女は笑いの下から、なんとか声をふり絞っているようで、さかんに腹を押さえていました。「でたらめばっかりなんだもの」

一瞬、馬鹿なことを言った自分を後悔しましたが、彼女の笑う目から不快感を持ってはいないらしいことがわかって、わたしはほっとしました。

「あなたって、おもしろい子ね」カムロミは微笑みました。

さて、この微笑みをどう判断したものか、とわたしは悩みました。若い女性の男性に対する微笑みに見えなくもなかったのですが、それよりはむしろ年下の男の子を純粋に可愛いと思っているように見えたからでした。実際、その時の二人の年齢差はかなり微妙なものでした。あの時、カムロミは十五歳でした。十三歳の少年が十五歳の少女に恋をすることはごくあたりまえのことですが、逆はどうでしょうか？　この年になってもまだわかりません。女の人の心は不思議なものです。

「それで、どうする？　僕が案内してあげようか？」わたしは少女の心を知りたくて、答えを急かしました。

「そうねぇ」カムロミは少し首をかしげ、切れ長でしかも大きな目でわたしを見つめました。「山の村のことはあんまりよく知らないから、本当は詳しく教えてもらいたいの。でも、あんまり時間がないわ。今日はもう帰らなくてはいけないの」

「えっ!?　だって、だんじりを引くのは明日なんだよ。せっかく夏祭りに来たのにだんじりを見ずに帰ってしまうなんて、もったいないよ」

ふと少女の目線は僕の頭上に移りました。

「カムロミ！　どうかしたのか!?」野太い声が響きました。

振り向くと、見るからに浜の者だとわかる服装をした背の高い中年の男が立っていました。少女の名前がカムロミであることをこの時知りました。

「お父さん！」カムロミはやや驚いたように言いました。「宿屋にいたのではなかったの？　まだ出発までには時間があるから、ゆっくり温泉に入っているって……」

「ああ。うっかりして忘れていたんだ。二十倍村は夜になると城壁の門が閉じられて中に入ることができなくなるらしい。山賊が出るってわけでもないが、門が閉じるまでに辿り着かないと、野宿することになってしまう。まさか、若い娘を連れて野宿するわけにはいかないだろう」カムロミの父はわたしを睨みました。「うちの娘が何か？」

わたしは何も答えることができませんでした。カムロミの父親の迫力に押されて、眩暈がしたのです。

「わたしが道を尋ねていたの」カムロミが助け船を出してくれました。「それから、だんじりのことも」

「だんじり？」男は眉をひそめました。「そんな危ないものは見にいってはいかんぞ」

「別に引いているところを見にいくわけじゃないのよ」カムロミは父親に甘えるような声で言いました。「ねえ。これから慌てて二十倍村に出発するのは大変だわ。それより、思いきって、出発を遅らせるのはどうかしら？　出発が明日になったからって、浜に着くのが十何分か遅れるだけでしょ」

「ふむ」男はちょっと考え込みました。

カムロミは父親に気取られないようにちらりとわたしのほうを見ると、素早くウィンクをしました。それが単なる目配せだったのか、別の意味があったのかはわかりませんでした。それどころか、カムロミのウィンクはとても短かったので、本当にあれがウィンクだったのかすら、さだかではありません。わたしは驚いて目をぱちくりしました。

すでに、わたしとカムロミの間にはなんとなく楽観的な雰囲気が漂っていました。カムロミの父親は彼女の提案に賛成するように思われました。彼女の提案には欠点はなさそうでしたから。

わたしは二人の間の連帯感を確認しようと、思いきってウィンクを彼女に返しました。

「なんだそれは？」父親は見咎めました。

わたしは自分の浅はかさを呪いました。

「埃です。目に埃が入ったんです」

「風もないのにか？」

「目が大きいと、よく埃が目に入るのよ」カムロミは父親の袖を引っ張りました。「お父さんにはわからないことでしょうけど」

「なるほど。おまえもよく目に埃が入るって言ってるな」

「わたし、母さんにもう一泊するって言ってくるわよ」カムロミは走りだそうとしました。

彼女の体はしなやかに変換を始めます。

「ちょっと待て」父親はカムロミの手を引っ張りました。

カムロミはきょとんとして、父親の顔を見ました。

「だめだ！　だめだ！」男は大声で言いました。「つい、騙されるところだった。二十倍村の一日はここでは五日に相当する。明日出発したって、まだ夜のうちに二十倍村に到着しちまうじゃないか。二十倍村の朝に着こうと思ったら、出発を二日半も延ばさなきゃならん。二日半っていっても、この村を夜中に出発するわけにはいかないから、結局三日も延ばすことになってしまう。三日も遅れれば、さすがに浜でも四十分以上の遅れになる。出発は今日だ」

「四十分の遅れがなんだっていうのよ！」カムロミは可愛く声を荒らげました。

「時は金なりだ。それに、宿代だって馬鹿にならない。時の金と本当の金の両方が無駄になってしまう」男はカムロミの手を引きました。「さあ、もう行くぞ！」

「ちょっと待ってよ、父さん！」カムロミは身を捩りました。「この子に失礼だわ！　せっかく、案内してくれるって言ってくれたのに」

「悪かったな、坊主」カムロミの父親はわたしを一瞥してにやりとしました。「どっちにしても、色気づくにはまだ早いぞ」

そして、そのままカムロミを引き摺っていきます。

「あっ……あの……」わたしは何を言っていいのかもわからず、ただカムロミをじっと見つめるばかりでした。

「来年も来るわ」それは小さな呟きでした。「もし、来年来られなくても、再来年にはぜったい来る」

カムロミがわたしと擦れちがいざまに囁いた言葉は甘い息とともにわたしの胸一杯に広がりました。

わたしはすぐさま、僕も待っているよ、と返事をしようとしました。ところが、なんということでしょう。わたしの舌は硬直して、一言も話せなかったのです。わたしの心は二人のあとを追いかけて、カムロミの手を握り締めようとしましたが、体は一歩たりとも動かせませんでした。まるで、光速がいっきに百分の一になったかのようでした。わたしは呆然と二人のうしろ姿を見送ることしかできなかったのです。

彼女は振り向きもしませんでした。

次の年、カムロミは現れませんでした。

わたしは祭りの間、ずっと彼女の姿を求めて村中を歩き回っていました。あれほど、打ち込んでいただんじりにも、興味を失っていました。いずれにしろ、一年前にカムロミのことを考えていてうっかり、だんじりの引き回しをすっぽかしたわたしには出場の資格はなくなっていたのですが。

わたしはただカムロミを探すだけではなく、浜から来たらしい〈人の子〉に出会うたび、カムロミのことを尋ねてもみました。

そのうち何人かはカムロミを知っていました。彼らの話によると、彼女の父親は浜で商売をしており、この前の夏祭りの見物で何日か店を休んだので、しばらく休むはずはないから、今回は来ないのではないか、ということでした。わたしは娘だけが来るということはないか、と訊いてみましたが、彼らは一様にあの男は娘を一人で旅に出すような〈人の子〉ではないと答えました。

そして、祭りの最終日、わたしは灰色の空を見上げて、溜め息をつきました。

この一年間、カムロミのことが頭から離れた日など一日たりとてなかった。カムロミに会えることだけを生きがいにしてきた。でも、どうして今年の夏祭りで彼女に会えるだなんて思ったんだろう？

もちろん、カムロミが来ると言ったからだ。

あの時の彼女の言葉は空耳だったんだろうか？　僕の願望が生み出した幻聴だったんだろうか？　幻聴でなかったとしても、本当にあれは彼女の本心だったのだろうか？　僕をからかっただけかもしれない。からかう気がなかったとしても、がっくりきている僕に同情して、つい嘘をついてしまったのかもしれない。それとも……。

彼女は来年の夏祭りに来る気なのかもしれない。

わたしは親に無理をいって、遠眼鏡を買ってもらいました。この遠眼鏡ですよ。これほど古いものでまだ使えるような遠眼鏡はめったにないはずです。浜から持ってくるようないんちきをしたわけじゃあないですよ。正真正銘、五十年間使い込んだものです。このあたりの〈人の子〉たちに訊いてみればわかります。それでも信じられないのなら、年代測定してもらったっていい。

（僕は老人に、そんなことをしなくても信じますよ、と言った）

ありがとうございます。時々、いるんですよ。昔、誰かが山から浜へ持っていったものを今になって取ってきて、自分の家に伝わる家宝か何かのように言うやつが。そんなもの年代測定をすれば、すぐにばれちまうのに。

ええと。遠眼鏡を買ってもらったって話でしたね。

その頃、わたしは遠眼鏡を使えば、遠くまでよく見えるようになるってことは知ってましたが、まさかこんな見え方をするとは全然思ってもみませんでした。

ところで、これの原理をご存じですか？

（いいえ。理科はあまり得意ではないので、と僕は言った）

そうですか。本当のことを言うと、わたしだってはっきり原理がわかっているわけではないんです。しかも、五十年も前の知識なんでかなり怪しいもんですが。この遠眼鏡の原理はこういうことです。

（老人は僕が止める間もなく、遠眼鏡の原理の説明を始めた）

〈人の子〉の先祖がこの世界に来た頃には、まだ超光を感じる力はなかったらしいですな。つまり、遠くのものは光と音でしか、感じ取れなかったわけです。その頃はずいぶんと不便だったでしょう。地面は自分から離れるにつれてせり上がって、まるですり鉢の底にいるみたいで、村全部ですら見渡すこともできないし、空はすぼまってストローから覗くみたいにしか見えないんですから。

さて、今じゃ超光を感じることができるので、誰でも世界を正しく見ることができます。もっとも、自然にここの環境に適応したのか、それとも何か人為的な手段を使ったのかはよくわからないらしいですね。

ところで、超光にもいろいろな種類があるそうです。高いエネルギーを持った遅い超光は光とほとんど同じ振る舞いをします。〈人の子〉が感じることができるのはこれとは逆にエネルギーをほとんど持たない速い超光だということです。

〈人の子〉がいろいろなエネルギーの超光を感じとったとしたら、世界の形を正しく認識できなくなってしまいます。また、世界をもっとも正しく知るためには、まっすぐに飛ぶ低エネルギーの超光が最適なのです。

　さて、世界の形がはっきりわかるようになったのはいいんですが、困ったこともあります。直進する超光では遠くにあるものがよく見えないのです。たとえば、ここから見ると、海は水平線の下に引かれた一本の黒い線にしか見えません。

　ところで、ここから海までの距離を知ってますか？　ここから、海までだいたい二百五十キロメートルほどですが、実際には例の時空変換のおかげで、それよりもかなり短い距離を歩くだけで到達できます。逆に、ここは海抜五キロメートルぐらいですが、実際に浜に降りるには十キロメートルも下らなければなりません。

　わたしは一度だけ、浜まで降りたことがあるんですよ。

　浜から見れば海は途方もなく広い暗黒の存在だということがわかります。しかし、浜まで降りたとしても、結局よく見えるのは浜に近い海面だけで、遠くの海面はよく見えないんですよ。

　さっき、超光にはいろいろな種類があると言ったでしょ。遅い超光は光と同じように重力に曲げられてしまうので遠くまで届かない。速い超光はまっすぐにしか飛ばないので、遠くはよく見えない。けれども、ちょうどいい速さの超光なら、うまく曲がって遠くの景色が空の方向に見えるわけです。それもちょうど空から見下ろすような感じで。

　遠眼鏡とはつまりそんなふうな原理になっているらしいんです。

わたしはすぐさまこの村はずれの林にやってきて、浜の村を遠眼鏡で見てみました。ここは当時から海に向けて視界が開けていましたからね。浜の村は海より百キロほど手前にあって、距離はざっと百五十キロメートルですが、村の様子はわりと詳しく見分けることができました。なにしろ、山の村で一メートルのものは浜の村では百メートルに引き伸ばされるのですから、当然といえば当然です。逆に上下には薄っぺらに押しつぶされているわけですが、上から見下ろすぶんにはほとんどわかりません。

低倍率のままでも、奇妙な形の家々が建っているのがわかりました。背の低い建物はそれほどでもないのですが、背の高い建物は奇妙に歪んでいて、何か騙し絵を見ているような気分になってきました。ほとんどの建物は煉瓦作りで、歩道は石畳で綺麗に舗装されています。道端には花壇があるようです。

わたしは〈人の子〉たちを見るために倍率を上げてみました。もちろん、家の中の様子はよくわかりませんが、通りを行く〈人の子〉たちの様子はわかりました。といっても、見えるのは頭頂部分と肩ばかりでしたので、性別とだいたいの年格好しかわかりませんでしたが。

向こうはその時、昼だったのでしょうか？　たくさんの人が表に出ていました。そして、一人残らず、歩く格好をしながら硬直していました。もちろん、本当に硬直していたわけではありません。注意深く見ていれば、彼らの手足がとてもゆっくり動いていることがわかりました。一歩踏み出すのにたっぷり一分ほどかかっていました。歩く速度だけではありません。すべての動作がとてもゆっくりしているのです。立ち話している二人の人物は挨拶だけに三十分かけていました。長い時にはそのまま十日ほども立ちっぱなしです。大股で歩いているように見える人はきっと走っているのでしょう。跳ねながら転がっている毬（まり）を追いかける子供の姿も見えました。毬も子供もゆっくりと進んでいきます。

　山の村と浜の村の間は途中、二十倍村、五倍村と渾名（あだな）されている宿場に一泊ずつすれば行き来できます。つまり二日半ほどの距離です。しかし、山の村から旅人を見ますと、山を降りるにつれ、平べったく引き伸ばされるのと同時に速度もどんどん遅くなっていきます。結果として二日半の行程は山の村から見れば、ほぼ四十日ほどになります。だから、山の村から浜の村を訪れることはほとんどありません。行った本人は数日間の小旅行のつもりでも、山で待っている側からすれば往復八十日の大旅行になりますし、浜の村で二泊ほどすればそれだけで一年間、家をあけることになってしまうからです。

　逆に浜の村からすれば、山に登るにつれ細長く素早くなるわけですから、往復にかかる時間は一日にも満たないのです。また、山の上で何泊しようとも、一日あたり十数分間の延長にしか感じません。つまり、二日間の休日があれば、山の村でひと月以上ゆったりと逗留（とうりゅう）することすらできるのです。浜から山への旅人が多いのはそういうわけです。ただ、たびたび山に旅行すると、見かけ上、人より速く年をとってしまうので、年配の女性などはあまり、山に登りたがらないそうですが。

　わたしたち山の村の〈人の子〉にとっては夏祭りは一年に一度の大イベントですが、浜の村の〈人の子〉にすれば一週間に二度もあるわけです。山の行事を山の者よりも浜の者が身近に親しめるというわけです。

　考えてみれば、わたしにとって長い一年でも、カムロミや彼女の父親にとってはほんの三、四日のことに過ぎません。主観的に十日ほどの旅行をした後、また二、三日で同じ場所に向けて旅立つようなことをするほうが不思議だったのです。カムロミがいくら頑張ってもあの父親がそうやすやすと、連れてきてくれるとは思えません。

　わたしは浜の村の隅々まで遠眼鏡を向けて、カムロミを探しました。山の村に来なかったからには、きっと浜の村にいるはずです。

　しかし、何日かかってもカムロミの姿は見つかりませんでした。ひょっとすると、見ていたのかもしれませんが、頭頂部だけからどうやって、カムロミを見つけだせばいいのでしょうか？

　わたしは一計を案じました。スケッチブックに毎日、浜の村の〈人の子〉たちの様子を記録していくのです。まずスケッチブックの一ページに村全体の見取り図を正確に書きました。次に全ページにまったく同じ村の絵を写します。ここまではかなり骨が折れましたが、あとはたいしたことではありません。ただ、日々の継続が必要なだけでした。

朝早く、林にやってくると、遠眼鏡で浜の村を観測し、正確に記録していきます。といっても、実際にやることとは、スケッチブックの上の村にそのまま、見えるとおりに〈人の子〉たちの姿を描いていくだけです。そして、日暮れ前にもう一度、林に来て同じことをします。毎日、これを繰り返すことにより、半日間隔での村の〈人の子〉たちの記録ができあがるというわけです。そして、山の上での半日は浜の村での数分間に過ぎません。スケッチの中のどの人物がその数分の間にどう移動したのかを推測することはちょっとしたパズル程度の難しさでしかありませんでした。

時には何十日もの間、人通りがばったり途絶えることもありました。そういう時、浜の村は夜なのです。また、一週間かそこらの間、人通りが激しくなるのは浜での朝夕です。

こうして、わたしは何ヶ月もするうちに、それぞれの家の家族構成や商売など、浜の村の〈人の子〉たちの様子をほぼ掴むことができました。カムロミ本人と父親の年格好はわかっています。また、家族には母親もいるはずです。そして、何か商売をしている。――条件に合う家はほんの数軒でした。わたしはそれらの家の娘たちに注目し、何かカムロミの特徴はないかと観察を続けました。

そして、ある日わたしは決定的な光景に出会いました。

その時、山の上では朝だったのですが、浜では夕刻にあたっていたはずです。何日も前から、目標の少女の一人が家から少し離れた草っぱらに向かってゆっくりと進んでいたのですが、ようやく辿り着いたかと思うと、腰を下ろし始めたのです。座った状態なら、下半身がよく見えるようになります。それがカムロミだとしたら、何か特徴が見つかるかもしれません。わたしは相手に気取られる心配はないのに、なぜか息をひそめて彼女を凝視しました。

学校に行かなくてはならない時刻はとっくに過ぎていましたが、その日は何も気になりませんでした。

少女は腰を下ろそうとしていたのではなかったのです。

彼女はあお向けに寝転んだのです。

カムロミでした。

わたしの目から涙が溢れ出ました。

ああ、カムロミはなんと美しいのだろう。遠眼鏡の中の風景は小さく不明瞭なものでしたが、カムロミの美しさははっきりとわかりました。その時はカムロミと別れてから一年半もたっていましたが、彼女の姿は寸分たがわず、そのままのように見えました。もちろん、彼女にとっては数日の時間しかたっていないのですから、あたりまえです。

そよ風に揺られて彼女の海のように黒い髪が水面を漂う水草よりももっとゆっくりとなびいていました。眉と瞳は黒く肌も歯も真っ白です。恥ずかしくなるような白さです。どんな美しい少女の彫像も絵画も風の中の彼女にはとうていおよばなかったでしょう。

それから何日もの間、彼女は草の上に寝転がり続けていました。僕は学校にも行かず、毎日朝早くから、夜遅くまで林の中でカムロミを眺め続けます。夜になれば、浜の村のものはほとんど何も見えなくなってしまいますが、わたしの目にはカムロミだけがはっきりと見えていました。理屈ではそんなことはありえないんですが、本当に彼女は暗闇の中で輝いて見えました。

三日目の朝、わたしは驚くべきものを見てしまいました。カムロミはフリルの付いたかわいらしい洋服の懐から、小さな機械を取り出して、顔にあてたのです。それはわたしの持っているものとは全然ちがう形をしていました。でも、遠眼鏡であることは直感でわかりました。角度から見て、どうやら山の上を見ようとしているようでした。

カムロミがこっちを見ている。

わたしはうろたえてしまいました。カムロミがわたしを見ようとしているという根拠は何もありません。ましてや、その時、彼女がわたしを見ていたということは絶対にありえません。浜の村から見れば、山の村の〈人の子〉はあまりに素早く動くため、遠眼鏡を使ってもその姿をとらえることはとても難しいはずです。わたしが日がな一日、林の中で微動だにせず彼女を見ていれば、あるいは見られることになったかもしれませんが、彼女が遠眼鏡を覗いたのはほんの数秒前です。彼女にすればそれは認識することすら難しい一瞬にしか過ぎません。その瞬間に山の村の全体を見渡し、林の中のわたしを探しだすことは絶対に不可能です。

にもかかわらず、わたしはカムロミと視線があったかのような錯覚を覚えてしまいました。そして、遠眼鏡をポケットに突っ込むと、全速力で林から飛び出しました。

なんだか、わたしはとてつもなく恥ずかしいことをしていたような気がしたのです。

次の年の夏、仲間たちからもすっかり浮き上がった存在になっていたわたしはもう夏祭りにもほとんど興味はもっていませんでしたが、もしかするとカムロミに会えるかもしれないという一縷(いちる)の望みを抱いて、縁日をぶらぶらとしていました。

あの日から遠眼鏡は一度も覗いていませんでした。毎日のように林の中に入りはしたのですが、遠眼鏡を目にあてることはどうしてもできなかったのです。もちろん、遠眼鏡でカムロミを見たいという気持ちはありました。特に夏祭りが近づくにつれて、こちらへ向かって登ってくる彼女の姿を確認したいという欲求はとても強いものになりました。

浜の村の中を何日もかけてゆっくりと進み、村のそとに出る。無数の旅人たちが往来する街道を進みながら、パンケーキのような彼女の姿は真上から見ると徐々に小さくなり、かわりに垂直方向に厚みを増し始める。速度も速くなってくる。やがて二十日余りで、五倍村に到着する。ここで一泊。つまり、山の上から見て、十日ほど滞在する。ここを出発して今度は五日ほど歩き続けて、第二の宿場二十倍村に到着する。ここでの逗留は二、三日しかない。五倍村や二十倍村での宿泊は時間調整の意味あいもあって、旅人たちはちょうど夏祭りに山の上に到着できるように見計らう。そして、最後はいっきに一日余りの行程で山の村までやってくる。——遠眼鏡を使えば、その最後の行程で見る見る旅人の姿が変形していくのがわかるんですよ。潰れた饅頭か、厚すぎるお好み焼きのようなのろのろした姿が、ちゃんとした〈人の子〉の姿に変わるのは圧巻です——彼女のそんな様子を見ることができれば、どんなにか楽しいことだったでしょう。

しかし、林の中まで行くことはあっても、遠眼鏡を目にあてることはどうしてもできなかったのです。わたしは恐れていたのです。

いやしくも夏祭りの見物に来るのなら、少なくともだんじりの引き回しが行われる最終日から数えて四十日前には浜の村を出発しなければならないはずです。だから、そのデッドライン以降、浜の村にカムロミの姿があったとしたら、それは今年も彼女は来ないということを認めざるをえないわけです。そして、カムロミの不誠実さも認めなければなりません。彼女はあの時、確かに来ると言ったのですから。

もし、カムロミが不誠実だとしたら、自分が生きている意味はない。まったく、根拠のない非論理的な思い込みでしたが、わたしは真剣にそう考えていました。カムロミの姿を浜の村に見ることは絶対に避けなければいけなかったのです。

（それなら、どうして縁日に行ったりしたのですか？　遠眼鏡で浜の村にカムロミを探す

のも、縁日で彼女を探すのも同じことじゃないですか）

いいえ。それはちがいます。もし、わたしが縁日に行かなかったとしたら、必ず来ると言ったカムロミの言葉を踏みにじることになってしまいます。カムロミの誠実さを望むとともに、わたしは自分自身の誠実さをも守りたかったのです。

そして……

わたしはカムロミと再会できました。

彼女は二年前とまったく同じ姿をしていました。さっき言ったように、これはとりたてて驚くべきことではありません。わたしにとっては二年間でも彼女にとっては十日余り前――山を降りるのに二日半、浜の村に一週間、山を登るのに二日半――のことに過ぎないのですから。

驚くべきことは、わたしの心の中のカムロミの心象（しんしょう）と実際のカムロミの姿が寸分たがわず一致したということです。わたしはその時すでに、人の心は思い出を美化するものだと知っていました。わたしはカムロミの写真すら持っていませんでしたから、二年前に会って以来、カムロミの姿は小さく不鮮明な遠眼鏡の中でしか見ておらず、半年前からはその遠眼鏡すら覗いていなかったのです。だから、カムロミの美しさは自分の心の中で膨らんでしまっているのだろうと勝手に諦めとも開き直りともつかない思いを持っていました。

なのに、どうしたことでしょう。わたしの記憶の中でカムロミの姿は少しも美化されていなかったのです。カムロミの美しさが完璧すぎて、それ以上の美化が不可能だったのか。それとも、わたしの想像力が貧弱すぎて実物を越えることができなかったのか。

「久しぶりね」カムロミはやさしく微笑みかけてくれました。「あなた、少し見ない間に変わったのね。なんだか逞しい感じよ」

「そりゃ、変わるよ」わたしはカムロミの浴衣姿に微笑み返しました。「二年もたてば誰でも変わってしまうんだ」

「ごめんなさい」カムロミは戸惑ったような表情を見せました。「うっかりしてたわ。ここではもう二年もたっていたのね。ずいぶんと待たせてしまったわ」

「いいんだよ。もうそんなこと」僕はうっとりとカムロミを見つめました。「僕らはこうして会えたんだから」

カムロミも僕を見つめてくれました。気のせいだったのかもしれませんが、その目の中には二年前とはちがう光があったように思います。年下を愛でる気まぐれではなく、若者に対する思いのようなものが。

わたしはカムロミが愛しくて仕方なくなりました。彼女のすべてが知りたくなりました。

「カムロミ、君の村はどんな感じなの？　この山の村と同じようなところ？」

「全然、ちがうわ。浜の村では何もかもがずっと重いの。〈人の子〉の体もそうよ。ここでは体はふわふわしていて団扇でだって飛べそうだけど、浜の村ではじっと立っているだけで疲れてくるのよ」

「へえ。時間の進み方がちがうのは知ってたけど、重力の強さがちがうとは知らなかったよ」

「だから、光で見える範囲はここよりもずっと狭いの。ここなら、光だけでも縁日全体を見渡せるけど、浜の村では隣近所を見るのが精一杯よ」そして、周りを見回して溜め息をつきました。「ああ、ここは本当に光が綺麗」

わたしもあらためて、周りの様子を見てみました。夜なので空からの超光はほとんどなく、見えるのは屋台、灯されている明かり、それに照らされている〈人の子〉たちです。光で見る空は小さく見栄えはしませんが、屋台の明かりは赤、橙、黄、緑、青、藍、紫と色とりどりで、わたしたちをすっぽりと取り囲んでいます。そして、わたしたち二人を祝福するかのように頭の上から優しく光を投げかけてくれていました。その時まで気がつきませんでしたが、言われてみれば縁日の光はとても印象的なものでした。星というのはこんな感じだったのかもしれませんねぇ。

わたしは縁日の光から目を下ろし、七色の光に照らされるカムロミに見とれました。歩くと、カムロミの肌を照らす光の色もゆっくりと変わっていきます。息をのむような美しさでした。

「時間や空間の歪み方もここよりもずっと大きいの。家の一階と二階でもちがうのよ」

わたしは我に返りました。カムロミの話は続いていたようです。

「なんだか、不便そうだね」

「ちがうといっても、二十分の一ぐらいだけどね。二階の窓から見ると、下を歩く人はみんな本当より背が低く、太って見えるの。自分もああ見えているかと思うとぞっとしちゃうわ。でも、二階の〈人の子〉は逆に背が高く、スマートに見えるのよ。一階と二階は同じ広さのように見えるんだけど、実際に入ってみると、二階のほうが一割ほど広くなってるってことも知ってた？　厳密にいうと、床と天井の広さもちがうのよ。だから、浜の村の家は山の村の人に言わせると、ちょっぴり歪んで見えるそうよ」カムロミは鈴の声で話し続けます。「時間だってそう。一階に比べると、二階の時間は速く過ぎるから、急ぎの仕事は二階でやると効率がいいの。わたし、睡眠不足の時は二階で眠ることにしてるし、宿題が溜まっている時やテストの前も二階で勉強するの。そんな時、三階以上ある家の子がとっても羨ましいわ」

「なんだか、いいことばかりのような気がするね。ずっと、二階にいればいいんじゃないのかい？」

「そうでもないのよ。二階に長くいるとそれだけ年を取るのも速くなっちゃうもの。わたしのクラスにとても成績のいい子がいるんだけど、その子の勉強部屋は四階にあって、ずっと閉じこもってたらしくって、すっかり老けてしまってるのよ」

僕は思わず、吹き出してしまった。

「ここにいると、そんな浜の話は不思議な感じがするよ。でも、そうやってどんどん高くなると、ついには山の村になってしまうんだね。君たちからすれば、僕たちはあっという間に老いさらばえていく存在なのかもしれないね」

カムロミから見ると、わたしは一年も生きていられない。草花のようなはかない命なのです。そんな実感が湧き上がってきて、不覚にも涙が出そうになってしまいました。

「あっ、そうそう」カムロミはわたしの暗い表情に気がついたのでしょう。努めて明るい声で言いました。「わたし、遠眼鏡であなたのことを見たのよ」

一瞬、心臓が縮み上がりました。

「それはいつのこと？」わたしは平静を装いました。

「そうね。ここへ来る少し前よ。出発の前の日だったかしら」

日付はあっている。ではあの時、彼女を覗き見していた僕の姿は見られてしまったのだろうか？

「ここから浜の村を見ると、さほど高低差はないけど、とても遠くに見えるでしょ。でも、浜の村から見ると逆なの。距離はたいしたことはないけど、ここはとてつもなく高く見えるのよ。見上げると首が痛くなるぐらい。でも、遠眼鏡の調節の具合によって、村を真上から見たり、真横から見たりできるのよ。ただ、遠眼鏡を真上に向けないといけないから、わたし草の上に寝転がっちゃった」

「この村はどんなふうに見えるの？」

「真上からは普通の村に見える。でも、とても小さいの。拡大しないと建物すらも見えないわ。それで横からの景色にすると、何もかも細長くなって針のようよ」

「〈人の子〉も？」

「〈人の子〉はほとんど見えないわ。みんなものすごい速さで動いていて、ちらちらしているんだもの。ただ、眠っている人なんかはぼんやりと見えることもあるわ」

「じゃあ、どうして僕は見えたのかな。それになぜそれが僕だってわかったの？」

「林の中にぼんやりとした人影があったの。時々、一分くらい見えて、また何分か見えなくなることを繰り返していたから、きっと毎日そこに行くのが日課なんだろうって思ったの。本当のことを言うと、あなただってはっきりわかったわけではなかったんだけど、あなただって思うことにしたの。そして、あなたも遠眼鏡でわたしのことを見てるんだともね。そのほうがなんだかロマンチックなんだもの。……ねぇ。あなただったんでしょ」

なんということでしょう。わたしはカムロミを覗いていたことにあれほど疚しさを覚えていたというのに、彼女は互いに見つめ合っていると感じていたのです。これは男と女の差なのでしょうか？　それともカムロミが特別に純粋だからなのでしょうか？

「想像に任せるよ」わたしの心がふっと軽くなったのがわかりました。

カムロミとのひと時は瞬く間に過ぎていきました。その年は父親に見つかることもなく、本当に楽しい日々でした。

そして、ついにカムロミが浜に帰る日、彼女は突然、驚くべきことを言いだしました。

「そうだわ」彼女は目を輝かせました。「この法被、貸してちょうだい」

「えっ？」

だんじりの引き回しに参加しない者が法被を着ている必要は本当はなかったのですが、カムロミへの見栄でわたしは法被を着ていたのです。そして山の村の習慣では、女性が男性に法被を貸してくれと言うことは求愛を意味するのです。わたしは呆然と法被を脱ぎ、彼女に手渡しました。

「もっと前に言わなきゃならないのに、すっかり忘れていたわ。本当は次の日、洗って返すのよね。でも、わたしこのまま浜に帰らなければならないの。だから、返すのは来年でいいかしら？　ひょっとすると、再来年になるかもしれないけど」

わたしは声を出すこともできず、ただ首を縦に振るばかりでした。

あの時、カムロミは意味もわからず、あんなことを言ったのかもしれません。でも、わたしはあれがカムロミのわたしへの求愛だったと信じることにしました。わたしだって、そのぐらいの自惚れを持ってもかまわないでしょう。

それから、わたしの待つだけの日々が始まりました。

次の年、カムロミは夏祭りに来ませんでした。

わたしはさらに一年を耐え忍びました。

その次の年もカムロミは現れませんでした。

わたしは待つことをやめました。


わたしは書き置きもなしで、村を飛び出しました。わたしが浜に行こうとしていることを知られたくなかったのです。

わたしを連れ戻しに誰かがわたしより一日遅れで出発したとして双方一定の速度で進んだとしたら、浜の村の直前で時間差は十四分にまで短縮することになります。わたしは山を下りるのは初めてでしたから、慣れたものが追った場合、途中で追いつかれてしまうことは目に見えています。出発時点で少なくとも一週間は追っ手を引き離さなければ、浜の村に辿り着ける公算はとても低いように思われました。

山道は思っていたほど険しいものではありませんでした。時空の変化は最初はたいしたものではないように思えましたが、半日もたつとさすがに目に見えてきました。海がどんどん近づいてきます。それに比べて山頂はいっこうに遠くならないのですが、急速に高くなっていきます。二、三時間で夜が来てまたすぐに朝が来ます。わたしは徐々に愉快になってきていました。この調子なら、すぐにでも二十倍村に着きそうだと思ったのです。もちろん、宿場に逗留する気はなく、いっきに山を下りるつもりでした。追っ手はすでに出ているのかもしれず、悠長なことはしていられなかったからです。

わたしは甘かったのです。山道など誰の案内もなく進めるものだと思っていました。夏祭りの前後なら、通る〈人の子〉も多く、迷う気遣いはなかったのですが、季節外れの頃では通る者もまばらで、どこが道なのかすらもわからなくなってしまい、わたしは簡単に遭難してしまったのです。

時間のたつ速さから推測して、二十倍村よりは重力ポテンシャルは低そうでしたが、時計を持ってきていなかったので、それも確実ではありません。

家出をする時に少し、金を持ってきてはいましたが、森の中ではなんの役にも立ちません。わたしは空きっ腹をかかえて木の実を齧りながら、何日も森の中で過ごしました。そして、もう生きては山の上にも浜にも行けはしないだろうと覚悟を決めて眠った夜が明けた時、目覚めたわたしの前に父がいました。

「おまえの気持ちはわかる。しかし、こっちは山の村。向こうは浜の村だ。どだい、付き合うのは無理だよ」父は山道を登りながら、諭すように言いました。

「そんなはずはないよ。浜の村から来て、山の村の〈人の子〉と結婚した者はたくさんいるじゃないか。僕を子供扱いしないでよ」

「そう。それが問題だ。おまえはまだ子供なんだ。そして、相手も子供だ。子供は親元で暮らすしかないんだよ。恋愛は大人になってからでも遅くはない。あと、何年かして学校を出れば、おまえも一人前だ。そうすれば、誰もとやかく言ったりはしない」

「僕が大人になっても、カムロミはまだ子供のままなんだよ。そして、カムロミが大人になるのを待っていたら、僕は年寄りになって死んでしまうんだよ」僕は啜り上げた。

「おまえは子供なんだ。仕方がないんだ。……諦めろ」


わたしは連れ戻された後、何ヶ月も学校にも行かずくよくよと過ごしていましたが、ある時素晴らしい解決策を思いつきました。そして、親と話をすることも、学校に行くことも苦痛ではなくなりました。

学校を卒業したら、わたしは浜の村に移住することに決めたのです。そして、そこでカムロミが大人になるのを待っていればいいのです。二人の年齢差は多少開きますが、たいしたことではありません。

「女は心変わりするかもしれない」父は心配そうに言いました。「そうなってから帰ってきても、山の村に知り合いは誰もいないぞ」

「年に一度は帰ってきてくれるんだろうね」母は悲しそうに言いました。

「そんなに頻繁にこっちに来ていたら、僕だけが年をとってしまうじゃないか。そんなには帰れない。でも、十年に一度は帰るからさ。それとも、僕と一緒に浜の村に行くのはどうだい？　そうすれば、いつも会っていられるよ」

「この年になって新しい土地で一から出直すのは大変だ。わしらはここに残るよ」

「年をとって動けなくなったらどうするの？　その時になって山を下りても、まだこの子は浜の村では新米のままじゃないの！」母はヒステリックに言いました。

「そんなに騒ぐな。こいつが学校を卒業するのはまだ先だ。大人になれば分別もつくだろうさ」父は楽観的な様子でした。

わたしはといえば、そんな二人のことはたいして気にかけてはいなかったのです。いざとなれば、両親だってなんとかするだろうと高を括っていましたから。

それからはただただ大人になるのが待ち遠しい日々を過ごしていました。学校を卒業するまで待てば、いくらでもカムロミに会えるのだからと自分を慰めながら。

遠眼鏡は封印しました。カムロミの姿を見てもせつなくなるだけだと思ったのです。

あと一年で卒業だという時、浜の村から使いが来ました。


事故だったのか、覚悟の飛び込みだったのかはわからなかったそうです。

カムロミは運河に落ち、あっという間に海へと流されていったのです。最初に見つけたのは彼女の同級生でした。海面の少し上を流れに乗って沖に進みながら、どんどん広がっていく姿に驚いてすぐに両親に伝えたとのことでした。彼女の両親はすぐ助けに行こうとしましたが、村人たち全員でなんとか押しとどめました。

海面は事象の地平線です。海面への道は一方通行なのです。どんなものも二度と帰ってくることはありません。発見された時、カムロミはゆっくりと海面に向かって落下していました。もうほとんど静止状態に近く、海面に近づきすぎていたのは明白でした。時間は極度に引き伸ばされ、彼女の一呼吸は浜の村の一年、山の村の一世紀になっているだろうとのことでした。今からでは誰が助けに行っても、道連れになってしまうだけだというのが全員の共通した意見でした。両親たちは毎日、海岸に出向いて沖へと流されながら薄く引き伸ばされていく娘に悲痛な叫び声で呼びかけ続けました――いや、いまでも、きっと呼びかけているのでしょうね。

カムロミの両親や知人たちに聞いたところによると、運河に落ちる前日の夜、彼女は両親と口論をしたそうです。彼女の両親はどういうわけか、わたしとカムロミが夏祭りの日にデートしたことを知っており、夏祭りに行くことを禁じたのです。

「早くしないと、あの人は年をとってしまう。誰かに取られてしまう。お願い。わたしを山に行かせて」彼女は泣きじゃくりました。

「おまえを山にやるわけにはいかない。おまえは山でどんどん勝手に年をとって、わたしたちを置いていってしまう」母親は娘の願いを激しく拒絶しました。

「おまえにとっては何日か前のことに過ぎないが、あいつにとっては二年も前の話だ。とっくに、おまえのことなんか忘れてしまっているさ」父親はなだめすかそうとしました。

「いいえ。まだ、あの人はわたしのことを忘れてはいないわ。わたしは山に行って、法被を返すの」

「カムロミ、前にはあいつはおまえのことを遠眼鏡で見ていたんだろう。――覗き見をするような男は虫が好かんが、今はそのことは置いておこう――それで、今もあいつはおまえを見ているのか？　もし、まだおまえのことを思っているのなら、おまえを見つめ続けているはずだが」

「わからない。わからないわ」

「わからないはずはない。おまえは毎日、遠眼鏡で山を見ているじゃないか。知らないとでも思っていたのか!?　あいつがぼうっとおまえを見ていたとしたら、必ず残像が見えるはずだ。あいつはもうおまえのことを見てはいない。そうだな！」父親はカムロミの肩をつかんで揺すったそうです。

「もういいわ。わたしを放っておいて!!」彼女はそのまま家を飛び出しました。

　わたしは彼女を遠眼鏡で見続けるべきだったのでしょうか？　そうすれば彼女の運命は

変わったのでしょうか？　今となってはわかりません。

　わたしは浜の村に急ぎました。カムロミの両親からは恨み言を聞かされると覚悟していましたが、二人はわたしの顔もはっきり見ず、ただ法被はもう返せなくなったとぽつりと謝ってくれただけでした。

　海岸に出ると、海面上を遙か彼方にまで広がったカムロミの姿を見ることができました。あまりに広いので、肉眼では全体を正しく認識することすらできません。ただ、白く美しいものが海に広がっていることはわかりました。わたしは彼女を助けるために海に飛び込むことはできませんでした。命が惜しかったわけではありません。

　わたしが海岸に立っているかぎり、カムロミの時間は凍ったままです。しかし、わたしが彼女を追えばどうなるでしょう。彼女の時間はたちまち溶け出して、海面下に落ちていくことになります。——もちろん、それはわたしの主観の中の話ですが、別にかまわないですよね。なにしろ、わたしの恋物語なんですから。

（老人は微笑んだ）

　でも、時々思うんですよ。あの時、そうしていれば——カムロミを追って海に飛び込み、彼女と一緒に海面下の世界に行っていたとしたら、どうなっていただろうかってね。

　伝説では〈人の子〉は太古に海面の下から這い出してきたといいます。海の下には人間の世界が広がっていて、そこで二人は幸せに暮らせたのではないかと。

でも、そんな夢想も今では意味がありません。わたしはこんなに年をとってしまいました。あの可愛いカムロミには不釣り合いです。

今でもカムロミはゆっくりと動いています。今ではわれわれより百万倍も、あるいは一億倍もゆっくり生きているのでしょう。それでも生きていることにはかわりありません。

ある人たちは言います。もはや、彼女が生きているとは思えないと。しかし、その言葉には何の根拠もありません。われわれにとって、それがどんなに長い時間でも――永遠に思えるような年月さえ、彼女にとっては一瞬でしかないのです。〈人の子〉は一瞬では死なないのです。

また、別の人は言います。特異点ではすべての物理量が発散してしまう。とうてい人間の住める環境ではないだろう。そこでは重力ポテンシャルが負の無限大になり、降り注ぐ放射線も無限のエネルギーを持っているのだと。

これもナンセンスです。特異点など数学的な概念でしかありません。〈人の子〉の物理学がどんな状況でも有効だと思うのは傲り(おご)です。特異点に至る以前に別の力がカムロミを守ってくれるにちがいありません。現にカムロミの姿はだんだんと暗くなって薄らいでいきます。物理学者の言い分が正しければ、ずっと同じ明るさでなければならないはずなんですが。

わたしの両親は浜に住んでもいいと言ってくれました。しかし、わたしは山の村に住むことにしました。そのほうがカムロミの時間が長くなるからです。もちろん、カムロミにとってはどっちでも同じことですから、わたしの自己満足に過ぎません。

でもね。こうやって、天空いっぱいに広がったカムロミを見ていると、本当に心が休まるんですよ。海の下の世界にあった星座というものはきっとこんな感じだったんでしょうねぇ。

ああ、日が昇ってきました。これでおたくも見ることができるでしょう。

(老人は空に向けた遠眼鏡でしばらくうっとりと海面を眺めた後、ぽつりと言った)

わたしの一生は幸福でした。

(幸福ですって?)

ごらんなさい。カムロミは永遠にわたしの法被を着続けてくれるんですよ。

彼女は永遠になった。
でも、それは彼にとってのこと？
永遠を手に入れたのは、彼？
それとも、彼女？

永遠なんかどこにもない。
この世の全ては一瞬の夢なのだ。
そして、永遠はどこにでもある。
何もかもが永劫の縁に佇(たたず)む。
すべては座標系のなせる戯(たわむ)れだ。
確かな礎(いしずえ)などありはしない。

一瞬は永遠。
久遠は瞬間。

　それが本当だとしたら、永遠にも終わりは来るの？
　終わりがあるのなら、どうしてそれは永遠なの？

なぜ、君は終わりだけを気にするんだ？
何かの始まりは何かの終わりだ。
朝が夜の終わりであるように。
春が冬の終わりであるように。
終わりがなければ、始まりもない。
永遠が始まる時、まずそこには終わりがなくてはならない。

　それが本当だとしたら、本当の始まりなどないことになる。
　でも、それなら、どうして世界はここにあるの？
　なぜ、わたしたちは存在していられるの？

若く聡明なお嬢さん、君に一つの話をしてあげよう。
すべての終わりと始まりの物語を。

門

……アディティよりダクシャ生じたり。ダクシャよりアディティ生じたり。
ダクシャよ、汝の娘たるアディティは実に生じたり。彼女の後に神々は生じたり、
吉祥にして不死の族(うから)なる彼らは。

――『リグ・ヴェーダ』より

1

僕は歴史の授業はあまり好きではなかった。何千年も何万年も前に過ぎ去ったことをどうして今になって蒸し返す必要があるというのだろう？

「人間が何をするかを知るためですよ」大姉はいつもこう答えた。「人間はどのような時にどのような行動をとるか。それを知るのはとても重要なことです」

僕には全然納得がいかなかった。確かに、人類でごった返す惑星系でなら、政治や戦争が社会や民衆に与える影響を知っておくことは大事かもしれない。でも、人口が百人にも満たないこの狭苦しいコロニーに住むのにそんな知識が必要だろうか？

「今だけを見ていては誤った見解に到達します。現在は過去の集積であり、未来の種を含んでいます。現在は悠久の時間の流れの中の一点に過ぎないのです。それは未来にも過去にも無限の口を開いているのです」

僕には大姉の言うことは全然わからなかった。しかし、それ以上食い下がることはしなかった。大姉の機嫌を損ねるのが怖かったわけじゃない。大姉は今まで一度も僕を叱ったことはないし、たぶんこれからも怒らないだろう。僕は大姉に軽蔑されるのが嫌だったのだ。噛み砕いてじっくり説明しなければ、理解できない子供だと思われたくはなかった。だから、僕は納得したふりをして歴史の勉強を続けるしかなかったのだ。

「人類の宇宙航行技術は三段階の大きな飛躍を経て発展してきました。三つの飛躍の技術的な意味合いを述べてください」大姉は僕に問い掛ける。

僕は内心おどおどしながらも、自信たっぷりの見せかけで答える。「最初の飛躍の兆しは二十一世紀の半ば、まだ人類が太陽系内の天体にすらほとんど進出していない時期にすでに現れていました……」

量子テレポートの原理はすでに二十世紀に知られていた。

量子力学の基本原理の中に超光速が潜んでいることを知った一部の科学者は本気で超光速通信についての研究を始めた。特殊相対性理論が人類から奪った超光速を量子力学が取り戻してくれるかもしれないと考えたのだ。しかし、量子論と特殊相対性理論は人間の預かり知らぬところで、折り合いをつけていた。研究が進むにつれ、超光速現象は確かに存在するが、それによって意味のある情報を送ることはできないことがはっきりしてきたのだ。

すべての粒子は誰も観測しない限り、波動関数の形で空間に分布しているが、誰かが観測した瞬間にそれは一点に収束する。——なぜ、そうなるかは問わない。なぜなら、これは観測結果の辻褄を合わせるために導入された解釈であり、理論的な帰結ではなく、無条件に成立する原理とされているからだ。

もし、誰も観測していない状態で二つの粒子が干渉した場合、この二つの粒子は互いの波動関数の一部を共有することになる。そして、誰も観測しない限り、この二つの粒子の関係は保たれる。相互の距離がどれだけ離れても、どれだけの時間が流れてもだ。そして、誰かがどちらかの粒子を観測した瞬間、もう一方の粒子の波動関数も同時に収束する。

「同時に」というのは「完全に時間差ゼロで」ということだ。

ところが、光速を宇宙共通の尺度とする相対論は超光速を認めない。厳密に言うと、相対論単独で超光速を禁止するのではなく、因果律――どのような系から見ても時間の順序は変わらないということ――との組み合わせが超光速を認めていない。

したがって、量子論と相対論と因果律は同時に成り立たない。つまり、三つのうち、少なくとも一つは破綻することになる。

ところが、三つの原理とも破綻させない逃げ道はすぐに見つかった。「制御できる現象はすべて因果律を満足する。ただし、制御できなければ因果律は破れても構わない」こう考えるだけで、矛盾は簡単にクリアできたのだ。この新しい因果律と相対論を組み合わせると、「通信に利用できる現象はすべて超光速で伝わることはない。ただし、通信に利用できない現象は超光速で伝わることもある」という結論が導かれる。

こうして、超光速の存在は多くの科学者に認められるところとなったが、それを通信に利用することは不可能だという結論になった。

しかし、超光速通信を夢見た科学者が全員意気消沈したわけではなかった。超光速には利用できないまでも、二粒子間の相互干渉には大きな使い道があった。

それこそが量子テレポートである。

ある物体の完全な複製を作るためには、本体を構成しているすべての粒子の状態を調べ、それを再現する必要がある。つまり、電磁波や粒子線を使って、粒子の一つ一つを走査するのである。しかし、ここに大きな問題がある。複製するために原子を観測した瞬間、波動関数が収束してしまうのだ。本来の波動関数の形状を知るすべがなければ、本体の量子状態を再現できず、複製は不完全なものになってしまう。さらに、量子状態を破壊された本体までもが崩壊してしまうことになる。

　量子状態を再現する画期的な手法が量子テレポートである。二つの粒子を干渉させ、波動関数を共有させた後、そのうち一つで物体を走査する。本体を構成する波動関数はやはり収束してしまうが、この時失われたかに見える量子状態は片割れの粒子に伝えられているのだ。したがって、走査によって得られたデータと片割れの粒子に保存された量子状態を複合的に処理すれば、本体の波動関数を正しく復元することができるのだ。

　もちろん、本体が破壊されることは避けられない。また、走査によって得られた情報は光速を超えて伝えることはできないので、超光速でもない。しかし、この原理を使えば、物体のテレポートが可能になるのである。

　実用的な量子テレポートの実験が成功したのは二十一世紀の中頃だった。

　量子状態を保存しないタイプのテレポートはそれ以前に完成しており、機能を停止した状態の機械や死んだ生物などは送ることができたが、生きている動植物や作動中の機械は量子状態を保てなかったため、悉く破壊されてしまっていた。

量子テレポートの実用化で事態は一変した。複雑な機械を作動したまま遠隔地に送ることができたし、家畜の搬送も自由にできた。ただし、人間の輸送に関しては技術的には可能だったが——事実、初期の頃、科学者たちは自らを実験台にし、時には不幸な事故もあった——システムの安定度の問題と倫理面の問題から、長らく禁止状態が続いた。

ほどなく量子テレポートの事故発生率が通常の交通手段のそれを下回るようになり、システムの安定度の問題はクリアされた。しかし、倫理面の問題については、その後何十年もの間、議論され続けた。

はたして、複製された人間を複製元の人間と同一人物と見なしてよいものか？　そもそも複製された人間は本当に人間なのだろうか？　機械の中で組み立てられた人造人間なのではないか？　そして、複製元の人間は強力な走査ビームによって、死亡してしまうのではないだろうか？　もし、そうなら、人間を量子テレポート装置で転送するたびに、殺人が行われ、もとの人間そっくりな人造人間が製造されることになる。

また、転送エラーの問題もあった。走査データも量子状態も通常の通信手段で送信されるからにはエラーを百パーセント免れることはできない。たとえ、一兆に一つの確率であっても、もとの量子状態と違うものが混入しているとするなら、それは完全な復元とは呼べないのではないか？　転送されるたびに少しずつ破壊されていくことになるのではないか？

量子テレポートの人間への利用を主張する科学者たちはそれらの疑念に一つずつ慎重に対処し、人々を説得し続けた。

素粒子であるか、原子であるかに拘わらず、粒子自体に個性はない。同じ種類の粒子はまったく同じ存在である。粒子の個性は、実はそれぞれの量子状態なのである。つまり、本質は粒子ではなく、量子状態だということだ。量子状態が保存されているのなら、それは同一と考えられる。したがって、量子状態が保存されるなら、もとの人間を構成していた粒子が散逸してしまっても、死亡したことにはならない。

転送によって破壊される情報はほんの僅かである。人間が普通に生活しているだけで、空や地面からの放射線や大気に含まれる酸素を初めとする化学物質は人間の体内のミクロな構造を次々と破壊していく。もし、昨日の自分と今日の自分が同一人と見なされるなら、転送前と転送後の個人も同一人と見なされるべきである。

そして、二十二世紀の初頭、ついに人間の量子テレポートが合法化された。

その頃には太陽系の諸天体には恒常的な基地が建設されており、それらと地球は量子テレポート・ネットワークで結ばれていた。しかし、人間の量子テレポートが解禁されるまでは、人間の移動には何ヶ月、時には何年もかかる退屈な宇宙飛行が不可欠だった。

量子テレポート旅行が行われるようになってからは、辺境基地へも大量の人間が訪れるようになり、太陽系内の開拓が急速に進むことになった。これが第一の飛躍である。

量子テレポートには送受信ともに巨大な装置が必要だった。量子テレポートの回路を開通するためには、まず送信先に装置を輸送しなければならなかった。量子テレポートという手法は探査には不向きであることになる。原理的には太陽系に最も近い恒星であるプロキシマまで、量子テレポートを使えばほんの四年三ヶ月で到達できるのだが、その準備段階として、プロキシマに量子テレポートの受信基地を建設しなければならなかった。

大きなジレンマである。装置自体を宇宙船で輸送するとなると、たとえ核融合エンジンを使ったとしても大きな速度を得ることは難しく、到着は数百年後になってしまう。多少現実的な方法としては、超小型のマイクロロボットをマイクロ波で光速の数パーセントまで加速して、プロキシマ系に撃ち込む方法が考えられた。目的地で資源を調達して、テレポート基地を建設する計画だったが、時間差四年でマイクロ波を操って目的地で静止させるのは至難の業であり、また目的地の環境がわからない状況では、資源を探して活用させるのにどのようなプログラムを作ればいいのかわからなかった。

二十三世紀の初め、画期的な量子テレポートの改良が達成された。受信装置を必要としない量子テレポートである。

初期型のテレポートでは、復元に必要な情報と量子状態だけを送信し、物体を再構成するために必要な粒子は受信機側で用意しなければならなかった。それに対し、新型の転送機は物体を構成していた粒子自体をプラズマ化した後、加速し、亜光速のビームとして目的地に向けて発射する。そして、このビーム自体を伝送路として、走査情報と量子状態を送信するのだ。走査情報と量子状態はビームの分散性を考慮して、任意の距離で焦点を合わすことができ、その点でエネルギー密度が閾値(いきち)を越えていれば、再構成が始まる。

もっともこの技術が開発された頃には、太陽系内への量子テレポート・ネットワークの構築は完了しており、さほど大きな関心は呼ばなかった。それでも、科学者は無受信機方式を利用して、地道に太陽系外へと歩みを進めていた。

量子テレポートの射程距離は当時、百天文単位ほどだったので、一回の転送では太陽系から出るのがやっとで、恒星間空間を超えることは不可能だった。まず、恒星間空間に受信機を送信し、安定した量子テレポート回線を確保した後、送信機を転送し、さらに遠方に受信機を送信する。この過程を数百回繰り返し、ようやくプロキシマに辿りつけた。一世紀に及ぶ大事業ではあったが、人類は恒星間空間への確かな礎(いしずえ)を築くことができた。これが第二の飛躍である。

量子テレポート技術の次の段階として切望されたのは、送信装置自体を自立的に転送する技術であった。量子テレポートには必ず送信装置が必要であり、転送された先に送信装置がなければ、先に進むことも帰ることも不可能だった。しかし、現地で送信装置を建設するにしても、出発地から転送してくるにしても、かなりの時間と労力が必要になった。たった一度の調査飛行のために、太陽系からの経路に延々と基地を建設するのは事実上不可能である。もし送信装置がそれ自身を転送できれば、夥しい数の基地は不用になる。小刻みに転送を繰り返し、一つの送信装置で宇宙航行の全行程を実行できる。

この技術を実現するための壁は大きく二つあった。

一つは、転送機能の制限である。人間やその他の貨物は先に送るとして、最終的には送信装置そのものが残る。量子テレポートの原理は非常に複雑であり、ある程度の複雑性を持たないと機能させることはできない。したがって、すべてを転送する以前に送信機の機能は停止し、重要な部分が出発点に取り残されることになる。

もう一つは、運動量の保存則である。構成粒子を亜光速に加速した場合、それと同じだけの運動量をどこかから、調達しなければならない。また、目的地で復元した時は逆に運動量をどこかに捨てなければならない。運動量は質量と速度の積であるから、同じ運動量でも、質量を大きくとり速度を小さくして実現してもいいし、質量を小さくとり速度を大きくしてもいい。しかし、どちらの場合も宇宙飛行には望ましくはない。質量でカバーするとなると、転送のたびに宇宙船の質量が失われていくことになるし、速度でカバーするとなると、転送のたびに莫大なエネルギーが失われてしまうことになる。

二十三世紀の末から二十四世紀の最初にかけて、まず転送機能の制限の問題が解決された。送信装置を段階的に単純化した部分に分け、最終的に転送される部分には量子状態の保存を不用にしたのだ。つまり、転送のたびにその部分の量子状態は変化し、完全な復元は行われないことになるが、単なる機械に過ぎないので、倫理的な問題は発生しない。

　そして、二十四世紀の中頃、ついに運動量問題の解決法が見つかった。それは負性質量の発見によってであった。負性質量とは波動関数の振幅値の自乗――つまり、粒子の存在確率分布――が負の値をとる状態である。この場合、運動量は常に負の値を持つ。このような粒子は単独では存在できないが、通常の粒子の波動関数と重ね合わされた状態でのみ存在できるのだ。負性質量を発生させることにより、まったく運動量を持たない亜光速ビームが実現できるようになった。

　こうして、自分自身を転送できる送信機が完成し、瞬く間にすべての宇宙船に搭載されるようになった。恒星間飛行は非常に手軽に実行できるようになった。量子テレポートを連続的に繰り返すことにより、宇宙船は人類未踏の領域に乗り出すことが可能になった。これが第三の飛躍である。

　乗組員にとって、量子テレポート中は時間が経過しないため、あたかも宇宙船が超光速で、飛行しているように認識された。ただし、実際には一瞬、空間の一点に現れてはビームになり、次の一点に現れるという過程を繰り返すわけであり、光行差もドップラー効果も観測されない。

　自立送信方式の唯一の欠点といえば、時間の経過を避けられないことだった。プロキシマまで往復するのに、乗組員にとっては数日――最新の技術では数時間――しかかからないが、地球では九年近くが経過することになる。真っ当な社会生活を営んでいるものにとって、九年間の空白は歓迎できるものではない。したがって、技術的には手軽になっても、恒星間飛行は、政府や大企業が主催する調査か、移民団の片道旅行にのみ利用される時代が続いた。

移民として出発する人口は僅かだったが、各惑星系の人口はすぐに爆発的に増加した。植民地を経営するためには、ある程度の人口があったほうが有利だったためである。人工的な手段を使えば、一世紀もあれば惑星系の人口は一千億の規模に達することができた。

人類の居住圏は瞬く間に広がった。現在確認できている植民惑星系の数は十四万六千五百三十二を数え、存在を確認されていないものはその二倍もあると推定されている。植民惑星系の数が正確に把握できないのは、人類の広がりに対して通信速度が不足していたからだ。電磁波を使った通信は当然のことながら、光速でしか伝わらない。たとえば千光年離れた惑星系に移民団を送ったとして、彼らが無事そこに定住し、千年にわたって文明を発達させていたとしても、地球側ではその事実を知るすべはない。せいぜい無事到着したという知らせを受け取るだけだ。

人類の文明は互いに交流することが困難になり、孤立していった。

「……以上が人類の宇宙旅行における三つの飛躍の内容です」僕はなんとか答えることが

できた。平静を装ってはいるが、喉はからからだった。

「ありがとう。よく纏(まと)まった答えでした」大姉はにこやかに言った。「種としての人類、あるいは人類文明の滅亡のリスクを減らすという効果を評価して、人類がこのように銀河系のあちこちに広がり、互いに交流が少なくなる状態を歓迎する意見もありましたが、一方では人類が統一性を失うことを危惧する意見もありました。各植民地がそれぞれ独自行動を始めると、収拾がつかなくなり、やがては星間紛争などが起こるのではないかと考えたのです。いくつかの惑星系ではそのような考えを持つ勢力が政権を掌握し、近隣の惑星系に対し、統合を強要するようになりました。皮肉にも彼ら自身の行動が星間紛争は現実に起こりうることだという認識を各惑星系の国民に持たせることになったのです。われわれの知る範囲で、最も強力な勢力は人類の発祥地である太陽系を中心とする太陽系政府で、百から二百程度の惑星系を支配していると推測されています。その次の規模を持つ統合体は二十から五十の惑星系を束ねるデネブを中心とするシグナス連合ですが、二つの勢力にはいまだ接点がないので、直接対決には至っていないと考えられています」大姉はここでいったん言葉を切った。「さて、人類の居住空間はこのように不安定な膠着状態に陥っていましたが、その状況を一挙に打破するようなものが発見されました。それはなんでしょう?」

全員、一斉に手を挙げた。

大姉は僕の近くに座っていた女子生徒をあてた。

「はい。それは『門』です。『門』の存在はかなり以前から、多くの文明に知られていましたが、太陽系政府にはようやく千年前に知られ、遠征隊を送ってきたのは去年のことでした」

そう。あれは去年の出来事だった。スターシップを見たのはあの時が最初だった。僕はその巨大さ、美しさに圧倒された。そして、あの時はまだあんな結末になるとは想像だにしなかったのだ。

2

「今日、彼らはここに到達します」その日、大姉はコロニー中の全員を集め、宣言した。「彼らに逆らってはいけません。彼らは邪悪な存在ではなく、ただ怯えているだけなのですから」

大姉はよく謎めいたことを言った。時にはほとんど誰にも意味がわからないこともあったが、敢えて問いただすような者はいなかった。大姉はあまりにも尊敬されているため、その言葉はたいていそのまま受け入れられていた。なにしろ大姉はとても年をとっていた。

このコロニーの誰よりも年をとっていた。だから、すべてのことについて深い考えがあったとしても何の不思議もなかった。

大姉が話し終わると同時に、コロニー全体に警報が鳴り響いた。

観測担当は慌てて、壁のスクリーンをオンにする。コロニーの観測機器は常に周辺の全領域を探査しているため、異常が確認される直前の様子から見ることができる。

画面に映っていたのは星の海だった。そして、突然空間に奇妙な形が現れ、強烈に輝いたかと思うと、出し抜けに宇宙船が現れた。見たこともない宇宙船だった。とても複雑な形をして、あちらこちらに夥しい数の突起があった。

「あの小さな突起物は何なのですか？」僕は思わず、大姉に訊いてしまった。

「よくお聞きなさい。あの突起物は各種センサや通信用アンテナ、そして武器です」

「センサやアンテナにしては小さすぎませんか？　それに、どうして宇宙船に武器を積む必要があるんですか？」

「あの突起物は小さくはありません。われわれの宇宙船より、遙かに大きいぐらいです。小さく見えるのはあの宇宙船自体が途方もなく巨大だからです。武器を持っているのはあの宇宙船が太陽系から派遣されてきた宇宙戦艦だからです」

宇宙戦艦！

歴史の時間に話は聞いていたが、それが目の前に実在するとはどうしても信じられなかった。大姉の言うことが真実なら、あれは一隻で惑星系を滅亡させることすらできることになる。

「大姉!」通信担当が手元のモニタを見ながら叫んだ。「宇宙戦艦はわれわれの通信回線を探索しているようです。どうしましょうか?」

「回線を開きなさい」大姉は落ちつき払って言った。「お嬢さんの話を聞いてあげなくては」

スクリーンに若い女性が現れた。僕は息を飲んだ。本気で女神ではないかと疑うほどの完璧な容姿を持っていた。

「わたしは太陽系政府第五百二十二艦隊所属宇宙戦艦コバヤシマルの艦長である。この宇宙基地は軍が接収した。ただ今より、武装解除を行い、我が艦の乗組員の受け入れ準備を開始することを命ずる」女神はまったくもって女神らしからぬ言葉を吐いた。

全員あっけにとられてスクリーンを眺めた。

「どうした? なぜ、返事をしない? これ以上応答がないと、太陽系政府に対する反逆行為と見なされることもありうる」

「わたしの姿と声を向こうに送ってちょうだい」大姉は穏やかに言った。

「現在、送信中です」通信担当は冷や汗を流している。

「初めまして、艦長」大姉は威厳ある態度で言った。

艦長は挨拶を返さなかった。「あなたは宇宙基地の司令官か？」

「いいえ、艦長」

「では、司令官を出せ」

「この共同体には司令官はおりません」

「どのような組織であろうと、対外的にそれを代表する人物が存在するはずだ。もしそのような人物がいないとするなら、その組織は統一されていないことになる。そこは統一されていないのか？　されていないのなら、各セクトの代表者を集めよ」

「内部の深刻な対立がないという意味ではこのコロニーは統一されております。そして、もし代表者が必要だとおっしゃるのなら、その役目はわたしが負いましょう。わたしはこのコロニーの長老であり、一種の名誉職を任されています」

「では、改めて、あなたを宇宙基地の司令官に任命する。以後、わたしから宇宙基地への命令はすべてあなたを通じて伝えられることとする」

「しかし、艦長……」

「異議は認めない。今の命令の内容を基地内の人間に周知させるために、一時間の猶予を与える」

通信は一方的に切れた。

「随分、高圧的な態度じゃないか」食料担当が不満げに言った。「好き勝手言わしておいていいんですか？」

「好き勝手言わしておく以外に手はありませんね。今のところは」大姉は落ちついた調子で言った。「それとも、あの宇宙戦艦を打ち負かす方策があるのですか？」

「基地内の燃料を小型艇に載せて、リモートコントロールで撃ち込むのはどうでしょうか？　ミサイルの代わりになるのでは？」

「小型艇はミサイルの代わりにはなりません。基本的に人間が乗ることを想定しているので、加速度に限界があるのです。簡単に狙い撃ちされてしまいます。もし万が一戦艦に到達したとしても、船殻（せんこく）を破る手段がなければ、爆発のエネルギーは空しく宇宙空間に拡散するだけでしょう」

「では、探査用レーザの出力制限装置を解除して、フルパワーで攻撃しては？」

「無駄です。戦艦はX線領域までの電磁波なら、ほぼ百パーセント反射できるプラズマ・シールドを装備しています。そして、ここにはγ線レーザを発射できる設備はありません」

「では、ただ黙ってやつらに降伏しろということですか？」

「そんなことは言っていません。敢えて逆らう必要はないと言っているのです。彼らの欲するものを提供して、それで彼らの気が済むのなら、それに越したことはないということです」

大姉は根気よく、コロニー内の好戦派の人々を説得し続けた。そして、最終的には、全員が、コロニーの住人に一切危害が加えられないことを条件に宇宙戦艦の要求を飲むことに同意した。

計ったように宇宙戦艦からの通信が再開した。「司令官、命令を周知させたか？」

「はい。全員の合意が得られました」

「全員の合意などは必要ない。ただ、命令を正しく伝え、それを実行させるのが、あなたの仕事だ」艦長は美しい眉毛をぴくりとも動かさずに言った。「五分後に転送装置を宇宙基地から百メートルの地点に転送し、ドッキングの手続きに入る。まず、そちらのドッキングコネクタの形式を報告せよ」

「イ－九－三式です。しかし、わざわざそちらから転送装置を送っていただき、コロニーとドッキングさせる必要はありません。コロニー内にも量子テレポートの受信設備はありますし、無受信機方式での転送が可能なエリアも……」

「宇宙基地内に直接量子テレポートする危険は冒せない。反乱分子の罠が仕掛けられている可能性がある。ドッキングの準備を開始せよ」再び、唐突に通信は途切れた。

人々は口々に不満を漏らす。

「反乱分子ってどういうことだ？」

「まるで、コロニーが自分の指揮下に入るのが当然のような口振りだったぞ」

しかし、大姉はいつもの調子で、みんなに呼び掛ける。「ドッキングエリアの準備を始めてください。あと三分しかありませんよ」

鈍い音がして、ハッチの回転が止まり、ゆっくり開いた。

まず、銃がぬっと突き出した。全員に緊張が走る。見たことのないタイプだった。どんな機能があるのか、想像もつかなかった。もちろん、ただのはったりだという可能性もあったが、身をもってそれを確認する気はなかった。

銃を持っていたのは長身の青年だった。奇妙な制服を着て、帽子を斜めに被っている。年は僕とほぼ同じぐらいに見えた。もっとも、千光年彼方の千年前の人間の年のとり方が、自分と一緒だという確信はなかったが。

続いて、最初の青年とまったく同じ出で立ちの別の青年が現れた。二人とも周囲を警戒するように銃口を満遍（まんべん）なく、僕たち全員の顔を嘗（な）めるかのように動かしていた。

ハッチの向こうでさらに影が動いた。

三人目は小柄な美女だった。むしろ、美少女と呼ぶべきか。少々大きめの軍服を着ていたが、その無粋さが、かえって彼女の可憐さを引きたてていた。彼女は薔薇の唇に天使のような微笑を浮かべた。「出迎えご苦労。前の二人は気にしなくてもいい。わたしの警備担当だ。まずは、この基地の内部の案内を頼む」

うわ！　この娘、艦長だ。そう言えば、さっきスクリーンで見たのと、同じ顔だ。映像では背の高さはわからず、大柄な女性を想像していたので、気づかなかった。

「ようこそ、わたしたちのコロニーへ。わたしたちはここを基地と呼ばず、コロニーと呼んでいます。別にここを根拠地にして何か行動を起こそうという意志はありませんので」

「本当に？　それは信じられない。あなたの言うことが本当なら、どうして『門』からほんの四十天文単位足らずのところに、基地を設けたというのか」

「理由はありません。たまたまここに住むことになったのです」

「嘘だ」

「嘘です」大姉はのうのうと言った。時に大姉の言動は僕らの理解を超えている。

「嘘だと！」

「お気に障りましたのなら、冗談と言い換えましょう。わけもなく、こんな危険な所に居を構える者はおりませんから」

「どんな危険があると考えている？　われわれもあれを危険だと……」

「『門』を目指して、あなたがたのような人たちが訪れてくるという危険です」大姉は艦長の言葉を遮った。「で、あなたたちは何に怯えておられるのですか？」

「怯えてなどはおらぬ。ただ、危険を察知しているだけだ」艦長は顔色を変えた。

「『門』の向こうから来るものがいかに危険か、想像はつくだろう」

大姉は首を振った。「あなたは若い。『門』を越えてくる者は千光年の宇宙空間を超えてくるものより恐ろしい、と本気で信じておられるのですね」

「信じるも信じないも、既知のものより未知のものが危険なのは、ゲーム理論から導かれる真実だ」

「少し違います。あなたが間違って覚えたか、教師が間違って教えたのでしょう。正しくは、『被害の最大予測値を最小にするためには、未知の――つまり効果がわからない戦略をとるべきではない』ということでしょう。『門』から来るものはわれわれに莫大な利益を与えてくれるかもしれないが、途方もない損失を与えるかもしれない。それなら、正体の知れている敵のほうがリスクは少なくて済む。しかし、そのようなミニマックス戦略を採用し続けていたとしたら、われわれは星界に進出することはなかったはずです。それどころか、いまだに火も手に入れられず、毛皮に身を包んでいたでしょう」

コロニーの住民から、小さく笑いが漏れた。

艦長の顔が紅潮する。「わたしはあなたの生徒ではない。いちいち間違いを訂正していただく必要はない！」

「これは失礼をいたしました」大姉は大仰に頭を下げた。「とにかく、あなたがたは『門』を危険視されているようですね。どうなさるおつもりですか？　封鎖でもしますか？」

『門』を封鎖するためには大艦隊が必要になる。しかし、破壊するだけなら、一隻で充分だ」艦長はにやりと笑った。

一同はざわめきたった。

大姉は微笑んだ。「それは勇ましいことですね。ところで、『門』がどれだけのエネルギーを持っているかご存知ですか？　あれだけのエネルギーが解放されれば、近くにいるわれわれ全員が無事では済みませんよ。危険を避けるために、より大きな危険に飛び込むのは賢明な行為とは思えません」

「それについては心配ない。『門』および周辺空間の質量と重力場、電荷と電場の分布がわかれば、完全に爆縮させてブラックホールにできることを、われわれの科学者たちが示した」

「どんな方法を使うのですか？　熱核爆弾？」

『門』を破壊するには惑星ほどの大きさの爆弾が必要だ。われわれはそんな非効率的なことはしない。マイクロブラックホールを使う。最適ポイントに二個撃ち込めば、『門』は崩壊する」

「それで、安全だと計算してくれた科学者たちはどこにいるのですか？　それにあなたがたを派遣した将官たちは」

「おそらくもういないだろう」

「太陽系に残ったのですね。よく考えてください。なぜ、彼らはこの重要な任務を年端（としは）もいかない士官学校卒業したてのあなたがたに任せたりしたのでしょう？　それも最新艦に、たった五人で」

艦長の目に狼狽（ろうばい）の色が浮かんだ。「なぜ、そのことを知っている⁉　最高機密なのに‼」

コロニーの住民たちは顔を見合わせた。

なんてことだ。こんな小娘と若造がたったの五人なら、なんとか勝てそうではないか。

みんなの心の動きを察知したのか、大姉は振り向いて諭（さと）した。「五人だと言って、甘く見てはいけません。宇宙戦艦には自動交戦装置が装備されています」そして、艦長に向き直った。「なぜ、わたしが知っていたのか。よくお考えください。さあ、コロニー内をご案内いたしましょう。と言っても、十分もあれば全セクションを回れますが」

食堂、図書館、レクリエーション・ルーム、観測室、教室……。大姉は次々とコロニー内を案内した。何一つ隠さず、全て見せてしまったため、不安げな様子を見せた住民もいたが、大姉は意に介さないようだった。

艦長は終始無言で理解しているのかどうかすら、さだかではなかった。大姉に機密事項を言い当てられたことでかなり動揺しているらしい。

一行は、大姉が言った通り本当に十分でコロニーを一回りして、もとの場所に戻ってきた。

「さあ、これでここはあなたの家も同然です。レクリエーション・ルームで寛ぐのも、食堂で食事をするのも、図書館で資料を探すのもご自由に、住民の誰かと会話を楽しまれるのもいいでしょう。ただし、個人の居室に無断で入るのはご遠慮ください。それでは、これから低学年の子供たちへの授業がございますので、失礼いたします」大姉はそのまま廊下を歩いていってしまった。

住民たちはしばらくあっけにとられていたが、大姉の突飛な行動はいつものことなので、すぐに諦め顔になり、三々五々散っていった。

僕も戻ろうとした時、艦長が呼び止めた。

「そこの君、待ちなさい」

口から心臓が飛び出そうになった。何か拙いことでもしただろうか？　異世界の軍人を怒らせてしまった場合の対処の仕方は確かまだ教わっていない。

「は、はい。何か僕に御用でしょうか？」

「君、ここに来てからずっとわたしの顔を見てたわね」

拙い。気づいていたのだ。どうしよう？　正直に、あなたの顔に見とれてましたって言ったほうがいいんだろうか？

「ど、どうもすみませんでした。その、僕が見ていた理由は……」

「わたしに話がある。そうでしょ？」

「えっ？　ああ。まあ」

「どういった話？」

「どういったと言われましてもですね……」僕はほとほと困ってしまった。

「ここでは言いにくいの？」艦長は眉間に可愛らしく皺を寄せる。

「ええ。まあ。そういうことです」

「わかったわ。レクリエーション・ルームに先に行っておいてちょうだい。後で偶然を装って合流するから」艦長は僕の耳元で囁いた。吐息がくすぐったい。

僕は夢うつつの状態でレクリエーション・ルームに入った。壁際の席に座って、五分も待っていると、果たせるかな艦長はやってきた。

「ここ座ってもいいかしら？」

「ええ。どうぞ。さっきの話ですけど……」

艦長は身振りで僕の話を遮った。そして、肩からかけた小さな鞄からコンパクトのようなものを取り出すと、しばらく弄ってから言った。「いいわ。盗聴はされてないようだから」

「盗聴？」

「盗み聞きのことよ」

「知ってますけど、誰が僕らの話を盗み聞きするんですか？」

「この基地の体制側よ」

「体制側？」

話の方向が妙なほうに進む。どうやら、僕はナンパされたわけではないらしい。

「体制側っていうのは、支配勢力のことよ」

「それも知ってます。でも、このコロニーにそんなものは無縁ですよ。なにしろ、住民は百人足らずで、階級分化する余裕がない」

「そうかしら？　少なくとも、あのお婆さんはいろいろ特権を持っているみたいだったけど？」

「大姉のことですか？　彼女は特別なんです」

「ほら、特権階級が存在することを認めた」

「特権なんかありませんよ。ただ、コロニーの住民は全員大姉のことを尊敬して、一目おいてるんです」

「そこよ。問題なのは」艦長は目を見開いた。「理由もなく、特定の個人を崇拝するのは洗脳が行われている証拠よ。それに、『大姉』って言葉も宗教っぽいわ」

「理由がないわけじゃありませんよ。大姉が来なかったら、このコロニーは今ごろ全滅していたんです。彼女がコロニー内部のエネルギー循環を最適に保つ技術を教えてくれたおかげで……」

「ちょっと待って！　あのお婆さん、ここの出身じゃないの!?」艦長は素っ頓狂な声を上げた。

「ええ。奇妙な形の船で漂流していたそうです。なんでも、乗っていた船が難破したそうです」

「船籍は？　いえ。船籍はおかしいわね」艦長は慌てて言い直す。「なにしろ全ての宇宙船の船籍は太陽系に決まっているんだから。わたしが言いたかったのは、建造場所のことよ」

「サジタリウス連合だと聞いています」

「サジタリウス連合？　ちょっと待って、調べるから……」艦長はコンパクトを弄る。それ自体の中にデータベースがあるか、もしくはコバヤシマルのコンピュータにアクセスしているらしい。「その存在は星間通信などで知られているけど、今まで太陽系政府と接触したことは一度もないわ。あなたたちは、どうなの？」

「太陽系政府と接触したのは今回が初めてです」

「そうじゃなくて、サジタリウス連合と接触したことはあるの？」

「よく知りませんけど、たぶんないんじゃないでしょうか」

「つまり、彼女は正体不明の漂流者だったってことね。そして、未知の科学技術の知識を持っていた。怪しいじゃない」

「単にここの技術レベルより進んでいたというだけで、未知の科学知識というわけじゃ……」

「『門』を越えてきた可能性があるわ」

「『門』を？　それって、つまり」

「未来から来たってことよ」

「まさか！」

「この基地の軌道を決めたのは誰？」

「大姉です」

「『門』の近くを周回している理由は説明された？」

「監視するためです。『門』は人類にとって計り知れない価値を持っているが、非常に扱いが難しいので、充分な観測が必要だと教えられました」

「扱いが難しいレベルじゃなくて、事実上人類には扱えないしろものね。すぐに破壊しなきゃ、とんでもないことになるわ。それに、お婆さんが見張っているのは、『門』そのものじゃなくて、わたしたちのように『門』に近づく者よ」

「なぜ、見張る必要があるんですか？」

「『門』を破壊されたり、自分たちより先に利用されたりしないようによ。彼女は監視のために未来から送られてきたのよ。そう考えれば、辻褄は合うわ。見てて御覧なさい。きっとわたしの任務への妨害をするから」

「根拠があって言っているんですか？」僕は半ば呆れていた。

「あるわ。この基地が証拠よ。この基地に宇宙船は何隻あるの？」

「一隻だけです。今は分解されていて、動きませんけど」

「いつ分解されたの？」

「よく知りません。僕の生まれる前です」

「つまり、誰も基地から自力で出ることができないのね」

「確かにそうですが、ここでは外に出る必要など……」

「通信装置は集会室にはあったようだけど、個人でも所有しているの？」

僕は首を振った。「内部回線用のものはありますが、外部と通信できるのは集会室にあるものだけです。なにしろ、外部と通信しようにも、ここには滅多に……」

「あなたたちは孤立させられているのよ」

「もともとコロニーは孤立していました」

「それに、あなたがたのテクノロジーの低さも気になるわ。ここの暮らしはほとんど二十一世紀の地球みたいじゃない」

「生活するのに、これ以上の技術は必要ないんです」

「お婆さんがそう言ったの？」

　僕は頷いた。

「じゃあ、今度聞いてみなさい。どうして、自分たちは低レベルの技術のまま、孤立させられているのかって」

「あなたは答えがわかってるんですか？」

「うまく利用するためよ。監視のために、『門』の近くに基地は欲しい。しかし、基地の住民たちに勝手に行動されては困る。だから、孤立させて、必要以上の技術を与えず、情報操作をしやすくする」

「わかりました。今度の授業の時にそれとなく、尋ねてみます」

　艦長は満足げに頷いた。


「移動・通信手段やその他の技術が与えられていないのはそれが必要ないから、という説明では満足できませんか？」大姉は逆に質問してきた。

「以前は満足していました。しかし、最近疑問に思えてきたのです」

「そう思うようになったのは、あなたの新しいガールフレンドに関係があるようですね」

　大姉は優しく微笑んだ。

「きっかけは彼女でした。でも、本当に自分でも疑問に思っているんです。なぜ、僕たちは孤立しているのか？　なぜ科学技術が停滞しているのか？　そして、どうして『門』のすぐ側にいなければならないのか？」

「古典ＣＴＬ物理についてはもう教えましたね」大姉は続けた。「質問をはぐらかしているのではありません。あなたの質問に関係の深い話をしようとしているのです」

「古典ＣＴＬ物理は教わりました。ＣＴＬを含む系で古典粒子を扱う場合、いくつかの境界条件が与えられれば、あとは運動方程式を解くだけで、粒子の軌跡が得られます。この軌跡は四次元時空内で静的に扱われます」

「タイムパラドックスはどう説明できる？」

「古典ＣＴＬ物理においては、原則的にタイムパラドックスは存在しません。一つの時空のポイントには一つの状態しかあり得ないからです。具体的には、人間から見ると、不可知の力がパラドックスを解消するように見えますが、そのような力を仮定する必要はありません。未来はすでに確定していて、動かしようがないだけです」

「よろしい。完璧に理解できていますよ」

「しかし、現実にこの世界は古典力学では記述できません」

「その通り、『門』について理解するには量子ＣＴＬ理論を用いるしかありません。これについてはまだ教えてませんね」

「はい」

「難しく考える必要はありません。ＣＴＬが存在する時空に対し、波動方程式を適用して解を導くだけです。この場合も四次元時空に対し、静的な波動関数が導かれるのです」

「確かに数式の上ではそうかもしれませんが、観測に伴う波動関数の収縮はどう扱われるのですか？　ＣＴＬを含まない時空では、波動関数の収縮は観測した瞬間以降にしか起こりませんが、ＣＴＬを含む時空では全領域の波動関数が収縮するように思えます。だとすると、量子力学を適用できる領域がなくなり、量子論自体が破綻してしまうのではないでしょうか？」

「量子ＣＴＬ物理を成立させるためにはまだ人類が知らないいくつかの原理を導入する必要があります。たとえば、観測から時間がたつと本来の形状を復元しようとするという属性を波動関数に付与することによって、破綻は避けられます。問題はその場合、観測するたびに別の世界が生まれてしまうということです。このことは破滅的ではありませんが、予測に基づいて行動しようとする者にとって不都合なことではあります」

「だから太陽系政府は『門』を破壊しようとしているのですね」

「彼らは、ふいに未来世界から圧倒的な勢力がやってきて自分たちを支配することを恐れているのです。かと言って、タイムパラドックスを克服し、自ら『門』を活用する自信もない。残された道は『門』の破壊しかなかったのです」

「われわれは……いや、大姉はどうしようと考えているのですか？」

『門』は人類が発見した最初のＣＴＬです。しかし、それが唯一のものであるとは思えません。宇宙に存在するすべてのＣＴＬを破壊することができない以上、人類は好むと好まざるとに拘わらず、ＣＴＬと付き合うことを覚えなければなりません。今、『門』を破壊すれば、問題を先送りにできますが、問題を解決する答えを得るのも先延ばしになってしまいます。『門』は非常に微妙な段階に近づきつつあります。発散した波動関数は混乱を招きます。事件が起こる時空領域に自由意志を持った人類が無数に飛び交っている場合、予測はほとんど不可能になります。われわれ……わたしには不確実性を排除するために停滞した小さな社会を実現する必要があったのです。事件の前後百年にわたって」

「大姉、それは僕にはとても不遜なことのように思えます」

「そうかもしれませんね。しかし、選択の余地はないのです」大姉は少し悲しそうな顔をした。

僕の大姉への不信感は少しずつ大きくなっていった。それと同時にレクリエーション・ルームや食堂の片隅で艦長と会う時間が増えていった。

艦長はすでに『門』周辺の物質と場の分布のデータを手に入れている。あとは手頃なマイクロブラックホールが見つかり次第、コロニーを出発して、出撃する予定だと言う。

「マイクロブラックホールを量子テレポートできれば、こんな苦労をせずに、直接太陽系から輸送したんだけどね。まあ、『門』みたいな大質量天体の近くでは、マイクロブラックホールは珍しい存在じゃないからいいけど」

「その後はどうするの？」僕は思いきって尋ねてみた。

「後って、何の後？」

「『門』を破壊した後さ」

「もちろん、帰るわ。無事成功したことを太陽系に報告しなければならないし」

「君の知っている太陽系はもうないよ」

「何が言いたいの？」

「ここに残るってのはどうだろう？」

艦長は無言になった。

「ごめん。気に障ったかな？」

「いいえ。ただ、そんなこと考えてもみなかったから」

僕は落胆の表情を出さないように努力した。「君たちはたった五人だ。コロニーの生命維持システムはその程度の人口増加は簡単に吸収できる。それにコバヤシマルの装備も流用できるだろうし」

「あのお婆さんがわたしを支配しようとするわ」

「計画が実行されれば、大姉も変わるさ。守るものがなくなるんだから。それに、君は充分に大姉とやりあえる」

「本当にそう思う？」

「思うよ。現に君はここの全権を掌握している」

艦長はすごい勢いで首を振った。「それは見せかけよ。ここの住人のわたしを見る眼でわかるわ。みんなお婆さんの言いつけを守ってるだけ。わたしに従う気はこれっぽっちもない」

「でも、その大姉は君に逆らっていない」

「わたしは強大な武力を背景に交渉したの。対等な勝負ではなかった。しかも、今がいっぱいいっぱいなの。これ以上、彼女と対決を続けたら、わたしは壊れてしまう。……彼女には得体の知れないところがあるわ」

「ああ。僕もそう思う」

「わたしには絶対にないものを持っている。なんだかわかる？」

「年齢？」

「近いわ。彼女にあってわたしにないもの。それは知識――情報よ。もちろん年齢を重ねれば経験によって知識は増えるけど、彼女の知識はそれとは異質なもの」

「未来の知識？」

「たぶんね。でも、どうしても尻尾が摑めない。……わたしの手には負えないわ」

「じゃあ、君は大姉から逃げ出して、太陽系に帰ってしまうのかい？　そして、大姉さえいなければ、君のいた時代から二千年後の世界であっても、問題は自分でみんな解決できる。君は本気でそう思ってるの？」

「わからないわ。わたし……」

「君が帰る太陽系は君が知っている世界ではない。ここと同じぐらい違う世界だ。君を温かく迎えてくれるとは限らない。ここでできないことはどこでもできない。大姉は宇宙のどこにでもいる」

「わたしに何ができると言うの？　ここの人たちはみんなお婆さんの味方なのに」

僕は艦長の手を握り締めた。「少なくとも僕は君の側だ」

艦長は僕の手を振り払わなかった。


それから三日後、艦長は目を真っ赤にして、僕の部屋の戸口に現れた。

彼女が訪ねてくるのは初めてのことだった。

「あ、あの、あんまり急なんで、驚いちゃったよ。中に入る？」僕はどぎまぎと話し掛ける。

「彼女にまんまとしてやられたわ！」艦長は拳を握り締めている。愛の告白に来たわけではないらしい。

「大姉が何かやったのか?」

「わたしの部下を懐柔したの。四人とも出撃を拒否しているわ」

「大姉、説明してください！」大姉の部屋に入るなり、開口一番僕は言った。「なぜ艦長から乗組員を取り上げたのですか!?」

「まず落ちつきなさい」大姉はコーヒーを一口啜った。「わたしは彼女から何も取り上げてはいません。乗組員たちは独立した人格です。誰のものでもありません。彼女のものでも、わたしのものでも。……あなたもコーヒー、いかが?」

「いいえ。結構です」僕は憮然として言った。「彼らに何を言ったのですか?」

「何も。ただ、二つの質問をしただけです。一つ。亜光速で回転する五京エクサトンのリングを破壊した時に解放されるエネルギーはどのぐらいだと思うか?　二つ。コバヤシマルには一人乗りの救命艇が二隻しか搭載されていないという事実を知っているか?」

「あなたは質問するふりをして彼らを誘導したんだ」

「それはよくないことでしょうか?　彼らが出した答えは妥当なものだと思いますが」

「回転するリングを断ちきったとしても、エネルギーが解放されるとは限らない。充分な向心力があれば」

「向心力は充分かもしれないし、そうでないかもしれない」

「もし充分でなかったとしても、被害を受けるのはリングの回転面内だけのはずだ」

「リングの周囲は何もないわけではありません。物質や場で満ちているのです。それらがエネルギーをどのような形に変換するか予測がつきますか？」

「あなたはなぜ自分の考えにそれほどまで自信を持っているのですか？」

「それが真実だと知っているからです」

「では、あなたの想定外のことを二つ教えましょう。一つ目はコバヤシマルは二人いれば動かせるということ。救命艇が二隻しかないのはそれが本来二人乗りだったからなんです。五人乗っていたのは、バックアップ要員確保のためです」

「そのことは知っていました。乗組員もです。問題なのは艦長もそのことを知っていながら、四人全員に搭乗を命令したことです」

僕は大姉の言葉に怯みそうになったが、なんとか後を続けた。「では、彼女は任務の成功に自信を持っていたのでしょう」

「根拠のない自信ですね。……で、わたしが想定していない二つ目のことというのは何？」

「それは……僕が乗組員の補充員となって、出撃するということです」

「若さって、素晴らしいわね。それに、恋も」大姉はうっとりと言った。

「真面目に聞いてください」

「真面目に聞いていますよ」大姉はもう一口コーヒーを啜り、カップをテーブルの上に置いた。

「僕の決心は揺るぎません」

「そのようね」

「許可していただけますか？」

「わたしが許可しなければ思い留まるの？」

「たとえ、許可していただかなくても、僕は行きます」

「では、わたしの許可は無意味ね」

「いいえ。僕は大姉の許可がいただきたいのです」

「わたしはさっきコバヤシマルの乗組員たちは独立した人格で誰の持ち物でもないと言いました。このコロニーの住民も同じです」

「では、出撃の許可をいただけるのですね」

「許可は無意味です。ただ、それであなたの気が済むと言うのなら……。出撃を許可します」

「ありがとうございます」僕は大姉の部屋から廊下に一歩足を踏み出した時にふと思いついて振りかえった。「僕の申し出はやはりあなたにとっても想定外でしたか？」

「どうかしら」大姉はテーブルからカップを持ち上げた。

手頃なマイクロブラックホールはほどなく見つかった。捕獲器はマイクロブラックホールの周囲に電磁場を展開し、コバヤシマルの内部に誘導した。ブラックホール自体に手を触れることは不可能だが、強力に帯電しているおかげで電磁的に操作することが可能なのだ。二個のマイクロブラックホールはそれぞれ艦内の帯電箱に閉じ込められ、あとはマスドライヴァで『門』に撃ち込むのを待つだけだ。

二発のブラックホール弾を最適なタイミングで『門』を構成するリングに到達させるためには、発射する場所はかなり限定される。ブラックホールを抱えたままの量子テレポートは不可能なため、コバヤシマルは最適ポイントまで何ヶ月もかけて移動した。

僕と艦長はその間中、狭い部屋でほとんど向き合って過ごした。トイレや入浴などほんの少しのプライヴァシーは与えられたが、もともと五人で行うはずの計画を二人でこなさなければならないため、睡眠時間は極限まで切り詰められた。四六時中同じ顔と向き合っていては息が詰まってしまいそうだが、不思議なことに僕にはそれほど苦にはならなかった。ひょっとすると、僕は宇宙旅行向きの性格なのかもしれない。

艦長のほうは日が経つにつれて、無口になっていた。これから自分が成し遂げなければならない重要な任務について、思いを馳せているのだろうと僕は考えていたのだが、目的地の直前でついに艦長はこんな言葉を漏らした。

「わたしたち本当に大姉に勝ったのかしら？」

「勝ったさ。僕は自分の意志でこの艦に乗ったんだから」

「そこよ、引っ掛かるのは。大姉はわたしの乗組員をまんまとわたしから引き剝がした。それなのに、あなたをこんな簡単に手放すなんて」

「それのどこが問題なんだ？」

「これも計画のうちじゃないかってこと」

「計画って、大姉の？」

「ええ」

「誓って言う。僕は大姉のスパイじゃない」

「それはわかってるわ。でも、何かあるわ。辻褄が合わないもの」

「考えすぎだよ」

「そうだといいけど」艦長は溜め息をついた。


濃密な星間物質の中に巨大なリングが浮かび上がった。その周囲をさまざまな閃光が飛び交い、瞬間、内部の奇妙な構造が垣間見える。

「あれが『門』ね」

僕は頷く。「発見者は震えあがって、何日も寝込んだという。でも、きっと伝説だな。それほど恐ろしげには見えない」

「彼はあれの意味するものを知って恐ろしかったのよ。半径一億五千万キロメートルで、亜光速で回転する、質量が太陽の二千六百万倍のリング」

「太陽？　どの太陽？」

「第一太陽よ。人類が発祥した地球に一番近い太陽」

「僕らはその太陽のことは普通ソルって呼んでるよ。他の太陽と紛らわしいから」

「昔、太陽は一つだけだったのよ」

リングの周辺には夥しい数の陽炎（かげろう）のような不気味な影が付き纏（まと）っている。艦長の推測が正しければ、あの影はすべて時間旅行者なのだ。

「僕らが『門』を壊したら、あの影たちはどうなるんだろう？」

「わからない。このまま時空の彼方に消し飛ぶのかもしれないし、最初から時間旅行などしなかったことになるのかもしれない。タイムパラドックスは人類には理解不能よ」

『門』を壊すことがタイムパラドックスの発生に繋がるんじゃないだろうか？　だとすると、僕たちがやろうとしていることは……」

「怖気（おじけ）づいたの？」

「まさか！」僕は気の迷いを悟られないように、わざと力強く言った。

リングの内部には暗闇が広がっている。真の暗黒だ。あそこから無限の広さを持つ負の領域が広がっている。じっと見ていると暗黒が形をなして、襲い掛かってくるような感覚に囚われ、僕は身震いをした。

「怖がることはないわ」艦長は僕の心を見透かしたように言った。「カーブラックホールの解析はすでに二十世紀に行われていたのよ。裸の特異点は人類にとって未知の現象ではないわ」

艦長の知識は不正確だ。『門』は断じてブラックホールなどではない。光すら抜け出せない重力井戸はどこにもないからだ。リングは回転するがゆえに遠心力が発生し、それが重力を超えているのだ。だから、『門』は厳密にはカーブラックホールでなく、カー物体と呼ぶべきだ。また、特異点もおそらく存在しないと考えられている。リングの速度は正確に測定することすらできないほど光速に近い。『門』の莫大な質量はほとんど相対論効果によるもので、静止質量は極めて小さい可能性がある。

カー物体の近傍にはCTL――閉じた時間線（クローズド・タイム・ライン）が存在する。つまり、周りを周回するだけで、時間を遡（さかのぼ）ることができるのだ。『門』の近くには順行・逆行を含め、さまざまな時間の流れを持つ領域が共存している。時間旅行者は必要な軌道を選ぶだけで、好きな時代に飛び出すことができる。ただし、『門』の近くの空間は理想的なカー物体と較べあまりにも複雑なため、その軌道に乗るための位置と速度は人類には知るすべがない。

「あなたたちの宇宙基地に通信を送るわ」

「今さら、何を？」

『門』を破壊することは基地になんらかの影響を与える可能性があるわ」

「君は確か『門』を破壊しても安全だと言ったはずだ！」僕は憮然として言った。

「もちろん、『門』の破壊が危険に繋がる可能性は極めて低いわ。ただ、どんなに低くてもゼロではないの。彼らは知る権利があるし、わたしには伝える義務がある」

艦長は狭苦しい艦内で身をくねらし、なんとか映像通信の準備を完了した。送信機をオンにすると同時に艦長からあどけなさは消えうせ、厳しい軍人の顔になった。

「こちらは太陽系政府第五百二十二艦隊所属宇宙戦艦コバヤシマルである。ただいまより五分後、我が艦は『門』に向けて、マイクロブラックホール弾を撃ち込む。発射より、約千秒で『門』は崩壊し、一つのブラックホールとなる。宇宙基地に対してなんらかの影響がある確率は極めて小さいが、有意ではある。警戒を怠（おこた）ることのなきよう。なお、任務完了後、本艦は量子テレポートで宇宙基地に帰還する予定である。以上」艦長は送信機を切った。

「じゃあ、君はコロニーに戻るつもりなんだね」僕は艦長を思わず抱き締めようとした。

「早合点（はやがてん）はよして」艦長は掌（てのひら）で僕を押し返す。「わたしの部下がまだあそこに残っている。一緒に帰るように彼らを説得しなければならないわ」

「じゃあ、僕はコロニーに残るように君を説得しよう」

「勝手にどうぞ」

「コロニーよりコバヤシマルへ」通信装置から大姉の声が流れ出した。送信機と違って受信機はいつもオンになっていた。

「はい。こちらコバヤシマル」僕は思わず送信機を作動させ、返事をした。

「無駄ね。基地からここまで電波でも片道五時間かかるのよ」艦長は鼻で笑った。

「正確には四時間五十六分よ」大姉の声が言う。

僕と艦長は顔を見合わせた。僕は無言で電波の発信源を走査する。こちらの会話に大姉が反応したとすると、彼女はすぐ近くにいることになる。しかし、走査の結果、電波は確実にコロニーから来たものだと判明した。だとすると、大姉はこの通信を五時間前に出したことになる。

「何かのトリックよ。気を落ちつけて」

「どんなトリックか、当てられるかしら？」大姉の深い声が艦内に響く。

ゆっくりと鳥肌が立った。何か理解を超えたことが起きているのは確かなようだ。

艦長は素早くコンピュータをチェックした。「コンピュータの中にお婆さんの声で受け答えするウイルスを送り込んで、外からの通信に見せかけようとしているのかと思ったけど、違うみたい。現在、正体不明のプロセスは一つも走っていないし、用途不明のメモリもないわ」

「わたしはそんな見え透いた手は使わない」大姉が言う。

艦長は目を瞑（つむ）ってしばらく考えた後、深呼吸をして話し始めた。「あなたはついに正体をばらした。あなたはわたしたちが何をするか、すでに知っていた。だから、わたしたちの言動を先回りして、五時間前に言葉を発しておいた」

「その通り、あなたは実に明晰よ」

「待ってくれ」僕は混乱しそうになった。「なぜ大姉は五時間前に僕らの会話を知っていたんだ？」

「彼女にとってはすでに起こってしまったことだからよ。つまり、彼女は自分が未来人だということを認めたんだわ。気をつけて。彼女は自らの存在を守るため、なんとかして『門』の破壊を阻止する気のはずよ」

「そんなことはありませんよ。わたしが何もしなくたって、あなたの計画はけっして成功しないのです。それに言葉の定義にもよるけれど、わたしは未来人ではありませんよ」

突然、艦長は笑い出した。「そうよ。何も恐れることはないのよ」

「どうしたんだい、急に」

「だって、考えてもみてよ。どうして、彼女はわたしたちの会話を聞くことができたのか？」

「彼女が未来人だからだろ」

「それは理由の一つに過ぎない。あなたは過去の人間から見れば未来人だけれど、過去になされた任意の会話の内容を知ることはできないわ。なぜかしら？」

「そりゃ、すべての会話の記録は残ってないからさ」

「そう。では、わたしたちの会話の記録はどうやって残ったのかしら？　タイミングまでぴったりで」

「そうか！　送信機だ」

艦長は頷いた。「あなたが大姉の言葉に騙されてスイッチを入れたため、わたしたちの会話は宇宙空間に放たれた。原理的には半永久的に二人の会話は保存されていることになるわ」

「でも、内容を聞くためには光より速く飛んで電波に追いつく必要があるよ。……あっ。時間遡行は超光速飛行と等価だった」

「わたしは、これからのわたしたちの運命をすべて知っているのかと思って、計画は成功しないという彼女の言葉に一瞬怯んでしまったけど、その言葉を嘘にすることは簡単なのよ」

「あなたの考えていることはわかります。無駄なことはやめなさい」大姉は諭すように言った。

「バイバイ」艦長は懐から銃を取り出すと、送信機を破壊した。狭い艦内に焦げ臭い破片が飛び散った。

「とても残念です。これであなたとの会話は打ち切らざるを得なくなりました」大姉の声は悲しげだった。

「わたしたちの今からの行動は何にも記録されないわ。もしもし。お婆ちゃん、聞こえる？」

通信機は答えない。

「わたしの仮説は実証されたようね」

「君、いつも銃を持ち歩いてるの？」

「軍人だから。これでも、大佐なのよ。……どうしたの？　あまり嬉しそうじゃないのね」

「さっき、大姉は僕たちの計画は成功しないと言った」

「あれははったりよ。送信機を破壊したら、彼女にこちらのことはわからない」

「確かに僕らの会話は伝わらないかもしれない。でも、計画が失敗することは僕らの会話を聞かなくてもわかるんじゃないだろうか？　そもそも大姉が僕らの会話を聞けたということ自体、『門』が無事だったことを証明しているんじゃないか？」

「もちろん。そうよ。でも、それは無数の未来の中の一つに過ぎないわ。お婆さんは未来から観測した過去を再現することによって、この現在を自分が来た未来に繋げようとしたのよ。でも、通信を断ちきったことで、わたしたちの動きはわからなくなった。彼女の知っている未来に繋がる可能性は低くなるわ」

「どうも納得できないな」

「文句を言っている暇があったら、プログラムを書き換えてよ」

「なぜ？」

「五分後にマイクロブラックホールを発射するって言っちゃったからよ。彼女の知らない未来にするため、発射のタイミングを変えるのよ」

僕と艦長は一時間がかりでプログラムを再設定した。

マイクロブラックホールは加速箱の中に誘導され、レールに載せられた。初期加速は金属のレールを使って行われ、後半は磁場とプラズマからなるレールが使われる。

「発射誘導プログラム作動！」

マスドライヴァの唸るような起動音がはらわたに響く。

「あと十秒で発射よ」

けたたましく警報が鳴った。

「マスドライヴァの異常⁉」艦長が叫ぶ。

「違う！　外部だ!!」僕は身を屈めて計器を読みながら叫ぶ。「重力波レーダが『門』からこちらに向かう何かを捕らえた。恐ろしく高速で重い。真っ直ぐこちらに向かってくる!!」

「緊急退避!!」

「すでにコンピュータが自動退避行動を始めている。しかし……」僕は息を飲んだ。「あと二秒でぶつかる」

艦長は目を見開いた。

永劫とも思える一瞬が過ぎた。

この世のものとも思えぬ爆音とともに、艦全体が三十センチずれた。まるでテレポートしたかのように過程が存在せず、壁や床に固定されているものはみな三十センチ動いていた。いや。厳密に言うと、動いたのは充分な強度を持つものだけだった。脆(もろ)いものは加速度に耐えきれず、その場で砕けていた。僕たち二人を含めて艦に固定されていなかったものはその場に取り残されていた。もちろん、壁際にあったものは壁に叩きつけられていた。

爆音の原因は空気が壁にぶつかり、急激に圧縮されたためだったのだ。

「マイクロブラックホール発射中止！」全身の痺れをおして、僕はなんとか叫んだ。

「駄目よ！　発射プログラム続行!!」

「なぜだ？　これだけ、艦が動いてしまっては、発射しても命中することはありえないのに」

「『門』の破壊に執着しているんじゃないの。艦が大幅に損壊した場合、危険物は全て放(ほう)擲(てき)しなければならないのよ。さもなければ、乗組員に危害が及ぶ可能性があるから」

僕たちは再び突き飛ばされるような衝撃を受けた。マイクロブラックホールがコバヤシマルから発射されたため、重力が急激に変動したのだ。

僕は弾道の追跡を試みた。「マイクロブラックホールの一つはまったく見当外れの方角に飛んでいった。もう一つは偶然にも『門』に向かって進んでいるが、破壊の効果は期待できない」

「艦が受けた被害は？」

二人の間の狭苦しい空間にコバヤシマルの立体映像が浮かび上がる。船殻の半分が吹き飛び、残りの部分にも亀裂が入っている。反動エンジンは裂けて使い物になりそうにもなかった。

「軽微とは言えない。しかし、ぶつかった物体が持っていた運動エネルギーから考えると、この程度で済んだのは奇跡的に幸運なことだ」

「どこにぶつかったの？」

「ここだ」

映像では針の穴ほどにしか見えない領域が点滅する。

「あまりに重く、高速だったため、ほとんどエネルギーを放出することなく、貫通したんだ」

「『門』から来たと言ったわね。だとすると、わたしたちは未来からの攻撃を受けたのよ」艦長は慌しく船内の状況のチェックを始める。

「断言するのはまだ早い」僕は反論した。「もし、これが未来からの攻撃だとしたら、貫通させるほどの運動量を持たせた意味がわからない。もっと軽いか、遅ければ、艦の内部でエネルギーを放出し、甚大な被害を与えることができたのに。これは船を狙うのではなく、天体を狙うやり方だ」

「彼らは過剰な攻撃をしたのよ。確実に仕留めるために。たとえ貫通したとしても、この艦に致命傷を与えたかったのよ」

「致命傷？」

「船内のコンピュータネットワークは断裂してしまい、変換炉は五つとも百ミリ秒にわたって、無制御で放置されてしまった。そのうち三つはまもなく暴走を始めるわ」

「あと、どのくらいで？」

「四十五秒プラスマイナス二十秒で」

僕は声も出なかった。

「ぐずぐずしている時間はないわ。救命艇に乗るのよ」

二人はびっしり詰まった装置の間を擦り抜けながら、救命艇へと向かった。あちこち装置の突起部に引っ掛かり、服が破れ、血が滲んだが、構っている余裕はない。

十秒後、僕と艦長は救命艇に辿りついた。二台の救命艇の剝き出しになった座席が数メートル離れて向かい合わせになっている。

「二人とも同じほうに乗ってはいけないのかい？」

「二人が一緒に乗ったら、艇に何かあった場合、二人とも死んでしまうけど、一人ずつ乗ればどちらか一方だけでも、助かる可能性が大きくなる。だから、二隻の救命艇はそれぞれ別々の方角に飛び出すわ」

艦長は僕を救命艇の椅子に押しつけ、自分は向かいの艇に座った。

目の前にカバーが降りた。一人ずつ周囲の空間から隔離されたのだ。

「別々の方角に脱出するから、基地に帰るのはばらばらになるわ」コミュニケータから艦長の声がする。

「でも、必ず帰るだろ」

「ええ。わたしたちが最初にデートした場所覚えてる？」

「ああ。でもデートじゃなくて、尋問だったよ」

「どっちが先についても、あの席で待ってることにしない？　冒険談を聞かせてあげるわ。その代わり、苺ミルフィーユぐらいは奢（おご）ってよね」

苺ミルフィーユって何だよ？　と言おうとした瞬間、転送された。

僕の乗った救命艇は宇宙空間のど真ん中にぽつんと浮かんでいた。遙か彼方には『門』の姿が見えた。そして、『門』を背景に突然明るい輝点が現れ、すぐに暗くなった。

3

「また、ここに来ていたんですね」大姉は僕の向かいに座った。「どうしたの、不機嫌そうね」

「何でもありません」僕は唇を嚙み締めた。

「毎日ここに座っているのはどういうわけ？　誰かと約束でもしているの？」

「はい」僕は俯き、顔を手で覆った。

「悲しんでいるのね」

「大姉、質問してもいいですか？」

「ええ。どうぞ」

「あなたはああなることを知っていたのですか？」

「ああなること？　ああ、一年前の事故のことを言ってるのですね。ええ。知っていました。あなたはこの一年間、ずっとわたしに隙を見せないようにしていましたね。わたしに対等に立ち向かえるようになるために、苦手な教科も随分頑張ったわ」大姉は僕と打ち解けようとしているようだった。

「あれは未来人の攻撃だったのですね」僕はわざと冷たく言い放った。

「冷静に考えれば、あれの正体はわかるはずですよ。大質量でとても小さいものは何？」

「マイクロブラックホール」

「そうです。そして、マイクロブラックホールを発射したのはあなたと艦長です」

「馬鹿な。僕たちは自分たちに向けてブラックホールを撃ち込んだりはしません」

「故意にしたのではありませんでした。でも、偶然そうなってしまったのです。あなたがたが発射したブラックホールは当初のコースから大きくはずれていましたね」

「ええ。発射間際にあの衝突があったので……」

「ブラックホールの一つは無関係な方角に飛び去りました。問題は『門』に向かったほうのブラックホールです。それは思いもかけぬコースを通り、過去に戻ったのです」

「何のことを言っているんですか？」

「そして、再び発射地点に戻り、コバヤシマルを直撃した」

「ちょっと待ってください。まさか、あれは僕たちの撃ったブラックホール弾だなどとおっしゃっているわけではないですね」

「あれはあなたがたのブラックホールです」

「でも、僕たちはそんなコースに設定などしていない」

「ええ。でも、発射直前に衝撃を受けたため、コースからはずれたのです」

「どうどう廻りだ」

「そうです。ＣＴＬとはそうしたものです。原因が結果となり、結果が原因となる」

僕は考えを纏めようと必死になった。「でも、おかしいじゃないですか？　それじゃあ、いつまで遡っても原因に辿りつかない」

「確かに、いつまでたっても原因には辿りつきません。しかし、どこにも矛盾はありません」

「では、コバヤシマルの爆発は僕たちに責任があるとおっしゃるのですか？」

「そんなことは言ってませんよ。どこまで遡っても原因に行き当たらないのですから、誰にも責任があるはずはありません」

「いいえ。責任のある人間が少なくとも一人います」僕は大姉を睨みつけた。「あなたはこうなることを知っていて、こうなるように仕向けたんだ」

「あれは『門』と人類の行く末を左右する最も大事な瞬間でした」大姉は目を逸らさなかった。

「では、大姉が言っていた事件とはこのことだったんですか⁉　一人の少女の命と引き換えに自分の世界を守ることだったんですね」僕は立ち上がり、その場から去ろうとした。自分の怒りを制御する自信がなかったのだ。

「待ちなさい」大姉はいつもの静かな口調で言った。「あとほんの少しだけわたしに付き合ってください」

僕は憮然として席についた。

「どうして、あなたは彼女が死んだと決めつけているんですか?」大姉は言った。「無事脱出できたけれど、ここに帰ってこないだけかもしれない」

「いいえ。彼女は約束しました。必ずここに帰ってくると」

「彼女はここに帰ってくると言ったというのね」

「ええ。この席に帰ってくると言いました。……そう言えば、事故の直前のことを話すのはこれが初めてです」

大姉は沈黙した。

「彼女の部下を艦から降ろした理由は?」僕は言った。

「救命艇が二つしかなかったから。あなたを乗せるためには四人に降りてもらうしかなかったのです」

「僕が乗ることも決まっていたというのですか!?」

「ええ」

「何のために?」

「彼女への餞(はなむけ)です」

「いったい艦長はどうなったというのですか?」

「救命艇は互いに反対の方角に転送されます。これは二隻とも同じ被害に遭うリスクを避けるためです。あなたはどちらのほうに転送されましたか？」

「僕は……爆発の閃光の向こうに『門』が見えました。だから、艦から見て『門』と反対方向に転送されたことになります」

「では、彼女は」

「……『門』に向けて転送された……」

「艦長が帰ってこないわけがわかりましたか？　彼女は『門』を越えたのです」

僕の胸は高鳴った。「しかし、人間が『門』を越えた前例はない」

「彼女はやり遂げたのです。もちろん意図しないことではありましたが。そもそもＣＴＬへの窓はとても狭く、亜光速でなければ侵入は不可能だったのです。彼女はそのことを発見するとともに実証したわけです。彼女により、ＣＴＬ利用の道が開かれ、人類に新しい可能性が生まれました。あの事件は第四の飛躍のきっかけになったのです。人類は無数の時間線を手中にしました。もはや、最も望ましい世界を自ら選択できるのです。皮肉なことにあなたと艦長を含めた百人ほどの人間の自由意志を犠牲にすることによって、人類は真の自由を手に入れたわけです。無限の多様性を守るために、その根源となる一つの事件を固定しなければならなかったのです」

「彼女はどうなったのですか？」

「心配しないで、彼女は約束を守ります」大姉は立ち上がった。「あなたとの思い出は彼女の心の支えです」

「待ってください！」僕は一縷の望みを覚え、大姉を呼びとめた。「教えてください。彼女に何があったのかを。僕には聞く権利があります」

「そうね。話せば長くなるのだけれど、今度冒険談を聞かせてあげましょう」彼女は悪戯っぽく言った。「もちろん約束通りこの席でね。……そうそう。苺ミルフィーユをここのメニューに付け加えてもらわないといけないわね」

原因は結果となり、結果は原因となる。

冒頭の引用は『リグ・ヴェーダ讃歌』（辻直四郎訳／岩波文庫）を参考にしました
――作者

原因は結果となり、結果は原因となった。
これが始まりの物語だ。
かくして、様々な時間線の様々な歴史と物語が生まれた。
相反する全ては真実であり、人類の自由意志は保証された。
　そして、歴史の授業はとてつもなく複雑化したわけね。
　絡み合う時間線はとても人間の頭脳では理解できないわ。
世界の構造そのものを理解する必要はない。
世界を形作っている原理を理解すればいいんだ。
どんなに世界が複雑であろうとも、単純な法則に従っているに過ぎない。
原理さえ把握していれば、それを利用し、最適なものを選択することができる。

君はその方法を学ぼうとしているのだ。
間違った時間線に迷い込まないように。
正しい世界に辿りつくために。

　　　どうしても勉強しなくてはならないの？
　　　何か他に方法はないのかしら？

いつか誰かが君に同じことを言ったら、ぜひ怒らずに答えてあげてくれ。
君は考え、そして実行する。
君の役目は君だけのものだ。
代役などはいやしない。

　　　そして、いつか別れの時が来るのね。
　　　ねえ、数限りない時間線の中で、二人は何度出会うのかしら？

二人は様々な世界で、無限に出会うことだろう。
でも、一つの経路には有限の事象しかあり得ない。

　　　すべてが貴重な一期一会ね。
　　　わたし、先生に約束するわ。
　　　次に出会うことがあったら、その時は……
　　　今度はわたしが苺ミルフィーユを奢ってあげる。

あとがき

この『海を見る人』という短篇集に収録されているような作品は「ハードSF」と分類されることが多い。「SF」という言葉を聞き慣れていても、「ハードSF」という言葉には馴染みがないという方は案外多いのではないかと思う。

「SFとは何か？」と問い掛けると、SF関係者の一人一人が自分の思い入れを込めた定義を返してくるので、たいてい収拾がつかなくなるのだが、ここでは簡単に「2001年宇宙の旅」や「スター・ウォーズ」や「猿の惑星」や「うる星やつら」や「新世紀エヴァンゲリオン」や「風の谷のナウシカ」のように、「未来や宇宙といった科学的な味わいを持った設定の上に成り立つ物語」としておこう。ハードSFとは、そのようなSFの中でも特に科学的な整合性を重視するサブジャンルのことである。

と、こう書くと、いかにも小難しいものであるような気がするが、実はそんなことは全然ないのである。極端な話、物語の中で行われる科学的な説明が理解できなくても、ストーリーの面白さは損なわれない場合がほとんどだ。

英国生まれのSF作家アーサー・C・クラークの有名な言葉に「充分に発達した科学技術は魔法と区別がつかない」というものがある。つまり、ハードSFは科学的な説明を気にかけなければ、ファンタジーとして読むことができるのである。

もちろん、この短篇集に収録されている作品も、すべてファンタジーとして楽しむことが可能なものばかりである。ハードSFファンはもちろんファンタジーファンにもぜひ読んでいただきたい。

また、ばりばりのハードSFファンの方々には、できれば電卓を片手に読んでもらいたい。きっと物語の「裏側」を楽しんでいただけることと思う。

最後に本書を執筆するにあたり、ご助言・ご助力いただいた方々に感謝の言葉を述べたい。

「母と子と渦を旋(めぐ)る冒険」を執筆するに際し、野田篤司氏は筆者がラグランジュ点に関して行ったいくつかの質問に、労を厭わず適切な助言をくださった。宇宙機エンジニアである氏が作成・公開されたラグランジュ・シミュレータはラグランジュ点における物体の振る舞いを理解するのに非常に有効だった。その他の非常に魅力的で優れた発想に基づくシミュレータやアイデアと共に、野田氏のｗｗｗサイトから入手が可能である。

http://anoda.web.fc2.com/

「門」は〈いろもの物理学者〉こと、前野昌弘氏がＳＦ大会で行われた最新物理のレビュー講演に触発されて書いた作品である。講演で使われた話題の一部は、前野氏のｗｗｗサイトで、読むことができる。

http://homepage3.nifty.com/iromono/

また、数カ月ごとに行われる宇宙作家クラブ（http://www.sacj.org/）の大阪例会での議論からは、アイデアを産み出す過程で大きな刺激を受けることができた。

なお、作品中にあるかもしれない科学的な誤謬や小説として成立させるために行った意図的な真実の誇張に関しての責任はすべて筆者にあることは言うまでもない。

文庫版あとがき

早いもので、Jコレクション版『海を見る人』を上梓して三年が経った。

Jコレクション版のあとがきで「ばりばりのハードSFファンの方々には、できれば電卓を片手に読んでもらいたい。きっと物語の『裏側』を楽しんでいただけることと思う」と書いたが、その後、日本SF大賞の候補になったこともあり、多くの方の目に止まったようで、ウェブサイトや論文などで、本書の収録作を物理的に解析していただいているのを目にするようになった。文庫版の向井さんの解説もそのような取り組みの一つである。このような楽しみ方をしてもらえるのは、本当に作家冥利に尽きる。

などと書くと「物理も数学も駄目な自分にはとうてい読めないだろう」と怖気付いてしまう方がおられるかもしれないが、そんな心配は全くない。

なにしろこれは魔法と科学の区別が付かない世界の話なのだ。鶴田さんの表紙イラストやタカノさんの解説コミックを見ていただければ、理科嫌いの方々の不安はふっとぶのではないかと思う。Ｊコレクション版のあとがきに書いたように、本書は電卓を使わなくてもファンタジーとして楽しめるものばかりである。構えずに、《ハリー・ポッター》のようなつもりで読んでいただければ幸いである。

計算ＳＦの真骨頂

ＳＦレビュアー
向井　淳

小林泰三は、ＳＦを読むときに計算をしているという。

計算、というとどうにもたじろぐ人が多いようだ。何やら謎めいた秘術をやっているように感じるからだろう。実際には、それほど難しく考えることはない。たとえばＳＦの設定について「これはおかしいんじゃないか？」といろいろ頭を巡らせたり、といったことは誰しも経験があると思う。あれを、定性的にではなくて定量的に確認するのが「計算」だ。作品に書いてある描写をもとに実際に計算をしてみることで、作中の不思議な描写が実際に成立することがわかったり、作者のゴマカシや気付いていないであろう間違いに気付いたり、あるいは、ただ漫然と読むだけでは思ってもみなかった作品の「裏側」が見えたりもするのだ。

『海を見る人』には、そのような小林泰三の計算SFの楽しさが詰まっている。たとえば表題作「海を見る人」のように、場所によって時間の進み方が違うというのはファンタジーではなく、ブラックホールの周辺であればよくある話である（といってもそんなところに人が住めるわけはないのだが……）。「門」は、実際の物理学者によるタイムパラドックスの分析結果に触発されて書かれたものである。まず、タイムトンネルのようなものがあると仮定しよう。そのトンネルに向かってボールを投げ入れる。投入されたボールは時間をさかのぼり、過去のある場所から飛び出す。飛び出した先が、ちょうどボールを投入する途中で交錯するように設定しておく。すると、ボールが投入されたらボールの投入は邪魔され、邪魔されればボールは投入されず……というタイムパラドックスが成立するというわけだ。これが実際にどうなるかは本書をお読みになられた方にはおわかりだろう。より詳細な話は、いくつか一般書の解説があるからそちらを参照されたい。

とはいえ、これらの作品では、このような定性的な理解ができるというだけで、実際には計算できない。具体的にここの寸法がこう、といった量的な描写がないからだ。というより、普通は量的な描写をすることで、読者に計算をさせたりはしないものだ。

実際にその量的な描写がふんだんに盛り込まれているのが、冒頭の「時計の中のレンズ」だ。この作品で最終的に提示される「砂時計の括れにレンズが嵌ったもの」というのは理解しづらいかもしれない。端的に言えば、砂時計を横倒しにして回転させたものを想像すれば良い。砂時計部分にあたる〈歪んだ円筒世界〉では回転によりスペースコロニーのように遠心力が強く働く。一方でレンズにあたる〈楕円体世界〉では重力が強く働く。そして両者が接しているカオスの谷ではバランスして重力がゼロになるというわけだ。面白いのは「くびれ」に向かう途中の地点だ。遠くから見ると「くびれ」に向かって坂を登るように見えるが、実際には遠心力と重力がうまくバランスしており、重力の向きがちょうど地面に垂直になる。したがって、立っている身には坂のように感じないという作中の表現は、これはゴマカシでもファンタジーでもなく実現可能なのである。このようなことは、作中にふんだんに盛り込まれた、どこからの距離がどれくらい、といった描写によって実際に再計算可能なので、興味のある読者は計算を試みると良いだろう。また、本職の物理学者がこの作品の描写をもとに実際に計算した内容が、http://homepage3.nifty.com/iromono/books/kobayashi.html で公開されている。興味はあるがどう計算したら良いかわからない、という人はそちらを参照されたし。

とはいえ、「時計の中のレンズ」は、作中でいわば「オチ」を述べており、計算はこのオチを確認するということでしかない。これに対して、計算ＳＦの真骨頂と言えるのが、「天獄と地国」である。

　この世界は、ダイソン球（のようなもの）の外側にへばりついて生活をしている人々を描写している。南北に「淵」があるというからリングワールドのような帯がとりまいている様子を想像すればいいだろう。この地面の内側にあるという伝説の「地国」は、読んでいくうちに地球のことであろうと想像される。したがって物語の舞台は地球を覆うリングワールドのようなものの外側だ——と、誰しも考えがちだ。

　ところが、だ。実は話はそのように簡単ではないのである。以下、ごく簡単な計算を実際に行ってそのことを示そう。難しい知識は必要ないので、少しおつきあいいただきたい。ただし、個人的には実際に計算をしてみることをお勧めする。他人の計算結果を見せられるよりも、自分で計算してみたほうが面白いからだ。自分で計算するという方、真の結末を明かされたくないという方は、末尾まで飛んでいただきたい。

　さて、作中ではいくつかの量的な描写があるので、そのどれでも計算はできるのだが、一番簡単に計算できるのは、コリオリ力の説明をしているところに出てくる次の台詞だ。

「一万キロ落ちるまでにどれくらいの時間がかかる？　それから、十八分角というと、距離にしていくらだ？」

「だいたい二十四分くらいだよ。十八分角は五十キロちょっとさ」

つまり24分で1万キロ落下するので、このことから、遠心力（地面から天獄へと落下する力）を計算できる。等加速度運動で初速がゼロの場合、ある時間が経過した後での移動距離は次の式で示せる。

［移動距離］＝½×［加速度］×［経過時間］^{2}

経過時間は24分＝1440秒、移動距離が10000キロ＝10^7メートルであることから、計算をすると加速度が約$9.65m/s^2$と求まる。ちなみに地球表面の重力加速度が$9.8m/s^2$だから、なるほど、ちょうど外に向かう力は地球重力と同じくらいだということになる。

そして、この遠心力を生み出す大地の回転は12日と14時間周期と書いてある。遠心力は回転半径と回転周期に関係がある。半径が大きければ大きいほど、周期が短ければ短いほど（回転半径が長ければ長いほど）、力は強くなり、具体的には次の式になる。

［加速度］＝［半径］×［角速度］^{2}＝［半径］×（2π÷［回転周期］）^{2}

単位を合わせるために12日14時間＝1087200秒とすれば、簡単に半径が計算できて、およそ2.89×10^{11}メートルである。つまりもう少しわかりやすく書くと、２億８９００万キロメートルだ。

ここでおかしいな、と思った人は鋭い。そうでない人は、お手元の理科年表を引くなり調べるなりしてほしい。地球―太陽間の平均距離、つまり1天文単位はおよそ1億５０００万キロメートルである。つまりリングの半径は、およそ2天文単位弱ということになる。

この結果からわかることは、リングは地球と太陽を覆って余りあるサイズだということだ。軌道の中心は地球ではなく、太陽なのだ。

他にも、『飛び地』の運動や、結末近くの七千分の一の誤差から中心天体について検算をすることができる。そしてやはり、質量からしても中心は惑星ではなく、太陽だということがわかる。

この物語の結末は、作中の計算結果から中心の天体の存在が示唆される、という一つの救いが示されるというものだった。しかしながら実際には中心の天体は太陽であるから、地国として信じられている天体の存在が示されているわけではない。つまり、物語の結末の意味合いは完全に逆転してしまう。一つの救いがもたらされる物語から、実際には何の救いもない物語へ。この視点の転換、物語の転換こそ、ＳＦの醍醐味と言えるのではないだろうか。

普通にＳＦとして読むことのできる作品が、実際に計算をすることによってまた違った姿を見せる。計算によるセンス・オブ・ワンダーを、「天獄と地国」は存分に味わわせてくれるのだ。

残念ながら、小林泰三も近作では、あまり計算をしやすいような構成の短篇を書いていない。もちろん、計算をしない読者にも読みやすくするための工夫なのではないかと思うし、どっちにしても、普通に（つまり計算をせずに）読む分には、ＳＦ作品としての評価はほとんど変わることはないだろう。

しかし、個人的には、「天獄と地国」のような、計算のシンプルさと力強さ、そしてそこから生まれるセンス・オブ・ワンダーを体験させてくれる作品を、私はもっと読みたいと思ってしまうのである。

夢のような科学と真実、
衝撃と、恋する人
タカノ綾
takano aya
宇宙って、不思議で、
不思議で、不思議で、不思議で…
（そのことを思い出させるの、

あなたはいつも。）
いつか読んだ四次元で生活する人を科学的に描いた本は、
夢幻の中を歩くみたいだった。
この手触りは、あの時と似ている？

「十分に進歩した科学技術は魔法と区別が付かない」ってクラークが言う。
ほんとうに魔法だ。
円筒形の世界、
ブロックで、ブラックホールと共に進み、
「門」を行く。
理論の世界、
決して見たことのない世界が
『生きて』いる…
それだけでも
目の眩むような体験なのに、

矮小な、
日常的な感情、
愛や望みや、恋が。
（私たちにとって全てなのに）
分かる。
分かると言っても良い？
奇跡的に融合する2つの要素。
日常の感情と物語、
それと
残酷な真実、永遠。

楕円世界へ行くの？
カリテイの遺志を継ぐの？
アリスを探すの？

カムロミを見つづけるの？
艦長を待ちつづけ、また会うの？
艦長はもっともっと待つのね。

あの子の言葉、うつろうあの光、
あの瞬間、
それらは私の人生の一部に組み込まれ、
特異な言葉を紡ぎ、熱を帯びて待っている。
それについては…
今度、イチゴミルフィーユを食べながら、
聞かせてあげる。あの席で。

© 2005 Aya Takano／Kaikai Kiki Co., Ltd. All Rights Reserved.

本書は、二〇〇二年五月に早川書房より単行本として刊行された作品を文庫化したものです。

日本ＳＦ大賞受賞作

上弦の月を喰べる獅子 上下
夢枕 獏
ベストセラー作家が仏教の宇宙観をもとに進化と宇宙の謎を解き明かした空前絶後の物語。

傀儡后（くぐつこう）
牧野 修
ドラッグや奇病がもたらす意識と世界の変容を醜悪かつ美麗に描いたゴシックＳＦ大作。

マルドゥック・スクランブル〔完全版〕（全3巻）
冲方 丁
自らの存在証明を賭けて、少女バロットとネズミ型万能兵器ウフコックの闘いが始まる！

象られた力（かたどられたちから）
飛 浩隆
Ｔ・チャンの論理とＧ・イーガンの衝撃――表題作ほか完全改稿の初期作を収めた傑作集

ハーモニー
伊藤計劃
急逝した『虐殺器官』の著者によるユートピアの臨界点を活写した最後のオリジナル作品

ハヤカワ文庫

星雲賞受賞作

グッドラック 戦闘妖精 雪風
神林長平

生還を果たした深井零と新型機〈雪風〉は、さらに苛酷な戦闘領域へ——シリーズ第二作

永遠の森 博物館惑星
菅 浩江

地球衛星軌道上に浮ぶ博物館。学芸員たちが鑑定するのは、美術品に残された人々の想い

太陽の簒奪者
野尻抱介

太陽をとりまくリングは人類滅亡の予兆か？ 星雲賞を受賞した新世紀ハードSFの金字塔

老ヴォールの惑星
小川一水

SFマガジン読者賞受賞の表題作、星雲賞受賞の「漂った男」など、全四篇収録の作品集

沈黙のフライバイ
野尻抱介

名作『太陽の簒奪者』の原点ともいえる表題作ほか、野尻宇宙SFの真髄五篇を収録する

ハヤカワ文庫

著者略歴　1962年京都府生，大阪大学卒，同大学院修了，作家　著書『目を擦る女』『天体の回転について』『天獄と地国』（早川書房刊）『玩具修理者』『人獣細工』『肉食屋敷』『AΩ（アルファ・オメガ）』他

HM=Hayakawa Mystery
SF=Science Fiction
JA=Japanese Author
NV=Novel
NF=Nonfiction
FT=Fantasy

海を見る人

〈JA797〉

二〇〇五年　五月三十一日　発行
二〇一二年十一月　十五日　三刷

（定価はカバーに表示してあります）

著者　小林泰三
発行者　早川浩
印刷者　大柴正明
発行所　株式会社早川書房

郵便番号　一〇一‐〇〇四六
東京都千代田区神田多町二ノ二
電話　〇三‐三二五二‐三一一一（大代表）
振替　〇〇一六〇‐三‐四七七九九
http://www.hayakawa-online.co.jp

乱丁・落丁本は小社制作部宛お送り下さい。
送料小社負担にてお取りかえいたします。

印刷・株式会社亨有堂印刷所　製本・株式会社フォーネット社
©2002 Yasumi Kobayashi　Printed and bound in Japan
ISBN978-4-15-030797-4 C0193

本書のコピー、スキャン、デジタル化等の無断複製は著作権法上の例外を除き禁じられています。

本書は活字が大きく読みやすい〈トールサイズ〉です。